Narratori Feltrinelli

Manuela Faccon
Vicolo Sant'Andrea 9

Prima edizione ne "I Narratori" febbraio 2023

Stampa Grafica Veneta S.p.A. di Trebaseleghe - PD

ISBN 978-88-07-03529-6

FSC
www.fsc.org
MISTO
Carta
da fonti gestite in
maniera responsabile
FSC® C021883

La citazione a p. 146 è tratta da Elsa Morante, *Menzogna e sortilegio*, Einaudi, Torino 2014.

Vicolo Sant'Andrea 9

A Fabio, Federica e Marco

Martedì
9 dicembre 1958

Teresa era stata licenziata. Nella portineria del numero 9 di vicolo Sant'Andrea, stava faticosamente accostando i lembi di uno scatolone da cui spuntava il beccuccio di una caffettiera. Aveva fatto del suo meglio perché le tazzine di porcellana fossero al sicuro tra la zuccheriera e la zuppiera di Bassano che era stata di sua nonna. Quando sollevò lo scatolone, trattenne il respiro.

Era l'ultimo dei dodici che aveva sigillato. Li aveva contati più volte. Alcuni erano pieni di suppellettili da cucina, altri contenevano maglie di lana, coperte, lenzuola e asciugamani; un paio, ancora aperti, straripavano di libri e riviste: in cima alla pila, un volume dal titolo *Una donna*.

Erano passati dieci anni, dieci lunghi anni finiti in qualche sacchetto e dodici scatoloni. Assieme alla sporta nera. Aveva gettato tanta roba vecchia, ma quella no. Quella sarebbe rimasta sempre con lei.

Gino, il fratello minore, sarebbe venuto a prenderla come tanto tempo prima, il giorno in cui era stata dimessa dall'ospedale "dei matti" – così lo chiamavano in famiglia –, solo che questa volta sarebbe arrivato con il furgoncino.

Era un martedì di sole velato e il brusio del mercato risaliva dalla piazza lungo le vie del centro storico. La festa dell'Immacolata era passata, rimaneva nell'aria il profumo delle caldarroste. Teresa guardò fuori: era ancora chiaro, le restava un po' di tempo prima che il fratello si annunciasse fischiettando e tutto cominciasse a finire.

Afferrò il sacchetto di carta rimasto abbandonato sul tavolo, lo lisciò con il palmo della mano e lo ripose sulla mensola della credenza di formica. Vi aveva messo ad asciugare l'uvetta per il budino di pane alla vaniglia e cannella, quello che nonostante tutto, per l'ultima volta, avrebbe offerto a Vincenzo, il giovane padrone di casa, e al suo amico Sandro.

Solo che Vincenzo odiava l'uvetta. La scartava puntualmente dal dolce che gli faceva trovare quando rientrava dall'allenamento di atletica leggera. Sputava i chicchi passiti nel pugno e li lanciava fuori. Teresa lo precedeva aprendo le imposte, in un gesto divenuto consueto, anche d'inverno. Vincenzo non capiva perché si ostinasse a mettercela, l'uvetta.

A Sandro, invece, piaceva moltissimo: lo divorava, abbandonava la scodella vuota sul tavolo, ringraziava e saliva le scale di corsa dietro all'amico.

Teresa si mise a camminare su e giù per le sue due stanze, passando dal secchiaio di pietra alla stufa di ghisa, al comodino col ripiano di marmo rosso. Stava per giungere il momento tanto temuto. Avrebbe finalmente parlato a Vincenzo. Come, ancora non sapeva. Cercava le parole, ma non le venivano. Tutti quegli anni in poche frasi.

Con lo strofinaccio a quadretti bianchi e verdi spolverò la cornice più volte riverniciata, appesa al muro. Conteneva la cartolina ingiallita di una Madonna Ausiliatrice con in grembo un Gesù Bambino benedicente, biondissimo. Teresa fissò Maria negli occhi, ma il suo sguardo non le diede alcun conforto. Uno scampanellio la ridestò. C'era da ritirare la corrispondenza. Uscì nell'atrio e prese il fascio di buste senza ricambiare il saluto del postino, che sollevò stupito un sopracciglio e se ne andò.

Teresa fece per prendere la scopa di saggina con l'intenzione di spazzare le foglie che si erano ammucchiate ai lati del portone, ma poi la lasciò dov'era. Che si arrangiasse la nuova portinaia. Era dicembre, faceva freddo.

La sveglia sul comò segnava le tre e mezzo. Teresa avvertì un vuoto allo stomaco. Cercò nella dispensa qualcosa da sgranocchiare, ma la richiuse subito. Non c'era più niente.

Mancava mezz'ora al rientro di Vincenzo e del suo compagno di scuola. Erano amici d'infanzia e, a guardarli bene, sembravano l'uno l'opposto dell'altro. Lo smilzo Vincenzo contro il bel Sandro dal fisico scolpito. L'uno bianco come il latte, l'altro dalla pelle bronzea che ti veniva voglia di toccare. Vincenzo chiuso in sé stesso e ingobbito, Sandro allegro e disinvolto. L'uno alla ricerca spasmodica di una vittoria, l'altro un campione nato. Vincenzo che ammirava Sandro per il suo entusiasmo, Sandro che trovava in Vincenzo un modello di determinazione.

Sandro sorrideva sempre e parlava con tutti. Al contrario, Vincenzo si ritraeva brusco e scostante, non si lasciava sfiorare da nessuno. Aveva rifiutato qualsiasi premura da parte di Teresa. Soltanto una volta l'aveva visto accennare un gesto d'affetto con una compagna di scuola e aveva avuto la sensazione che sia lui sia Sandro ne fossero invaghiti. Vincenzo di solito usava le mani in altro modo. Chissà come avrebbe reagito, quando avrebbe saputo la verità...

Sentì venir meno il coraggio. A un tratto le sembrò che il pavimento la stesse risucchiando. Si afferrò al bordo della credenza e vi rimase aggrappata finché quella strana sensazione svanì. Restava un sorso di liquore d'amaretto nell'armadio a muro, lo versò in un bicchierino dal fondo spesso. Appena lo ebbe bevuto, sentì un piacevole calore espandersi nelle viscere. Aprì la finestra sul cortile interno e contemplò il giardino in miniatura che aveva via via creato negli anni: una meraviglia di aromi e colori ora a riposo che avevano fatto da cornice a un'esistenza grigia. Con delicatezza passò i polpastrelli su una foglia dei suoi ciclamini, poi richiuse i battenti di colpo.

Si sistemò i capelli raccolti in una crocchia e andò a tirare fuori dalla ghiacciaia la ciotola del budino con l'uvetta, spense la radio che teneva in sottofondo, si assicurò che la spilla da balia fosse ben chiusa sullo scialle di lana e si risedette. Infine, coprì con la mano la scatolina di legno intarsiato e la lettera che aveva scritto con tanta cura.

Fuori i passi si spensero. Il silenzio la fece sentire ancora più incerta. Si guardò attorno. Si vide sola in mezzo a due stanze svuotate, con qualche mobile rimasto aperto. La sua piccola libreria era deserta. Tutto era sgombro, spento, aveva imballato anche il televisore che era riuscita a comprarsi qualche mese prima. Chissà se avrebbe mai più rivisto le puntate di *Uomini e libri* sul Programma Nazionale? Probabilmente no.

Era arrivato il momento di dire la verità a Vincenzo. Teresa accarezzò la piccola scatola che conteneva il suo segreto.

All'improvviso, una risata spavalda giunse da sotto la finestra. Si udì subito dopo il colpetto nervoso del battiporta.

Si alzò irrigidita. Si lisciò la gonna di tweed, mosse pochi passi verso l'uscio e si arrestò. Le tempie le pulsavano. Sotto lo scialle, il seno palpitava.

Giunse un altro colpo, più forte. Sul portone di rovere massiccio risuonò un pugno deciso, rabbioso.

Eccolo.

1.

Giovedì 9 dicembre 1943

Era un giorno di mercato come tanti. La vita quotidiana faticava ancora a riprendere i ritmi di un tempo, ma gli animi sembravano risollevati dalle notizie sulla fine della guerra. Si diceva che il conflitto si era risolto con una firma, questa volta giù al Sud, a Cassibile, nella lontana Sicilia e non più alla bella Villa Giusti, sulla strada per Abano, come era successo venticinque anni prima. Buone nuove che non valevano per tutti, che non sarebbero durate per molto.

Il giorno 8 del mese di settembre 1943 il generale Badoglio aveva decretato l'armistizio, ma su al Nord il Grande Capo tedesco non aveva accettato il compromesso. In città si faceva finta di niente, si mormorava stando attenti a non farsi sentire. C'erano state sparizioni misteriose. Tutti sapevano, ma era come se la vita di ogni giorno scorresse sotto una coltre, ovattata.

Nelle tre piazze attorno al Palazzo di Giustizia medievale – che i padovani chiamavano da sempre "il Salone" –, il brulichio di gente e di merci accompagnava lo scorrere del tempo. Molti dei prodotti erano destinati alla distribuzione mirata, ci voleva la tessera per ottenerli, e si doveva stare in fila per prendere il pane e lo zucchero. C'era chi frugava tra i sacchi vuoti, accatastati negli angoli, nella speranza di trovare qualcosa da rivendere di frodo. La carne si smerciava due volte alla settimana, la pasta scarseggiava, il riso pure. Uova e burro li cedevano le contadine, in cambio di un bel foulard o di un paio di scarpe in buono stato. Nel mercato coperto sotto i portici del Salone era spuntato qualche banco di formaggi e le mescite di vino iniziavano timidamente a riaprire i battenti.

La prima volta che aveva visto Gianni, Teresa si era sbagliata di tessera annonaria: gli aveva allungato quella scarlatta per l'abbigliamento e, accortasi dell'errore, si era fatta tutta rossa.

Lui aveva sorriso, si era passato la manica del camice sulla fronte e il suo sguardo lucente era andato a posarsi sulla ciocca ondulata sfuggita dalla crocchia di lei, che adesso le sfiorava l'attaccatura del collo candido. La guardava con occhi avidi e con pensieri confusi e allettanti, Teresa invece notò la rasatura imperfetta del giovane, come di chi è ancora poco abituato a rifilare le basette.

"Ciao Gianni, mi hai messo da parte l'ossobuco?" aveva chiesto una cliente.

Teresa se ne stava in fila ad aspettare e sorrideva con gli occhi bassi, mentre la donna faceva le moine al garzone.

"Certo, signora. Le ho tenuto da parte anche un po' di lingua salmistrata, come al solito. Via, che le faccio un buon prezzo!" le aveva detto lui con una strizzata d'occhio.

Gianni lavorava dal beccaio del banco comunale, sotto i portici del Salone: avvolgeva le salsicce, ripuliva i coltellacci, sempre sorridente nonostante i borbottii e i rimproveri del signor Gastone. Era passato da poco dal retrobottega al banco ed era diventato il beniamino delle clienti, dalle signore più eleganti a quelle che si presentavano in ciabatte, vestite da casa. Il signor Gastone perdeva facilmente la pazienza con le une e con le altre, forse anche per via della gamba azzoppata da una scarica di pallottole che gli si erano conficcate nella coscia sinistra quell'unica volta che aveva sparato sul Monte Pasubio, a ricordargli che è sempre meglio evitare il nemico, soprattutto in tempo di guerra.

Teresa prese il pacchetto di taglio di vitello e se ne andò con una fretta che non aveva.

"Chi è?" aveva chiesto Gianni al signor Gastone, non appena lei ebbe fatto pochi passi.

Teresa era rimasta a origliare, mescolata in mezzo alle donne che facevano la fila davanti al banco dei formaggi lì accanto e, udendo la domanda del giovane, si era portata una mano alla bocca per trattenere una risatina compiaciuta: l'idea che un giorno avrebbe avuto un fidanzato e poi un marito, e figli sani, e una bella casa, magari in centro, le riempiva il cuore.

"È la sguattera dei Levi. Lavora nel ghetto, dal Professore, quello che è stato licenziato in tronco, per ordine del duce. Lei è cattolica, ma va da loro da quando era una bimba." Il signor Gastone aveva bisbigliato per non farsi sentire dalle curiose al di là del banco. "Quella è una famiglia istruita," aveva continuato, "persone intelligenti, ma con il vizio di pensare troppo. La moglie del Professore la tratta come una figlia e le dà libri da leggere." Aveva scosso la testa con una smorfia di disapprovazione. "Vedrai che va a finire male, lasciala perdere," aveva sentenziato infine, questa volta a voce alta.

Teresa, sempre stando attenta a non farsi vedere, aveva aggrottato la fronte.

"Ah." Gianni era deluso.

"Non ti sarai messo in testa idee strane, vero?" aveva ripreso il signor Gastone. "Guarda che in quella casa sono belli matti. Mi ha detto la Mariolina, che va a portargli il pane tutti i giorni, che il Professore e i figli giocano a fare la banda di saltimbanchi, per prendere in giro i tedeschi."

"Come sarebbe a dire?" Gianni, che stava incartando delle zampe di gallina per l'oste, si era fermato di colpo.

"Lui si mette la giacca alla rovescia, dalla parte della fodera, e strimpella il violino, il più grande suona il piffero e l'altro va in giro per il salotto marciando e dicendo *ein, zwei, drei*!"

aveva risposto il signor Gastone sgranando gli occhi. Si era voltato, dando le spalle all'oste perché non sentisse.

Teresa aveva scosso la testa ed era corsa via.

"Sì, sì, altro che saltimbanchi," aveva borbottato l'oste, che aveva sentito comunque. "Tra un po' li prendono tutti e la musica è finita." E aveva accennato un segno di croce, concluso con un bacio sul dito indice.

Erano passati tre mesi. Era il secondo giovedì di dicembre. Teresa si schiarì la voce, in fila davanti al banco del signor Gastone. "Buongiorno," disse tutta seria al macellaio più anziano.

Gianni le sorrise.

Appena lui la guardava, Teresa arrossiva. Le piaceva tanto che non sapeva più cosa dire. Lui aveva iniziato a farle la corte e di tanto in tanto abbandonava il banco con una scusa e la rincorreva, cosa che produceva in lei una tempesta di sensazioni mai provate prima, come la voglia irrefrenabile di rannicchiarsi tra le sue braccia e di rimanerci per sempre.

Quel giorno, quando Gianni le lanciò un'occhiata, Teresa sviò lo sguardo, in attesa che lui le porgesse l'involto col macinato, sperando che trovasse il modo di sfiorarle il dorso della mano.

"Gianni, vai a prendere un po' di rosmarino da Toni?" chiese il signor Gastone, che nonostante i suoi modi burberi era un romantico.

Teresa non poté fare a meno di rivolgergli un'occhiata riconoscente e, dopo averlo salutato, si avviò verso l'uscita laterale del popolare Canton dei Osei, l'angolo a nord-est del Palazzo della Ragione. Si voltò appena in tempo per vedere che Gianni si slacciava il grembiule in fretta e furia, lo appallottolava vicino alla cassa e, sollevato il ripiano di marmo incernierato al bancone, si mescolava alla folla.

Intanto lei sbirciava la gente che le passava accanto. Si

fermò a guardare il carretto del castagnaccio e con la coda dell'occhio vide che lui si faceva largo per raggiungerla. Ricominciò a passeggiare, passandosi da una mano all'altra la sporta di pelle nera della spesa. Era emozionante pensare che la stava seguendo.

Giunta al vòlto che collegava le due piazze centrali, Gianni – sbucato da chissà dove – le si parò di fronte sbarrandole la strada e lei inciampò per la sorpresa. Lui fu svelto ad afferrarla per la vita e scoppiarono in una risata. I loro corpi, finalmente vicini, fremevano.

Gianni le afferrò il polso. "Vieni, ti devo parlare." La condusse sotto il porticato, nell'angolo, dietro una colonna. "Teresa, tu mi piaci, mi piaci tantissimo."

Lei se ne stava con il dorso appoggiato al muro e stringeva nervosa i manici della sporta. Avrebbe voluto toccarlo. Per nascondere il turbamento teneva lo sguardo incollato su una formella di marmo che raffigurava un animale, forse un bue, sul muro di fronte.

Lo sentì farsi ancora più vicino. Abbassò le palpebre. Lasciò che la mano di lui scorresse lentamente sul suo volto, fresco di emozioni. Le dita scesero e le sfiorarono la fossetta sul mento. Teresa mollò la sporta e incrociò le braccia. Gianni cercò di prenderle le mani e mormorò qualcosa che lei non riuscì a comprendere. Sentiva caldo. Si sbottonò il cappotto. All'improvviso le mani di Gianni le furono addosso, timide e impazienti. Lo guardò negli occhi, il suo piccolo naso sfiorava le labbra accese di lui. Fu invasa da un languore sconosciuto, una fame mai provata prima, e quando Gianni le coprì la bocca con la sua sentì il suo respiro caldo, il suo cuore che batteva veloce, il suo corpo vivo. E poi la mano che scendeva lungo i fianchi.

Il campanile suonò dodici rintocchi. Si era fatto troppo tardi. Con uno sforzo di volontà, Teresa lo respinse.

"Scusami, devo andare," balbettò.

"E quando ti rivedo?" chiese lui, posandole un bacio sul palmo della mano.

Teresa, rattristita, non trovò una risposta. Si aggiustò la gonna e gli elastici neri che reggevano le calze a metà coscia. Si strinse nel cappotto e, ripresa la sporta, si allontanò senza dirgli niente, più veloce che poteva.

Si fermò, col fiato grosso, soltanto all'altezza della fontana di piazza delle Erbe. Le sembrava di avere addosso l'odore di Gianni. Si era lasciata andare troppo facilmente? Lui faceva sul serio? Chissà quando l'avrebbe rivisto. In casa Levi la carne si consumava una volta alla settimana, e non sempre. Mancavano ancora due settimane alla Festa delle luci, giorno in cui si preparava lo stufato di punta di petto di manzo, con cipolle, sedano, carote, aceto, pomodoro, zucchero e vino rosso. Doveva trovare una scusa per tornare al mercato al più presto.

Oltre la piazza, un carretto di frutta e verdura rovesciato intralciava l'accesso a via dei Fabbri, così fu costretta a imboccare la strada più in là: notò che verso il Canton del Gallo – l'incrocio che aveva preso il nome dal pennuto dipinto sull'insegna di un'osteria, molti secoli prima – un uomo in sella a una bicicletta zigzagava nel traffico sul porfido lucido. Le comari conversavano da una finestra all'altra:

"Hai visto come correva, quella bici?" disse una con voce stridula, ritirando la gabbia del canarino. "Ha tagliato la strada alla Giulia."

"Sarà stato un altro ebreo che scappava," rispose l'altra, sporgendosi per guardare di sotto. "Ma loro hanno tanti schei, e con il denaro si salvano sempre."

Indispettita, Teresa si rimise in cammino. Sotto il portico si sentiva protetta, tranquilla. Si inumidì le labbra, per sentire di nuovo il sapore di Gianni. Era stato il suo primo bacio.

Sorrise all'idea che di baci, carezze e abbracci, teneri, lunghi, appassionati, ce ne sarebbero stati ancora un'infinità. Voltò l'angolo, lì iniziava la zona proibita, evitata dai più: il cuore pulsante del ghetto.

2.

Lasciate le colonne, Teresa si ritrovò davanti alla sinagoga. Non era ancora stata riaperta, dopo l'incendio che la notte fra il 13 e il 14 maggio l'aveva gravemente danneggiata. In quel punto, orientato a nord e annidato in un labirinto di vie, il sole non arrivava mai. Il giorno sembrava finire lì.

Teresa prese la strada di casa Levi, ma all'improvviso intravide al bivio, in fondo, una camionetta militare. Un freddo improvviso calò su di lei. Una retata. Ne aveva sentito parlare dal professor Levi, a proposito di alcuni parenti di Roma; sempre più spesso, nei suoi discorsi accennava a cose che lei non capiva: *leggi razziali*, *deportazione*, *campi di lavoro*, e menzionava una città dal nome strano: *Auschwitz*. Ma non poteva succedere a loro, non a quella famiglia perbene. Avevano pure la tessera del partito... No, non poteva essere. Forse erano solo dicerie.

Teresa ricominciò a camminare, le pareva di avere le gambe di pietra. Vide fucili puntati, gente che usciva dai portoni con le braccia alzate. Sgranò gli occhi, il cuore prese a batterle forte, ma cercò di non mostrarsi agitata. Un soldato dallo sguardo truce, con sottili baffi neri, accompagnò il suo passo con una frase d'apprezzamento che echeggiò come una sentenza: "Signorinella pallida... Aspetta e spera che già l'ora si avvicina", mettendo insieme due motivetti in voga. Poi scattò nel saluto militare, battendo i tacchi degli alti stivali neri. "Altolà. Documenti," le intimò.

Teresa gli porse la sua tessera sforzandosi di controllare il tremito delle mani.

Lui fece una smorfia mentre leggeva in silenzio.

"Stato civile: nubile," disse poi in tono canzonatorio lisciandosi i baffi con aria pensosa. Non aveva trovato quello che cercava e le restituì la carta sollevando il mento. "Puoi andare. Fila dritta dai tuoi e taci."

Teresa si affrettò a obbedire e prese il primo vicolo sulla sinistra, che sbucava nello slargo di fronte a casa Levi. Riconobbe subito il cappello a tesa larga del Professore. Lo stavano spingendo su un autocarro e aveva le mani dietro la nuca. Giacomo, il maggiore dei figli, sbucò dal portone incespicando. Teresa strisciò lungo il muro fino al cancelletto del giardino.

"Teresa! Ehi, Teresa!"

Una voce quasi impercettibile la chiamava da dietro il deposito degli attrezzi. Era la padrona, reggeva tra le braccia un fagotto di lenzuola. Teresa la raggiunse e in mezzo a tutto quel bianco intravide il visino di Amos, il terzo figlio maschio dei Levi, nato da poche settimane.

"Salvalo. Portalo via."

"Ma come faccio, signora? È pieno di soldati dappertutto! Cosa sta succedendo? Dove andate?"

"Non c'è tempo, Teresa. Aiutami, svelta. Metti Amos nella sporta e vattene."

"Ma..." Le sfuggì un singhiozzo. La padrona non le aveva mai parlato con quel tono aspro, duro.

"Per favore. Non c'è un minuto da perdere."

Allora si costrinse all'azione e rovesciò la sporta, da cui rotolarono fuori carote, mele, patate e l'involto della carne. La signora Levi gliela strappò di mano e vi adagiò dentro Amos, guardandolo con occhi pieni d'amore.

"Tieni anche questi." Le porse un vasetto con dentro dell'acqua e una piccola scatola di legno intarsiato. "Prenditi cura del mio bambino. Promettimi che non lo abbandonerai," le disse, con un tono di voce improvvisamente calmo.

Teresa la guardava e faceva segno di sì con la testa, ma senza davvero capire.

"Qui dentro c'è il suo futuro, il dono per la sua prima Hanukkah, la nostra Festa delle luci... Lo sai Teresa, no?" Grosse lacrime rotolavano sulle guance della signora Levi. "Sarà come un figlio per te, come tu sei stata per me la figlia femmina che avrei tanto desiderato."

Lei continuò ad annuire, trattenendo il respiro.

"Promettimelo."

E Teresa promise.

Poi, la signora che l'aveva accolta in casa con dolcezza otto anni prima sottraendola alla miseria, la donna che era stata per lei come una madre, che le aveva insegnato a leggere e a scrivere, affettuosa, sempre disponibile, mai un rimprovero, generosa di regali, si avviò verso la piazzetta a testa alta e scomparve assieme ai suoi.

Teresa rimase immobile dietro il deposito degli attrezzi, con la sporta stretta al petto. Amos emetteva un vagito di tanto in tanto, attutito dal bozzolo di lenzuola in cui la madre lo aveva avvolto. Quanto tempo era passato? Se almeno ci fosse stato Gianni ad aiutarla, a suggerirle cosa fare!

Oltre il cancello, tutto taceva. Erano sfumati anche i passi di marcia sull'acciottolato e le grida soffocate di chi veniva portato via. Il rombo delle camionette si perdeva in lontananza. Nessuna voce, nessun ordine perentorio giungeva più. Teresa si scostò dalla parete per spiare lungo la via. Tutto deserto. Sembrava che un incantesimo fosse sceso sul ghetto.

All'improvviso sentì un coraggio nuovo risalirle lungo il corpo. Corse nella rimessa di casa Levi, afferrò una bicicletta, assicurò la sporta al manubrio e salì in sella. Quando guardò il portone d'ingresso, mossa dalla necessità impellente di salutare per sempre il suo nido felice, si accorse che qualcuno vi aveva dipinto sopra frettolosamente, in rosso, la sagoma stilizzata di un impiccato e una stella a sei punte. La vernice era sgocciolata per terra, formando nel sottoportico una chiazza del colore del sangue.

Scappò via con l'orrore in gola. Prese la strada del Duomo e svoltò subito dopo la piazza. La folla del mercato si era dileguata. Le bancarelle erano scomparse, le saracinesche dei magazzini erano state tutte abbassate, e così le inferriate del Salone. Da qualche finestra socchiusa giungeva il brusio di una radio: il bollettino di guerra dell'una.

Teresa si fermò e guardò nella sporta: Amos dormiva, dondolando dolcemente a ogni curva. Nessuno pareva essersi accorto di nulla. La scampanellata del tram la ridestò e riprese a pedalare lungo via San Francesco.

Dopo la Porta Pontecorvo iniziava la campagna. Grigia, desolata, aperta. Teresa si voltò a controllare il parafango che strideva contro il copertone. Un pianto sconsolato la fece accostare. Il neonato strillava. Doveva essere la fame, ma nella borsa c'era soltanto un vasetto con l'acqua, niente di più. Per fortuna, mancava ancora solo qualche chilometro e poi sarebbe apparso il grande casolare dove i suoi genitori e i suoi fratelli vivevano insieme ad altre quattro famiglie. Lì c'era la stalla, calda di fieno e generosa di latte. Teresa accennò una ninna nanna ripescata dalla sua infanzia e Amos si tranquillizzò.

Lungo l'argine cominciò a piovigginare, le ruote scricchiolavano sul ghiaino umido. Era il primo pomeriggio del 9 dicembre e Teresa si sentì invadere da una gelida paura mista a sconforto. Spingeva sui pedali con fatica. La strada sembrava non finire più.

In lontananza vide una figura snella venire dalla direzione opposta. Era Adele, la sua sorella minore. Avanzava alta sui pedali di una bicicletta da uomo.

“Che ci fai qui a quest’ora?” si stupì Adele piantando i freni. Un vagito si levò dalla sporta appesa al manubrio, e lei si sporse a controllare. Sgranò gli occhi: “E questo chi è?”.

“Si chiama Amos. Ha sette settimane” fu tutto quello che Teresa riuscì a rispondere.

Si guardarono. Non c’era altro da dire. Adele fece dietrofront per seguire la sorella maggiore lungo il canale. La nebbiolina rada penetrava nelle ossa.

Prima di risalire sulla bicicletta, Adele parlò: “Cosa ne facciamo di lui?”.

3.

L'argine era una strada angusta sopra il letto di un fiume grigiastro costeggiato da sterpi. Dall'altro lato, la vista si perdeva su una spianata verdognola, chiazzata di brina e punteggiata di basse costruzioni isolate.

Teresa pedalava, ignorando le domande di Adele, che infine sbottò: "Insomma, li hanno presi?".

"Shhh. Zitta." Temeva che persino lì qualcuno potesse sentirle.

Le facevano male le gambe e il cappotto zuppo di umidità le pesava sulle spalle come un'armatura. Il suo primo bacio, la sensazione calda delle labbra di Gianni sulle sue, sembravano appartenere a una vita precedente. Lacrime amare le pungevano gli occhi. Spinse sui pedali. Doveva farcela. Doveva arrivare a casa.

Adele avanzò nella fanghiglia e le si accostò, adesso procedevano appaiate: "Don Paolo ha detto che stanno portando gli ebrei a Vo', a Villa Venier, mi pare. Per ora rimangono lì, ma qualcuno è già stato spedito in treno verso Trieste... Lui lo sa perché ha la mamma a Este, e lei gli racconta tutto quando la va a trovare".

Teresa non rispose, lottava per non piangere. Si asciugò la fronte sudata con la manica. Guardava avanti e, di tanto in tanto, tastava il fagotto dentro la borsa. Era ancora caldo, per fortuna.

Incrociarono un motocarro che trasportava del fieno. Dovettero fermarsi e mettersi di sbieco sul ciglio erboso, per lasciarlo passare. Il mezzo scoppiettante le superò. Lo guidava il figlio del campanaro, che le salutò con un cenno del capo, il labbro inferiore pendulo e gli occhi bovini. Le ragazze si guardarono e, nonostante tutto, a Teresa scappò da ridere.

Adesso mancava davvero poco. Le case coloniche con la stalla e il deposito per gli attrezzi, più volte risistemate e ampliate, erano addossate l'una all'altra un po' a casaccio, tanto erano tutti parenti, imbiancate a calce o ancora con i mattoni a vista perché erano finiti i soldi o perché si sarebbe dovuto faticare troppo per grattare via lo strato di muffa che si era formato nel tempo.

A breve distanza dalle case, una chiesetta in disuso era stata restaurata su iniziativa dell'ultimo prete e restituita al culto. Sulla soglia si leggeva ancora *1621*, l'anno di posa della prima pietra. Vi si celebravano soltanto i battesimi e le messe di Tutti i Santi. Al di là della strada, un piccolo cimitero occupava uno spazio della misura di un campo.

Dietro la "chiesa vecchia", così chiamata per distinguerla da quella costruita di recente nella parte nuova della pieve, dove si concentrava quasi tutta l'attività religiosa locale, rimaneva da sistemare la canonica, con i battenti di legno rinsecchito e mangiato dai tarli, aperti e chiusi dal vento. I balconi si affacciavano su un grande giardino d'erbe alte e di alberi da frutta: d'estate producevano ancora pesche gialle di sole, che nessuno però raccoglieva più.

La famiglia Agostini abitava in un casolare in via dell'Argine destro 12, in posizione privilegiata: accanto al ponte sul canale e alla strada verso Padova. Tutto merito di uno zio materno, artigiano carradore e titolare di un piccolo laboratorio-scuola di fabbro ferraio. Lo zio Angelo aveva una mente brillante e aveva costruito un mezzo di trasporto mai visto prima in quella zona: un calesse trainato dal cavallo. Aveva messo da parte il rustico carretto tirato dall'asino e per questo veniva considerato uno con la puzza sotto il naso.

Il suo cantiere, dove lavoravano operai specializzati e un buon numero di giovani apprendisti, era andato a gonfie vele anche grazie all'escavazione necessaria per la grande opera di canalizzazione realizzata all'inizio del Ventennio. La ditta aveva fornito una quantità di carriole nuove e riparato celermente quelle danneggiate dai manovali assunti per la costruzione dello scaricatore. L'accordo era stato conveniente: uno scambio di favori che aveva procurato allo zio Angelo molti soldi e un appezzamento di terreno con due caseggiati disposti a elle, oltre a diversi ettari di campi da coltivo. Ma poi era scoppiata la guerra. I dipendenti erano partiti soldati e lo zio aveva dovuto chiudere i battenti. Erano finite così la tradizione centenaria della famiglia e una bella storia decennale di onorata attività. Di quel tempo rimanevano soltanto il casolare, un paio di campi e il passaggio comodo alla via principale.

Teresa e Adele scesero dall'argine rallentando piano piano, per timore che lo stridore dei freni annunciasse il loro arrivo.

"Come si fa?" Teresa aveva la voce rotta. "Non devono vedermi a quest'ora. È troppo presto."

Adele propose di passare dal retro, così appoggiarono le biciclette al muro della stalla. "E adesso? Cosa ne facciamo del bambino?" chiese per la seconda volta alla sorella. Cominciava a spazientirsi.

"Ci vuole una soffitta, un granaio... un posto caldo," rifletté Teresa a voce alta, non ancora convinta che tornare a casa fosse stata la scelta migliore.

"E se lo portassimo in fondo alla stalla, dietro la posta del somaro? Lì, oltre la parete, c'è una mangiatoia che non si usa da tanti anni."

Dovevano sbrigarsi, bisognava fare tutto prima che la combriccola di parenti e vicini tornasse dai campi.

"Dai, muoviti!" Adele aveva capito di dover prendere il comando.

Teresa tremava. Con le mani ormai insensibili per il freddo, fece fatica ad afferrare i manici della sporta e scosse il manubrio con un gesto isterico rischiando di farla cadere. Amos si mise a piangere.

"Forza, non mollare proprio ora," cercò di incoraggiarla Adele, dondolando delicatamente la culla d'emergenza. A poco a poco, il bimbo si calmò e tacque.

Teresa si coprì il volto con le mani, poi, ritrovata la calma, fece un gran respiro. "Senti, io qui non posso rimanere. Devo stare nascosta fino all'ora in cui ritorno di solito. Piuttosto, tu dove stavi andando quando ci siamo incrociate?"

"A prendere le uova dalla Rosina. Dirò che oggi la gallina non le ha fatte, dai."

Si avviarono entrambe verso il fondo del casolare. Gli uomini stavano rincasando e dall'aia giungevano le voci dei bimbi che aspettavano i grandi per mangiare la zuppa tutti assieme.

"Prendi un po' di paglia," disse poi Teresa rivolta alla sorella. "Ci servirebbe anche una coperta," aggiunse preoccupata.

"Ne tolgo una dal letto del nonno e la porto qui," rispose pronta Adele. "Tanto, a che serve adesso che lui non c'è più? La nonna dovrebbe smetterla di fare altarini e di parlare con i morti."

Teresa si bloccò di colpo, credendo di aver sentito dei passi. "Zitta. Io mi infilo dentro la stalla. Ti aspetto dietro la posta del somaro."

"Va bene," sussurrò Adele. "Ma dobbiamo farci venire un'idea."

A Teresa la soluzione giunse fulminea, mentre sgusciava dentro prima che le comari la vedessero. "Chiediamo all'Elvira," bisbigliò in fretta.

Accostò il portoncino di ferro e sparì, inghiottita dal buio e dal tepore della stalla.

4.

Le cinque famiglie che occupavano i casolari ai piedi del fiume erano in miseria da tempo: la parte materna degli Agostini, per la chiusura forzata del laboratorio dello zio Angelo; il nucleo paterno, per vicissitudini ancora più tristi. Tutti gli altri erano poveri da sempre e senza pretese. Si sostenevano a vicenda e vivevano del frutto dei lavori più o meno saltuari che riuscivano a trovare. In inverno, i campi rendevano poco e c'era sempre da sperare che in primavera non piovesse troppo, che in estate non si seccasse tutto, che l'autunno non portasse il freddo troppo presto.

Teresa si fece strada tra secchi e badili. Una ragnatela le si appiccicò sui capelli castani, ma lei non si scompose, attenta com'era a reggere il bimbo senza inciampare. Quando arrivò alla mangiatoia, vi mise dentro la borsa e tirò un sospiro. Proprio allora giunse Adele con una coperta ripiegata alla meglio tra le braccia.

"Non ho trovato paglia in giro."

"Fa niente. Ce n'è anche qua."

Teresa guardava Amos. Era un bel bimbo dai capelli scuri, abbozzati sul capo e più folti dietro, le mani grassocce. Sotto l'abito di fortuna, il pancino si gonfiava e sgonfiava a lunghe pause regolari. Poi il piccolo emise una specie di mugolio e spalancò gli occhi. Nonostante la preoccupazione,

Teresa non poté fare a meno di sorridergli e nella penombra le parve che lui ricambiasse il sorriso.

Il latte. Bisognava trovare del latte. Si ricordò del vasetto dell'acqua. Rovistò delicatamente nella sporta finché la sua mano non incontrò la superficie del vetro. Quanta acqua poteva bere un neonato? Decise di limitarsi a bagnargli le labbra e lui la ringraziò afferrandole un dito e agitando i piedini.

"Dai, coprilo," la esortò la sorella.

Teresa preparò un fondo di paglia nella mangiatoia, poi vi distese sopra la coperta. Prese Amos dalla sporta, sostenendogli la testa.

Adele rimase sorpresa dalla tenerezza con cui la sorella si prendeva cura del bambino.

"Ha una voglia di fragola?" chiese vedendo la macchia rossa che spiccava sulla piccola nuca bianchissima.

"È un 'morso della cicogna', ma il Professore ha detto che si chiama emangioma," spiegò Teresa.

"Ah, come parli difficile!" la prese in giro Adele.

Teresa fece finta di non aver udito. Adagiò Amos nel nuovo giaciglio, avvolgendogli intorno la coperta. Gli mise qualche altra goccia d'acqua sulle labbra e lui, dopo aver frignato un po', si rimise a dormire, forse troppo debole per piangere.

"Io vado. Entrerò nella stalla con gli altri. Tu cosa pensi di fare?" disse Adele, ma non ottenne risposta e se ne andò stizzita.

Teresa prese la sporta per mettersela in spalla, quando si rese conto che non era vuota. Caspita, in quel trambusto se n'era completamente dimenticata. Infilò il braccio e pescò dal fondo la scatolina di legno intarsiato.

Qui dentro c'è il suo futuro, il dono per la sua prima Hanukkah. Le parole pronunciate dalla signora Levi nell'affidarle Amos le risuonarono in mente. *Prenditi cura del mio bambino. Promettimi che non lo abbandonerai.*

Si rigirò la scatolina tra le mani, infine si decise ad aprirla. Ne trasse fuori un oggetto di bronzo, quattro facce rettangolari con in cima una specie di pomolo e l'altra estremità appuntita. Era una trottola, ne aveva già viste un paio simili in casa Levi. La osservò meglio. Su ciascuna faccia era incisa una lettera dell'alfabeto ebraico.

La assalì improvviso il timore che quella trottola potesse metterla nei guai, così la richiuse in fretta nella scatolina e se la nascose sotto l'elastico della calza. Ci avrebbe pensato più tardi. L'importante, adesso, era trovare il prima possibile il modo di far mangiare Amos. Ma doveva tenere il segreto, presentarsi al filò come tutte le sere e far finta di nulla.

L'Elvira aveva appena partorito il dodicesimo pargolo. Era ancora in quarantena, il seno gonfio di latte. Aveva sempre sperato nel premio statale per le madri prolifiche, ma non aveva mai visto un soldo. Era seconda cugina del nipote dello zio Angelo, lo aveva sposato nonostante il legame di sangue e finora tutto era andato bene con i figli. Solo il terzogenito aveva un difetto al labbro superiore e, a dire il vero, la più grande era alquanto bruttocchia, con quegli occhi strabici.

L'Elvira aveva fianchi larghi e mani sempre calde. Sotto le sue gonne i bimbi più piccoli giocavano a nascondersi di giorno e si scaldavano di sera. Il marito raccoglieva le patate dopo ogni luna piena, al terzo giorno di luna calante. Le sue rare giornate lavorative finivano con un paio di quartini di rosso alla locanda Da Aristide, al crocicchio del cimitero.

In una camera dormivano ammucchiati marito e moglie e gli ultimi cinque nati. Gli altri sette si dividevano tra un giaciglio di fortuna davanti al camino e il pavimento di terra battuta della càneva, una specie di baracca dove in settembre si estraeva il mosto dolcissimo e si tentava di ricavare un po' di vino dal torchio.

Poco più in là abitavano due gemelli ultrasettantenni, rimasti da sposare e analfabeti. Per un periodo erano vissuti da qualche parte in Francia, dicevano che ci erano andati per lavorare nei campi e per vendemmiare, ma poi erano tornati a casa per piangere al capezzale della madre, che in agonia contava e ricontava vacche bianche immaginarie. La vecchia li aveva lasciati orfani una settimana più tardi, e in braghe di tela. Le pareti dell'unica stanza in cui vivevano erano annerite dal fumo del focolare e il tavolaccio era sempre ingombro di piatti sporchi; dormivano su due sacconi macchiati imbottiti di cartocci di granoturco.

C'era poi la Cesira, una prozia dal lato materno, di grado imprecisato. Era cieca dalla nascita, ma aveva imparato a conoscere la realtà attraverso i rumori, anche i più impercettibili, quelli che solo lei riusciva a cogliere. Aveva occhi velati, lattiginosi, che turbavano chi li guardava, ma non faceva male a nessuno. La accudiva una nipote tutta curve, il vitino di vespa messo in risalto dalla cintura, maritata di recente con un giovane bello e sfacciato che cercava di portarsi a letto tutte quelle che gli capitavano a tiro.

Lo zio Angelo si era ritirato nella barchessa, nei bei tempi adibita a laboratorio. Vestiva sempre elegante e andava d'amore e d'accordo con la seconda moglie, sposata dopo una vedovanza di qualche mese. La figlia di primo letto cuciva abiti in casa per le signore del centro, gli altri due riempivano di lettere dell'alfabeto i fogli di carta da zucchero: uno per imparare a scrivere, l'altra per prepararsi alla seconda elementare.

Teresa, Adele, Bruno e Gino, invece, stavano in fondo a sinistra, oltre il granaio. Non litigavano mai tra di loro, a differenza degli altri fratelli del casolare. Erano nati a quattordici mesi esatti l'uno dall'altra, per pura casualità.

La madre, la Iole, già avanti negli anni, se ne stava in disparte e non apprezzava le chiacchiere delle vicine. Portava sempre un fazzoletto annodato sulla nuca: a eccezione del marito, nessuno le aveva mai visto i capelli e si favoleggiava sulla loro lunghezza.

Antonio, il padre, era rientrato dalla guerra magrissimo e senza più parole. Se ne stava sempre nella baracca ad aggiustare ruote o zappe, o qualsiasi attrezzo, anche inservibile, pur di starsene lontano dagli altri. Un piccolo punteruolo scheggiato, che si girava e rigirava tra le dita quando proprio non trovava niente da fare, lo aiutava a distrarsi.

Infine, nel sottotetto, isolata da tutti, la nonna si ritirava a parlare, diceva, con il marito, defunto dal mille novecento diciassette.

Al calar del sole, la piccola comunità si riuniva nella stalla con le scodelle di minestra, a far filò. Erano soprattutto le femmine a parlare, raccontavano storie e leggende mille volte ripetute, e tutti ascoltavano stupiti come se non le avessero mai sentite prima. C'era quella del rastrello senza sangue, che ti rincorreva di notte e annunciava morte o disgrazie. La Cesira, nonostante la cecità, era sicura di averne visto l'ombra una volta. Infatti, poi era morta la vecchia che delirava contando vacche bianche.

Al marito dell'Elvira, quasi sempre ebbro, piaceva la storia dell'accoppiamento tra la gallina e il basilisco e dei pulcini nati con la coda di serpente: ascoltava sgranando gli occhi e leccandosi le labbra. Era molto raro vederlo sveglio e così attento.

Alla seconda moglie dello zio Angelo piaceva raccontare di streghe buone e di civette malauguranti. Stava attenta a tutti i suoni provenienti dal bosco, per riconoscerne il messaggio. Era anche esperta di ossa di morti, penne di gallina e sangue mestruale, che una volta cotti assieme servivano per fare le fatture.

I gemelli e il padre di Teresa, per starsene tranquilli, si appartavano oltre il giaciglio delle mucche e si stendevano su un fianco. Nelle chiacchiere delle donne non trovavano nulla di interessante, e poi lì faceva più caldo.

I ragazzini e gli altri figli più o meno cresciuti scorrazzavano sul pavimento coperto di paglia. Di tanto in tanto a qualcuno cadeva una crosta di pane, ma anche quando finiva vicino al letame la raccoglievano con naturalezza e se la ficcavano in bocca senza lasciarne andare nemmeno una briciola.

All'appello mancava sempre il consorte della nipote formosa della Cesira. Nessuno commentava, era un fatto assodato e di diritto, soprattutto per un milite che aveva perso la falange dell'indice destro ed era stato estromesso dal Corpo. Se ne andava ogni sera alla locanda e rincasava a notte inoltrata, senza preoccuparsi di non fare rumore mentre saliva la scala a pioli. La sposina non riusciva a prendere sonno finché non era tornato, ma quando lui scostava le lenzuola per coricarsi fingeva di dormire e non chiedeva mai nulla. Solo la Cesira, da sotto, si schiariva la voce, girando i suoi occhi vuoti nel buio.

Il sole era quasi tramontato. Presto si sarebbero ritrovati tutti nella stalla.

La nonna di Teresa arrivava per prima, sorretta dalla Iole. Era talmente sorda che poco le importava cosa le stesse succedendo attorno. Il monologo per il defunto marito veniva prima di tutto. In stalla lo faceva bisbigliando e più di uno sputacchio finiva sulla gonna di lana nera. Di tanto in tanto si portava il fazzoletto spiegazzato dalla mano rugosa alla bocca dalle labbra violacee, assorta nei suoi pensieri. Suocera e nuora si accomodavano in ultima fila e lì rimanevano tutta la sera, silenziose, a volte scucendo vecchi golf per ricavarne lana da riutilizzare.

Lo zio Angelo arrivava di solito per ultimo e vestito di tutto punto, con la camicia inamidata e i calzoni con la piega. Se ne restava in piedi, appoggiato agli stipiti. Scambiava qualche breve commento sullo stato degli orti con il marito dell'Elvira e se ne tornava quasi subito alla barchessa a sfogliare i vecchi registri dell'azienda perduta.

Quella sera fu Adele ad arrivare tardi, prendendo posto come sempre accanto alla Raffaella, la sbircia figlia maggiore dell'Elvira.

"Dove eri finita, 'Dele?" chiese l'Elvira, che teneva a bada le adolescenti e voleva sapere sempre dov'erano e che cosa avevano fatto.

"A cercar gli ovi" fu la breve spiegazione di Adele.

Le ragazze si stavano facendo donne e più di un sorriso scappava loro, ma dai discorsi sussurrati non trapelava mai nulla. Così l'Elvira passava le serate a tendere l'orecchio e a scrutare. Fiutava anche la pioggia in arrivo e ci azzeccava quasi sempre, non c'era temporale che non avesse già previsto.

"Gheto sentío dea poenta indemonià?" fece la seconda moglie dello zio Angelo, sicura di destare nuovo interesse nelle comari mezze assopite sui ferri da calza.

Da qualche giorno non si parlava che della polenta insanguinata e del latte rosso. In zona tanti assicuravano di aver trovato anche l'acqua striata di sangue. Colpa delle zingare arrivate da poco nella zona, dicevano. Che poi erano streghe anche loro, aggiungevano con aria saputa. Invece, nessuno osava accennare alla guerra in Russia, tantomeno si aveva il coraggio di chiedere del bombardamento di Bari. Meglio non sapere.

Gli uomini, distesi vicino agli animali, masticavano fili di paglia, assorti nei loro pensieri. Si riscossero brevemente solo quando il portone si aprì cigolando per lasciar entrare Teresa, che andò a sedersi accanto alla Raffaella e ad Adele.

Nell'aria c'era qualcosa di diverso, quella sera. Le ragazze non parlarono di spasimanti. Anzi, non aprirono quasi bocca.

"Cos'hai?" interrogò la Raffaella, rivolgendosi a Teresa. "Sei strana. T'è successo qualcosa, 'nina?"

Adele osservò la sorella di sbieco e rimase immobile.

"C'ho sonno. Son stufa," disse Teresa, simulando uno sbadiglio.

La Raffaella aspettò un po', ma visto che nessuno iniziava il discorso si alzò di scatto per andare verso i fratelli che giocavano sullo spiazzo davanti ai covoni, magari avrebbe trovato qualcosa di più divertente da fare.

"Come facciamo a dirglielo, all'Elvira?" sussurrò Adele alla sorella.

"C'è solo un modo. Glielo dobbiamo mettere in braccio," decise Teresa. "In qualche maniera ci aiuterà, ma bisogna obbligarla. Vieni con me."

Borbottando qualcosa su un bisogno del corpo, le ragazze sgusciarono fuori tra gli schiamazzi dei bimbi e il chiacchiericcio delle donne che mettevano sul piatto gli ultimi dettagli dello scandalo del fattore che aveva tirato due fucilate al cugino per avergli messo incinta la moglie.

Uscite dalla stalla, Teresa e Adele rientrarono dal retro e arrivarono alla mangiatoia a tentoni, col cuore che batteva forte. L'asino ragliò, illuminato dal quarto di luna che fendeva l'inferriata del lucernario. Era giunto il momento di dar da mangiare ad Amos. Era un miracolo che non avesse già iniziato a strillare affamato.

Sì, dovevano assolutamente chiamare l'Elvira.

Un suono di passi leggeri sull'erba arrivò agli orecchi di Adele.

"Giù!" Si accovacciarono.

Un trambusto di pali, forconi e barattoli di ferro precedette l'incalzare di un'ombra dalla lunga treccia oscillante.

Adele e Teresa si abbracciarono, tentando di occultare il ricovero di Amos.

La Raffaella le aveva seguite, a lei non gliela raccontavano. Il suo sguardo storto si posò tagliente sulle sorelle: "Cosa ci fate qui, tose?".

5.

"Non posso."

"Su, mamma, dai, non far storie." E la Raffaella, senza tante cerimonie, piazzò il piccolo tra le braccia dell'Elvira.

Altro latte per Amos non ce n'era. La mucca non si poteva mungere a quell'ora, o i gemelli se ne sarebbero accorti quando all'alba avrebbero visto il segno di unto che sarebbe rimasto nel secchio, dopo avervi svuotato la mammella della Bruna.

"Allora, vuoi dargli o no la tetta?"

Le tre ragazze guardavano l'Elvira supplicanti. Seguì un lungo silenzio. Il marito stava già russando e gli altri erano tutti in càneva a prender sonno.

L'Elvira se ne stava seduta con in grembo l'ultima nata. L'aveva chiamata Celestina perché per partorire voleva sempre la finestra aperta e un giorno di qualche settimana prima aveva visto il cielo chiaro, di un celeste cristallino, giusto mentre la femmina settimina emetteva il primo vagito.

"Fa' pian. Non vedi che ho la Tina?" mugugnò, ma poi abbassò lo sguardo sul maschietto e sorrise.

Se lo attaccò al seno e rimase a occhi chiusi a sentirsi succhiare i capezzoli fin quasi ad addormentarsi. Fu una poppata generosa, come quelle che aveva offerto al primo figlio, molti anni prima, un esserino fragile spirato in una notte di tempesta, soffocato dalla sua stessa saliva. Poi tutto era diventato soltanto dovere e sottomissione a una vita ingrata, e l'Elvira non aveva più provato gusto per niente.

Quando Teresa si ritirò nel soppalco del granaio con la sorella, non ci furono altre parole oltre alla buonanotte.

Fuori il cielo era pacifico, racchiuso nella cupezza degli ultimi giorni d'autunno. Il boschetto vicino al fiume taceva. Di tanto in tanto si udiva il guaiolare di una volpe.

Teresa tirò fuori la trottola da sotto l'elastico delle calze. Alla luce del moccolo notò una A maiuscola incisa sul coperchio della scatola. La tenne stretta nel pugno tutta la notte.

Alle sei del mattino in casa erano rimaste soltanto le donne con i bambini più piccoli. La vita degli uomini si svolgeva altrove, fin dall'alba: a potare alberi, pulire fossati, raccogliere foglie e arbusti da bruciare nel camino o nella stufa – lavori che erano gli antidoti alle gelate e ai disastri delle piene.

Le tre ragazze si erano date appuntamento a quell'ora presso la stalla. C'era da inventarsi un modo per tenere lì Amos senza che gli altri se ne accorgessero.

"Di giorno può stare nel nascondiglio e mia mamma va ad allattarlo quando ci riesce," fece la Raffaella, accarezzandosi la treccia.

"Potrebbe mettersi a piangere, quando è da solo," fece notare Teresa.

Adele se ne stava con le braccia conserte e il dito indice appoggiato alle labbra.

"E poi non si può andar avanti tanto così," continuò Teresa. "Prima o poi ci scoprono."

"Ci penso io," interruppe la Raffaella. "Rimango io a tenergli compagnia. La mamma mi può coprire. E poi siamo in tanti. Uno più, uno meno..."

"Ci serve una donna che voglia un figlio," saltò su Adele.

Le sorelle si guardarono e Teresa capì al volo. Ci fu un lungo silenzio impacciato. Adele non si riferiva alla Raffaella, che era ancora giovane e ne aveva già abbastanza con i fratelli da accudire. Ma bisognava stare attente a come si parlava, perché la Raffaella era permalosa, poteva offendersi dopo essersi data tanto da fare.

"Be', vedete voi, fate come volete," disse infatti questa, e se ne andò risentita.

Teresa alzò gli occhi al cielo. Adele, spazientita, era sul punto di imprecare.

"Shhh. Stai zitta! Non dire niente!" Teresa tappò la bocca alla sorella.

"Più tardi ci penso io," aggiunse, e se ne tornò verso il granaio mentre spuntava il giorno.

6.

"Avanti," fece la Cesira sentendo sul viso l'aria mossa dalla tenda. "Raffaella, dìme."

"No, son la Teresa."

La Cesira smise di sbattere in qua e in là il bottiglione che teneva in grembo, appoggiato su un vecchio cuscino. Stava facendo il burro, rintanata nel cantone del sottoscala.

"Cos'è che succede?" chiese.

"Dov'è tua nipote?"

"Chi, la Rina? Cosa vuoi dalla Rina?" Un balenio di luce tagliente le uscì dagli occhi vuoti.

"No, niente. Non voglio niente. Casomai ripasso," concluse Teresa, non sapendo più come evitare la vecchia.

"Vien qua. Còntame. Come sta to nona?"

"Al solito. Niente di nuovo. Torno più tardi, Cesira."

"Hai fretta? 'Spetta, vien qua, che non ti mangio mica."

Teresa passò sotto la scala a pioli, titubante.

"'Scòltame. Ho sentito dei movimenti stanotte. I veniva da dietro la stalla. È successo qualcosa?"

La Cesira non ci aveva impiegato molto a porre la domanda. Non dormiva quasi mai, prima di tutto per controllare quanto tardi tornava lo sposo della Rina; poi, perché alla sua età era stanca di vivere e non le importava più di distinguere il giorno dalla notte. Sperava che Iddio la prendesse presto con sé, e così lo aspettava pronta, con il rosario intrecciato fra le dita.

"Non so niente. Dormivo," ribatté Teresa, colta da un leggero balbettio. "Eh... Cesira, devo andare. Torno dopo." E scappò via, con la scusa della biancheria da stendere.

Per qualche giorno tutto filò liscio, o quasi: Amos era nella mangiatoia, la Raffaella lo vegliava di mattina, l'Elvira passava di lì ogni tre o quattro ore per allattarlo; poi Adele tornava dalla filanda e lo teneva fino all'ora dell'adunata del tardo pomeriggio. Il bimbo rimaneva da solo per il tempo del filò. A Teresa toccava il turno della notte, e all'alba ricominciava il viavai.

Di tanto in tanto, i mocciosi dell'Elvira chiedevano dove fosse la sorella maggiore o scoppiavano in un pianto acuto se non trovavano la madre in casa.

Finché la Cesira udì i singhiozzi di Celestina frammisti a un mugolio, a metà settimana.

"Xé nato 'n'altro toso?" chiese in tono ironico all'Elvira, una sera che erano riunite nella stalla.

Bisognava inventare una scusa. Ma Teresa doveva prima trovare il coraggio di raccontare ai familiari cos'era successo in casa Levi e nel ghetto. Non poteva continuare a fingere di avere un lavoro, prima o poi qualcuno l'avrebbe vista sfaccendata per la strada e lei non sapeva più dove starsene nascosta fino a sera. Girovagava per le piazze, incapace di affrontare i luoghi che così bene aveva conosciuto. Si inoltrava per vie mai frequentate e una volta, perso l'orientamento, si era ritrovata dalla parte opposta della città. Una mattina aveva cercato Gianni – come sembrava tutto lontano, adesso! –, ma non lo aveva trovato. Le era venuto in mente di rifugiarsi in chiesa, nella basilica detta "al Santo", per chiedere consiglio all'Antonio dei miracoli, ma poi aveva rinunciato: non le piaceva sentire la messa, ai preti non credeva tanto... che ci andava a fare in chiesa? In un paio di occasioni non era nemmeno partita da casa. Aveva messo la bicicletta dietro al fienile ed era rimasta rintanata nella stalla con Amos fino a tardi, ma la paura di essere scoperta era stata grande.

"Ciao, Teresa."

La voce giungeva dall'argine. Piazzato all'imbocco della stradina stava il figlio del campanaro. Era domenica, e come ogni domenica la aspettava lì per chiederle se voleva un passaggio, anche se sapeva che lei in chiesa non ci andava quasi mai e che certe attenzioni non le gradiva.

Non rispose nemmeno; anzi, si alzò dalla panca sotto il ciliegio e prese la via del granaio. Il ragazzo lasciò indugiare lo sguardo sul profilo delle natiche di lei, che si faceva più evidente mentre camminava di fretta, si sfregò la pattina delle braghe e se ne tornò compiaciuto al volante dell'automezzo.

"Vai mica a lavorare domani, eh?" le gridò poi dietro, sporgendosi dal finestrino.

Teresa si sentì mancare. Temeva che tutti avessero udito. Forse in paese si sapeva già della retata? Era passata più di una settimana e di certo la voce circolava, di lì a poco sarebbe arrivata fino a loro. Verificò che quel viscido guardone se ne fosse andato e tornò a sedersi.

Attendeva che la Rina rincasasse dalla prima messa. Vi era stata accompagnata dal consorte, il quale la voleva mostrare ai compaesani come una bella preda tutta sua, anche se poi in casa non la sfiorava nemmeno. Il loro era stato un matrimonio dettato dall'interesse pecuniario di lui, capace e vorace apprendista ai tempi della fortuna dello zio Angelo, e dalla stoltezza di lei, innamoratasi di quel bellimbusto che camminava sempre impettito, non davvero bello in verità, che le fischiava dietro e faceva commenti sul suo seno rotondo e sul suo vitino stretto ogni volta che lei attraversava la corte.

La prima notte avevano provato a fare l'amore, ma non ci

erano riusciti: a nessuno dei due era piaciuto l'odore dell'altro. Ci provarono un'altra volta, e poi mai più. Però la domenica apparivano sul sagrato sempre a braccetto e sorridenti.

Teresa la salutò con entusiasmo quando la vide arrivare seduta sulla canna della bicicletta del marito, le gambe accavallate e l'equilibrio instabile: "Ciao, Rina! Vieni qua, che ti devo dire una cosa!".

La giovane disse al marito di fermarsi e scese con un saltello, lui pedalò via.

In un giorno di festa era possibile starsene un po' per i fatti propri senza destare sospetti, così la Rina e Teresa parlarono a tu per tu sulla panca di legno.

"Rina, è una cosa importante, ma non spaventarti, adesso ascoltami tranquilla... Il prete ha bisogno di un grosso favore, ci ha chiesto di tenere per qualche tempo un orfano di guerra, ha poche settimane. Sa che qui siamo in tante, che lo possiamo seguire e sfamare. In città si soffre la fame, in campagna meno. Per ora non lo sa nessuno, tranne l'Elvira, la Raffaella, mia sorella e io. E adesso tu."

La Rina ascoltava immobile, gli occhi spalancati.

"Abbiamo pensato che lo potresti tenere in casa, farlo dormire e accudirlo. Ad allattarlo ci pensa l'Elvira."

La Rina si allentò il cinturino in vita. Non sapeva cosa rispondere. Durante l'omelia aveva sentito parlare di generosità, di accoglienza, aprire le porte al prossimo e porgere l'altra guancia. Non ci aveva capito molto, ma quando il sacerdote aveva parlato dei bambini abbandonati aveva avuto un tuffo al cuore.

"E a mio marito chi glielo dice?" fece dopo un po'.

"A lui non importerà. Vedrai che si sentirà sollevato per non averti ancora fatto fare un figlio, e se ne andrà al bar come sempre."

La Rina abbassò lo sguardo.

"Scusa, non volevo..."

"Non ti preoccupare, ormai ci sono abituata." E la Rina fece un piccolo sorriso triste.

Stava per chiedere qualcosa, ma Teresa non gliene diede il tempo. "La Cesira lo ha già capito," la anticipò.

Vi fu un lungo silenzio. La Rina si sfilò la cintura e cominciò ad arrotolarla e srotolarla con un gesto meccanico, sempre uguale. Teneva lo sguardo fisso sul campo di rape e se ne rimaneva muta. Finché, sorprendendo Teresa, la strinse in un abbraccio e le sussurrò un timido "va bene".

La vita della piccola comunità, trentadue bocche da sfamare, continuò senza soprassalti. Teresa alterò la verità sui Levi. Disse a tutti che erano fuggiti al Sud, in automobile, le avrebbero dato notizie una volta al sicuro. Non li nominò più, e per portare qualche soldo a casa cominciò a darsi da fare come fattorina per la filanda dove lavorava Adele.

Nessuno sapeva che il neonato si chiamava Amos, tanto meno che era ebreo, tranne loro due. A lui ci si riferiva con il nome di Pietro, assegnatogli su due piedi. Si diceva che era stato sottratto a un destino in orfanotrofio, dove venivano accolti provvisoriamente bambini separati dai genitori e senza parenti, e che la madre se lo sarebbe ripreso quando fosse tornata dalla Germania. In altri casolari si nascondeva gente in fuga, disertori o renitenti, si sapeva e si taceva, ed era pericoloso, ma Pietro era un'opera di carità, non destava preoccupazioni, sgambettava insieme a Celestina e stava in braccio a tutte.

Stava per arrivare il Natale, triste e miserevole, ma pur sempre Natale. Di futuro non si parlava. Ci si sentiva appesi a un filo, sbatacchiati di qua e di là, tra malattie, leggi sempre più restrittive e fucilate. Nella casa al numero 12 di via dell'Argine destro, però, una scodella di minestra la si trovava tutte le sere.

7.
Mercoledì 2 febbraio 1944

"Lei capisce cosa intendo, no, don Paolo?"

La voce dello sconosciuto filtrava attraverso la grata del confessionale. Del volto si distinguevano soltanto un paio di curatissimi baffi neri. Aveva preso il prete alla sprovvista, all'uscita da un funerale, e aveva insistito perché lo confessasse subito. Prima aveva accennato, ma senza particolare enfasi, a una questione di vita o di morte; poi, notando nell'interlocutore una certa titubanza, aveva cambiato atteggiamento, cosa che aveva destato un brutto presentimento in don Paolo. Si era sentito messo con le spalle al muro e non aveva potuto far altro che ricevere quello sconosciuto con il cappello calcato in testa, lo sguardo nascosto dalla tesa.

"Ha capito, don Paolo?" ripeté l'uomo, alzando la voce di un tono.

Il prete rispose di sì, ma la mancanza di convinzione non sfuggì allo sconosciuto.

"Voglio dire che lei, don Paolo, d'ora in poi è il responsabile di ogni *alterazione* nel territorio della sua parrocchia." Si schiarì la voce. "Dovrà farci sapere immediatamente se c'è qualche nuovo fedele, grande o piccolo... Qualcuno che non figura nei suoi registri di battesimo, matrimonio o morte. Siamo intesi?"

"Sì, siamo intesi."

"Sappiamo che in campagna è facile nascondersi. E ci è stato riferito che da queste parti i bambini spuntano come funghi. Faremo le nostre verifiche." La voce si era fatta velatamente minacciosa. "Mi raccomando, tenga gli occhi bene aperti. Di sicuro non vuole che la Chiesa cattolica accolga traditori ebrei nel proprio seno, non è vero?"

Don Paolo accennò un *Ego te absolvo in nomine...* e si alzò.

"Quanti figli ha l'Elvira dei Barba?"

La Fosca stava grattando via la cera incrostata sui portalumini, mentre la maestra Milena spolverava l'altarino di San Gaetano.

Quel giorno, il turno di pulizia toccava alle parrocchiane più bigotte: la Fosca, una spilungona che faceva la levatrice e portava estate e inverno zoccoli di legno, era cugina della perpetua e non vi era notizia fresca di canonica che non giungesse subito al suo orecchio; la maestra Milena, miope e mingherlina, impartiva noiosissime lezioni di dottrina, lunghi monologhi che le poche allieve in aula non osavano interrompere. Dotata di una buona parlantina e di un'ottima educazione cattolica apostolica, la maestra Milena passava anche di porta in porta a reclutare fedeli per la processione del Venerdì Santo, operazione che sarebbe iniziata l'indomani, dopo la Candelora, visto che ormai era nevicato e piovuto abbastanza e "de l'inverno s'era fora".

Di lì a qualche ora la chiesa si sarebbe riempita per il rosario, sempre che le campane non avvisassero di un bombardamento, come era successo già due volte dal dicembre precedente, anche se poi le bombe le avevano sganciate altrove, al Portello e al quartiere dell'Arcella.

La maestra Milena pensò a lungo alla frase più conveniente per non sbottonarsi troppo. Infine domandò: "Parli della sposa che abita dopo il ponte?".

"No, quella è la nipote della cieca, e non ha fatto putèi," rispose la Fosca, scandendo l'ultima frase con veemenza. "Parlo dell'Elvira, ti ho detto, quella sempre incinta. Ha sposato un altro Barba."

Ogni nucleo familiare della zona aveva il proprio soprannome – spesso più usato del cognome –, che poteva alludere alla professione, a un'abitudine, a un tratto fisico o caratteriale di qualcuno dei suoi membri. I Costa dei casoni, i parenti della madre di Teresa, erano detti "i Barba", e nessuno ricordava bene il perché, se davvero qualcuno di loro fosse barbuto o se per il significato di "zio" o "prozio" nell'antico dialetto veneto. Comunque, nessuno li chiamava per cognome.

"Mi pare che il primo figlio le sia morto in fasce, tanti anni fa, e che da poco abbia partorito l'ultimo. Ne avrà una decina..." fece la maestra Milena titubante.

"Ti dico io quanti ne ha, ché li ho fatti nascere tutti." La Fosca finì di contare i lumini offerti alla Madonna col Bambino, poi si portò le mani ai fianchi e decretò: "Di vivi ne ha dodici e l'ultima è una femmina, c'è scritto anche nel registro dei battesimi".

"Ma allora perché volevi saperlo da me?" ribatté la maestra Milena senza capire.

"No, niente, credevo che sapessi..." La Fosca lasciò la frase a metà.

"Mi son persa qualcosa per la strada?" fece la maestra piantando in asso il vasetto di fiori votivi che stava pulendo.

La Fosca stava per sussurrare qualcosa, ma si udì uno scricchiolio provenire dall'inginocchiatoio e subito dopo un signore distinto sbucò da dietro il confessionale.

"Pensi bene a quello che le ho detto, don Paolo," ripeté lo sconosciuto mentre il sacerdote si allontanava in fretta. "E si ricordi che è tenuto al segreto confessionale."

L'uomo si annodò la cintura del soprabito e, giunto all'incrocio del transetto, si inchinò davanti all'altare con un segno di croce. Poi estrasse dalla tasca un paio di guanti neri e, fatto dietrofront, sparì dalla vista delle due beghine uscendo dalla porta centrale.

Il sacerdote sgusciò nella sacrestia e vi si chiuse dentro con un rumoroso giro di chiave, senza nemmeno salutarle, cosicché la Fosca e la maestra Milena, sbrigate le ultime faccende, lasciarono la chiesa indispettite e si precipitarono alla canonica. Dopo aver dato una scampanellata, rimasero ad aspettare impazienti sui gradini. Ci volle un po' prima che intravedessero, attraverso i vetri smerigliati dell'uscio, la sagoma della perpetua farsi sempre più grande.

"Ciao Amalia, possiamo entrare?" fece la Fosca infilandosi e dirigendosi verso la cucina senza attendere conferma. Le due pie donne avevano tutta l'intenzione di rimanere a lungo e di farsi offrire un surrogato di caffè al pentolino.

Nella canonica la vita quotidiana si svolgeva tutta in cucina. Al centro della stanza c'era un tavolo rettangolare con attorno otto sedie, mai servite per le riunioni pastorali. Non tutte erano accostate al bordo, perché raramente le comari che venivano a trovare l'Amalia le rimettevano a posto e lei, tra una visita e l'altra, spesso non ne aveva il tempo. La stanza, spaziosa e un po' buia, era una fucina di chiacchiere: ogni pomeriggio arrivava qualcuna, sola o in compagnia, a far comarò. Don Paolo compariva soltanto all'ora dei pasti, giusto il tempo di una minestra o di uno spezzatino d'asino, quando c'era.

La Fosca la prese alla larga. "Allora, come vanno i lavori al cimitero?"

"Tutto fermo, tesoro. Se scava solo fosse, non c'è tempo per sistemare. Tante tombe, de tosi giovani. 'Sta guerra non finisse più."

Seguì un lungo silenzio.

"E bambini. Muoiono tanti bambini," buttò lì la maestra con aria grave.

"Sì, more tanti putèi de fame e de fredo. O de tosse convulsa, o de tubercolosi, e anca de polmonite," ribadì l'Amalia accorata.

"Ah, povere le famiglie con tanti filli," commentò la Fosca nel suo italiano imperfetto, che sfoderava per mostrare la propria superiorità sociale alla cugina. "A proposito," continuò, "mi hanno detto che dai Barba hanno preso un orfano. Che gliel'ha dato don Paolo da tenere."

La perpetua inarcò le sopracciglia e si strinse nelle spalle, mentre la maestra Milena passava con aria innocente un dito sul bordo a filet della tovaglia.

"Mi non so niente," si stupì l'Amalia, "qua succede tante robe, ma a mi don Paolo no me dise mai niente."

"Sul serio?" chiese la Fosca inquisitoria.

"Sì, Fosca, mi non so de 'ste robe. Comunque, ogni tanto 'riva dei orfani qua. Ma ultimamente no. Non so altro, scusame."

"Fosca, si è fatto tardi. Andiamo?, comincia il rosario," intervenne sommessamente la maestra Milena.

"Certo, andiamo, è ora di pregare," rispose la Fosca alzandosi di scatto. Senza degnare la cugina di uno sguardo riprese il corridoio facendo riecheggiare gli zoccoli.

"Aspettami..." disse la maestra, che aveva ancora il cucchiaino in mano. Lo posò accanto alla chicchera, con delicatezza.

"E allora! Andiamo o no?" La Fosca se ne stava con le mani ai fianchi, sbuffando.

Milena sussultò. "Sì, cara, arrivo." E la seguì più veloce che poté, accomiatandosi rapidamente dalla perpetua.

"Sbrigati!" si udì dallo spiazzo antistante la canonica. "Devo pensare sempre a tutto io!"

La Fosca aveva appena capito cosa fare.

8.

Sabato 15 aprile 1944

La primavera era iniziata in piena Quaresima, Pasqua era passata da poco. Finalmente era uscito il sole in quella mattina di Sant'Annibale, un regalo del cielo dopo le bufere di neve e le intense gelate del lungo inverno appena trascorso.

In chiesa non si vedevano tanti fedeli dal giugno del mille novecento quaranta, quando, nonostante la dichiarazione ufficiale di entrata in guerra dell'Italia, il conflitto bellico sembrava ancora lontanissimo. I banchi erano gremiti di donne, anziani, ragazzini in pantaloni corti, ragazze con le gonne nere a pieghe, anziani padri di famiglia, mutilati di guerra, storpi e disgraziati vari. Mancavano i maschi adulti e sani, i quali, dopo essere tornati a casa grazie all'armistizio dell'8 settembre, si erano dati alla macchia per evitare di essere riarruolati nell'esercito della Repubblica di Salò.

Quel sabato si celebravano le nozze di Eugenio Zoccà con Benedetta Compagnin. Prima della guerra, il giovane imprenditore aveva finanziato la costruzione della nuova chiesa grazie agli introiti della sua fabbrica di bottoni, al solo scopo di farsi notare dal signorotto locale e di ottenere da lui, insieme alla mano dell'unica figlia, anche – un domani – le sue case e le sue terre. Alla vigilia del matrimonio, il sior Compagnin aveva fatto sapere che avrebbe offerto da bere a tutti i parrocchiani venuti ad ammirare la sposa. Più che la chiesa, dunque, era il sagrato a essere affollato.

L'oste Bepi – la sua, in realtà, era poco più di una bettola frequentata sporadicamente dai paesani soprattutto per fare uso del vespasiano – si affannava dietro al bancone. Preparava quartini di bianco, stappava fiaschi di rosso e apriva damigiane di grinton, il vino importato dalla Merica dagli anni venti.

Sembravano tutti impazziti: al primo giorno di sole scorrazzavano come topi appena usciti dalla tana. Il brulichio della piazza dava quasi fastidio, tanto era animato. Per l'occasione, anche molta gente di campagna si era intrufolata tra i curiosi per vedere i novelli sposi con i propri occhi e godere dell'invito al brindisi del sior Compagnin.

"Benedetta ha l'abito color crema..." sussurrò la Rina al marito, cercando di aprirsi un varco tra la folla.

"Saranno affari suoi," rispose lui, che non vedeva l'ora di andare a bere.

La Rina alzò le spalle e, vista Teresa, la raggiunse. Il marito prese la palla al balzo e si avviò per il labirinto umano che conduceva all'osteria.

"Teresa, ma la sposa l'è incinta?" chiese la Rina senza quasi salutare.

"Non so, Rina, ma cosa te ne importa?" ribatté Teresa, indispettita. "Guarda com'è raffinato il vestito di pizzo... Il velo sembra quello della regina Maria José."

"Sì, hai ragione, ma a me sembra di vedere un po' di pancia," insistette la Rina, incantata di fronte alla favola d'amore che stava per avverarsi sotto i suoi occhi.

L'Elvira era appena arrivata tutta trafelata e aveva la Celestina in collo. Non vedeva il marito in mezzo a quella calca. La Raffaella e Adele l'avevano scortata a debita distanza, per poter chiacchierare in santa pace.

Una volta sul sagrato, le due amiche notarono la presenza

di alcuni bei ragazzi, uno dei quali aveva una macchina fotografica al collo. Alla Raffaella parve addirittura che uno di loro non le togliesse lo sguardo di dosso.

"Re di coppe." Il marito dell'Elvira sbatté sul tavolo la carta che credeva vincente.

"Eh no, caro mio. Asso di denari. Ciapa qua." Il becchino della contrada se la rideva a crepapelle, e così il suo compagno che gli sedeva di fronte. "Bepi, portame do' goti de rosso, dai che ghemo vinto!"

"N'altra partita?" propose qualcuno tra i giocatori.

"No, basta briscola, non ne posso più." Il marito dell'Elvira lanciò in aria le carte che gli rimanevano e si appoggiò allo schienale sbuffando.

In fondo al locale, nell'angolo delle finestre che si affacciavano sulla via principale, due tizi in abito e cravatta parlavano a bassa voce, gesticolando, ma senza guardarsi in faccia. Sembravano due di città. Uno, magro magro, faceva roteare il bicchiere vuoto, l'altro teneva un sigaro all'angolo della bocca sormontata da un paio di curatissimi baffi corvini. Fece segno all'oste affinché gli portasse un'altra spuma nera.

L'Elvira spinse proprio allora la porta a vetri dell'osteria in cerca del marito e quando vide i due nell'angolo fece un rapido dietrofront.

Intanto Bepi, uscito da dietro al bancone con in mano la spuma, aveva notato un ratto che scorrazzava tra i tavoli e, mollato il bicchiere, corse a prendere una scopa; la caccia creò un certo scompiglio, ma l'animale se l'era già svignata fuori.

"Mi scusi tanto, mi dispiace per quella bestiaccia," disse l'oste posando il bicchiere sul tavolo dei due sconosciuti.

"Senta..." fece l'uomo con i baffi. "Saprebbe dirmi chi era la signora che si è affacciata qui dentro poco fa e che è scappata via come se avesse visto il diavolo?"

“Forse ha qualcosa da nascondere...” insinuò il suo compagno. Il tono era gentile, ma gli occhi erano gelidi.
“Chi, l’Elvira? Quella dei Barba?” farfugliò l’oste.

Davanti alla chiesa la folla si stava diradando. Esauriti i pettegolezzi sul matrimonio, non restava che ritornare da dove si era venuti.
La Raffaella non si era spostata di un metro dal paracarro che reggeva la catena di protezione del sagrato, in attesa che il giovane che l’aveva adocchiata si facesse avanti. Adele aveva provato a dirle che non poteva essere sicura che lui l’avesse puntata, e comunque non andava bene mettersi ad aspettare un maschio.
“’Spetta ancora un attimo, vedrai che adesso si avvicina,” disse la Raffaella quasi in un sussurro, senza distogliere lo sguardo dal ragazzo che invece sembrava pensare solo a mettersi in posa per farsi fotografare.
“Dai, vieni via, smettila di fare la ridicola.” Adele si era proprio scocciata. Prese la Raffaella per un braccio e le diede uno strattone, ma l’altra si divincolò, e allora la mollò lì, che facesse come le pareva.

“Dov’è la Teresa? Avete visto la Teresa?” La Iole, la madre delle Agostini, aveva il fiato grosso e si era appoggiata alla fiancata della chiesa come se non ce la facesse più.
“Cosa fai qua, mamma?” Adele aveva provato a convincere la madre ad andare alla cerimonia, ma la Iole non aveva nessuna voglia di curiosare al matrimonio di quella viziata della Benedetta: era rimasta seduta davanti alla finestra a rammendare.
“Trova to sorela, Pietro el pianse da un’ora. Forse el g’ha qualcosa, la febre, non so, non sta fermo un atimo. Cossa femo?”

Davanti alla canonica, la Fosca, sua cugina Amalia e altre addette al patronato stavano ancora spettegolando sulla famiglia dello Zoccà e sembravano fare a gara a chi la sparava più grossa sulla luna di miele: Roma? Ma no, Parigi! C'era addirittura chi giurava su Nuova York. Vedendo la Iole così agitata, la Fosca drizzò le antenne.

"Zitte," disse allora alle compagne, "venite con me."

E con aria indifferente il gruppetto si spostò in direzione della scalinata, dove si stava svolgendo la conversazione tra madre e figlia.

"Milena, va' a sentire cosa si dicono," ordinò la Fosca indicando la Iole e Adele con un cenno della testa. "Fa' finta di aver dimenticato qualcosa in chiesa..."

Intanto era arrivata Teresa e si era messa a confabulare con la madre.

Milena salì i gradini molto lentamente, poi rimase nascosta per un po' nel portico, infine tornò dalle amiche.

"Allora, cos'hai capito?" chiese la Fosca andando subito al sodo.

"Dicevano che forse il bambino è in pericolo e che bisognerebbe chiamare il dottore," rispose Milena titubante.

In quel momento Teresa corse via e le comari la seguirono con lo sguardo fino all'imbocco della strada principale.

"Venite più in qua," bisbigliò la Fosca alle amiche, e le condusse davanti all'osteria.

"In casa dei Barba c'è un maschietto che avrà cinque o sei mesi e non si sa da dove spunti fuori, ecco cosa c'è... Un bambino che non è della famillia," disse a voce esageratamente alta. Si guardò alle spalle per accertarsi che le finestre fossero ben aperte.

"La maestra Milena l'ha visto quando ha fatto il giro a cercare i volontari per la processione del Venerdì Santo... È un bambino moretto, l'ha detto lei, lo chiamano Pietro, l'ha portato la Teresa," continuò, mentre la porta a vetri si apriva per lasciar uscire i due tizi con l'aria da forestieri. Quello magro magro si calcò un Borsalino in testa e rivolse uno sguardo cupo alle donne riunite sotto la finestra. L'altro, il baffuto, salutò con un cenno i giovani davanti alla chiesa. Poi salirono in fretta su un'automobile scura e lustra parcheggiata poco più in là e partirono di gran carriera. I pochi parrocchiani che assistettero alla scena fecero finta di nulla e rincasarono con la testa bassa e le mani in tasca.

La Fosca se ne andò tutta impettita. Ho fatto proprio bene, si disse compiaciuta. Non si può ingannare Gesù. E si segnò rapidamente, marciando con passo sicuro. Sul selciato della chiesa si udiva soltanto il frastuono dei suoi zoccoli di legno.

Lunedì 1° dicembre 1958

Teresa si sentiva strana, come se stesse per succedere qualcosa. Non aveva fatto colazione, le doleva lo stomaco. La sera prima era riuscita a mandare giù soltanto del caffellatte con qualche pezzetto di pan biscotto e si era coricata subito dopo.

Alle nove in punto arrivò il postino. Sfogliare le buste la distrasse per un po' dal suo malessere. C'erano un paio di lettere dalla Cassa di Risparmio di Padova e Rovigo e il notiziario parrocchiale per la signorina Emilia, mentre per la signorina Carolina il numero 12 della rivista "Mani di Fata" con in copertina un berretto rosso jacquard e i guanti sport coordinati; per lei c'era anche una cartolina con una chiesa bianca che pareva fatta di meringa da parte di un certo Gilberto: recava il timbro PARIS XXIII·XI·1958. Insomma, nessuna novità, a parte l'ennesimo nuovo ammiratore della minore delle sorelle.

Si mise sotto il braccio il fascio della corrispondenza e cominciò a salire le scale, reggendosi al corrimano, quando sentì delle grida al primo piano.

"La decisione è presa!" Era la voce di Vincenzo, che uscì sbattendo la porta.

Voltandosi di scatto andò a sbattere contro Teresa che arrivava, con tale violenza che lei cadde in ginocchio sulla passatoia bordeaux. La posta si sparse tutt'attorno.

"Ah, sei tu." Vincenzo la guardò con aria di superiorità. "Andiamo giù, ti devo parlare," disse precedendola di sotto, appoggiandosi alla stampella.

Teresa si rialzò a fatica massaggiandosi le ginocchia doloranti. Raccolse le buste e scese zoppicando.

Vincenzo era già dentro la guardiola.

"Ma che fai, entri in casa mia senza aspettarmi?" gli disse lei, più stupita che offesa.

Lui la guardò con aria truce, ma rimase zitto.

"Cosa c'è, Vincenzo? Cosa ti prende?"

"Sei licenziata." Il ragazzo aveva parlato in tono secco e duro. "Devi lasciare libera la portineria al più presto. La settimana prossima arriva la sostituta."

Teresa non si capacitava, lui non sembrava intenzionato ad aggiungere altro. Le salì un groppo in gola. "Ma come? Che stai dicendo? Cosa ho fatto?" balbettò.

"Lo sai benissimo. Te l'ho detto cento volte di non farmi domande, di non spiarmi. Non ne posso più di te."

"Vincenzo, ti prego, ascoltami!"

"Basta, mi hai stufato, tu e i tuoi piagnistei! Te ne devi andare, brutta impicciona. Abbiamo assunto un'altra persona, una che si fa i fatti suoi."

"Ma io... E poi, così su due piedi... Adesso dove vado? È da dieci anni che abito qui, più di nove che ci conosciamo, come puoi..."

"Smettila! Non ho altro da dirti."

E Vincenzo se ne andò con la sua stampella, sbattendo la porta così forte da far tremare i vetri.

Teresa sentiva urgente il bisogno di sedersi, ma la distanza tra lei e la poltrona le sembrava incolmabile.

Quando infine riuscì a raggiungerla, rimase immobile con gli occhi fissi davanti a sé, guardando senza vederlo il bidone d'alluminio del latte che fungeva da portaombrelli. L'aveva sistemato vicino all'attaccapanni, nel punto più esposto e, al tempo stesso, più sicuro: un nascondiglio ideale.

Si sentiva confusa.

Allora era vero: la biondona con le calze trasparenti che nelle ultime settimane aveva visto salire più volte al primo piano era riuscita a spuntarla. Ma non poteva finire così, non era giusto, non dopo dieci lunghi anni di sincera e incondizionata dedizione.

Che cosa era andato storto?

"Niente!" gridò Teresa, in un moto di rabbia e ribellione. Svegliati!, si disse. È arrivata l'ora di dire quello che sai!

Bisognava mettere le carte in tavola, e subito.

Si alzò di scatto e, afferrato il portaombrelli, lo capovolse con un gesto brusco. La scatolina di legno intarsiato con la lettera A sul coperchio rotolò sul pavimento e si aprì sputando fuori la trottola. Teresa si inginocchiò, in lacrime: coprendosi il viso con le mani, iniziò a dondolarsi avanti e indietro.

Ci mise un bel po' a riprendersi. Infine, animata da una nuova sicurezza, si rimise in piedi e si diresse verso la credenza. Tirò fuori dal cassetto un foglio e una matita.

Seduta al tavolo, cominciò a scrivere.

9.
Lunedì 17 aprile 1944

Il lunedì successivo al matrimonio, in paese si parlava ancora dell'abito da sposa color crema e del mucchio di denaro speso dal sior Compagnin per maritare la figlia. Il cielo era ingombro di nuvoloni bassi. Lungo l'argine, pochi contadini con la vanga e il forcone in spalla, il falcetto penzoloni dalle braghe.

Sul suo motocarro, il figlio del campanaro trasportava sacchi di biete, rapanelli e carote che si scuotevano a ogni buca. Era passato avanti e indietro più volte, fino a che non era riuscito a vedere Teresa da lontano. Se ne stava seduta sul bordo della fontana, con una gamba ripiegata sotto di sé, intenta a riempire una brocca. Le urlò qualcosa, ma lei finse di non averlo sentito.

L'Elvira usciva in quel momento dal casone con uno straccio in mano: "Sbrigati, dai, che Pietro è tutto rosso, l'è tutto infiamma'!".

Dall'arcata della barchessa sbucò Gemma, la moglie dello zio Angelo. Si era alzata prima del solito, svegliata da un corvo che picchiettava sul vetro: le era mancato quasi il respiro per un malessere che non sapeva spiegarsi e che aveva interpretato come un presagio nefasto. Guardava il cielo cupo, le cime degli alberi mosse dal vento.

"Bagna ancora 'sta pezza, dai Teresa!" L'Elvira era tesa,

preoccupata. “Il puteo ha tutto un riscaldo, bisogna passarghe un straccio umido sulle giunture.”

Avevano deciso di non chiamare il medico, alla fine. Era rischioso far venire estranei in casa, meglio aspettare un giorno o due e vedere se Pietro si sistemava da solo – meglio arrangiarsi, come avevano sempre fatto.

Dalla strada giunse un rombo di motori accompagnato da un polverone. L’Elvira si voltò di scatto. Anche Teresa si girò a guardare, e per poco la brocca non le scivolò di mano. Aguzzando la vista riuscirono a distinguere la sagoma di due mezzi di piccole dimensioni e di una camionetta scura. La Gemma fece scorrere il chiavistello e scomparve nella barchessa.

“’Ndemo, sbrigate!” L’Elvira tornò di corsa dalla Cesira e salì più in fretta che poté la scala a pioli. Teresa si diresse svelta verso il granaio.

All’inizio del viottolo, una brusca frenata. Le automobili e il fuoristrada scesero fino al centro dell’aia, poi i motori tacquero.

“Fuori tutti!” L’uomo che aveva urlato pareva il comandante e il suo ordine fu seguito da una raffica di spari.

Le donne trovarono riparo dove potevano, poi il portone di legno mangiato dai tarli fu buttato giù e lo stanzone dell’Elvira si riempì di uomini in pantaloni alla zuava e casacca nera. Un frastuono di pentole di rame si sovrappose alle grida dei soldati.

“Venite fuori subito o sarà peggio per voi!”

La Iole riuscì a scivolare sotto la branda.

Altri colpi.

La Gemma, chiusa nell’armadio, si fece il segno della croce stringendo a sé i figli con l’altro braccio.

“Uscite! È un ordine! Uscite o diamo fuoco alla casa!”

La nonna di Teresa, frattanto, si era sporta fuori dalla finestrella della soffitta e guardava stranita quel viavai di automobili e soldati.

Raffiche di fuoco colpirono il tronco del ciliegio.

"Rastrellate il casolare e gli annessi!" ordinò il comandante, guardandosi intorno con le mani sui fianchi. I soldati si misero a correre da tutte le parti, chi verso la stalla, chi verso i campi, un gruppo dietro il caseggiato.

I ragazzini dell'Elvira si erano rifugiati dietro il muro di pietra dell'orto. Un soldato li vide e aprì con un calcio il cancelletto di accesso, puntando il fucile su quel mucchio di occhi impauriti. Un cane si dimenava uggiolando, legato alla catena.

Poi dal casone giunsero i singhiozzi di un neonato e tutti i militari si precipitarono sull'aia. Celestina strillava a squarciagola.

"Uscite con le mani in alto," sbraitò un giovane soldato, e per far vedere che diceva sul serio sparò un colpo in aria.

Alle sue spalle, un altro spingeva fuori dalla barchessa la Gemma con i figli aggrappati alle gambe, spronandoli con la punta del fucile. Poi sull'uscio apparve la nonna sottobraccio alla Iole, camminava a stento. Le donne si strinsero in mezzo all'aia, mentre una nuova raffica di colpi muoveva loro il terreno sotto i piedi.

"Dov'è la ragazza? Teresa Agostini... dov'è?" strepitava il comandante.

Teresa spuntò davanti al granaio.

"Prendetela e legatela."

I soldati la afferrarono per le braccia. Il comandante le passò davanti ed entrò nella porzione di caseggiato da cui proveniva il pianto. Trovò la Cesira seduta immobile nel sottoscala e la colpì con il calcio del fucile.

"Dov'è il bambino?" le ruggì in faccia.

La Cesira scosse il capo e l'uomo si ritrasse spaventato davanti ai suoi occhi lattiginosi. "Che fai, brutta strega ammuffita? Mi butti il malocchio?" le urlò come se volesse sfondarle i timpani. "Mi sfidi, eh? Dimmi subito dov'è il bambino!" Le puntò la canna del fucile sull'ombelico. "Parla!"

E siccome la vecchia non parlava la afferrò per la crocchia, tirando verso il basso fin quasi a spezzarle l'osso del collo. La Cesira emise un rantolo e mosse lievemente il mento verso l'alto. L'uomo alzò lo sguardo. Mollò la presa e si catapultò su per la scala a pioli.

Sull'aia, intanto, i soldati si accanivano contro Teresa. L'avevano bendata e giocavano a spaventarla, mettendole le mani addosso e puntandole contro le armi.

"Camerati! Venite subito qui!"

Il gruppo rientrò e si riunì ai piedi del ballatoio. Sopra le loro teste, gli stivali del comandante rimbombavano sulle assi di pioppo.

La Rina e l'Elvira si tenevano strette in un angolo del soppalco. Era come se cercassero di fare scudo a qualcuno.

Il comandante si avventò su di loro e le separò: dietro, c'erano i due neonati. "Qual è il tuo?" ruggì rivolto all'Elvira, che non rispose. "Quale dei due è tuo figlio, ho detto!"

Furibondo, la afferrò per un braccio e la mandò a sbattere contro la parete. La Rina si era fatta piccola piccola, si asciugava le lacrime con le mani aperte. I bimbi piangevano all'unisono.

Il comandante sollevò Celestina tenendola per un braccio e le strappò le fasce. "No, questa è una femmina!"

L'Elvira provò a riprendersela, ma ricevette un calcio sul fianco che la fece gemere di dolore.

L'uomo mollò la bimba nella culla. "Allora è questo, il figlio di nessuno!" fece compiaciuto afferrando l'altro lattante. "Vediamo un po'..." Strappò le fasce anche a lui, sorrise soddisfatto alla vista del piccolo membro e controllò se fosse circonciso. "Merda, non è lui!" esclamò schifato. Lo gettò in grembo all'Elvira. "Dove l'avete nascosto, si può sapere?"

Puntò la Rina che tremava tutta, le si mise di fronte a gambe divaricate, le braccia dietro la schiena. "Avete nascosto un neonato ebreo?" le chiese in tono improvvisamente calmo.

Lei scosse la testa, terrorizzata.

"Tira fuori il bambino!" le gridò in faccia.

La Rina ricominciò a singhiozzare.

"Comandante! Comandante!" gridarono da sotto. "Sta arrivando il maresciallo."

Una terza automobile scendeva lentamente lungo il viottolo che costeggiava l'argine. Il comandante si affrettò ad andargli incontro e lo attese insieme ai suoi uomini accarezzandosi la mostrina con le fiamme a due punte cucita al bavero.

L'automobile si fermò e il conducente scese ad aprire lo sportello al sottoufficiale della Guardia Nazionale, sul cui soprabito spiccava il distintivo nero con due bande bianche verticali al centro. Il sedile posteriore era occupato da altre tre sagome immobili, di cui si distingueva soltanto il copricapo rigido.

Il maresciallo si posizionò davanti alla macchina, al centro. La truppa si esibì fiera nel saluto romano. Poi il maresciallo chiamò a sé il comandante e gli chiese ragguagli.

"Chi le ha dato il permesso di detenere la ragazza?" lo interruppe austero. "Dobbiamo agire senza dare troppo nell'occhio. Se lo ricordi, camerata," lo ammonì. Mosse qualche passo verso la truppa e ordinò di rompere le righe. "Slegatela e portatemela qui."

I soldati si affrettarono a obbedire. Finalmente libera dalla benda e dalla corda, Teresa si divincolò con uno strattone: "So camminare da sola". E si diresse verso il maresciallo sostenendo il suo sguardo.

"Allora, signorinella pallida, cosa mi sai dire del piccolo ebreo?" fece lui sornione, lisciandosi i baffi corvini.

Signorinella pallida... Quella voce, quel volto, quei baffi le ricordavano qualcuno.

"Te lo chiedo di nuovo: dove hai nascosto lo sporco, piccolo ebreo?"

Teresa serrò le labbra.

"Camerati, prendete le due donne di sopra, insieme al maschietto, e caricatele in macchina," ordinò il maresciallo. Poi, visto che lei non rispondeva, aggiunse: "La ragazza viene con me".

La prese per un braccio e la tenne ferma accanto a sé, mentre dava istruzioni all'autista che l'aveva portato sino a lì. Sul sedile posteriore Teresa intravide un uomo con un fucile tra le ginocchia: portava un copricapo scuro, come un cono ma senza la punta, ornato da una nappa.

Il maresciallo la trascinò verso l'altra automobile. Si sedette insieme a lei sul sedile posteriore e fece segno al conducente che potevano andare.

Il corteo, aperto dall'automobile con a bordo Teresa e il maresciallo, abbandonò il casolare alzando una nuvola di polvere.

All'incrocio che portava al cimitero, il figlio del campanaro sedeva su una pietra miliare. Al loro passaggio si alzò, dritto come Teresa non l'aveva mai visto: salutava il convoglio di automobili con il braccio ben teso in aria.

10.

All'esterno della locanda Da Aristide, un trio di anziani sedeva silenzioso su una panca di pietra. Non appena videro avvicinarsi i veicoli neri, fecero leva sui bastoni da passeggio ed entrarono.

Aristide si gettò in spalla lo straccio con cui stava asciugando i bicchieri e sbirciò da dietro la tenda che schermava la porta a vetri: la camionetta carica di soldati si allontanò e sparì dalla vista, mentre le automobili si fermavano poco più in là – dalla prima scesero due donne, che furono spinte verso i locali abbandonati della vecchia canonica. Chiudeva la fila un soldato con in braccio un bimbo di pochi mesi.

Dalla seconda automobile vide scendere la maggiore delle sorelle Agostini. Dalla terza non scese nessuno. Aristide attese, poi aprì la porta a vetri e, afferrata la saracinesca, la abbassò svelto, chiudendosi all'interno insieme ai clienti impauriti.

"Al muro!"

Il maresciallo spinse verso la parete scrostata della vecchia canonica prima Teresa, poi la Rina e l'Elvira. Davanti a loro, gli uomini in divisa si schierarono a semicerchio. Il bambino piagnucolava in un angolo, in braccio al soldato.

"Vediamo un po'..." disse il maresciallo camminando avanti e indietro. Poi si fermò di botto. "Chi di voi vuole parlarmi del neonato ebreo portato via dal ghetto e nascosto in queste campagne?" Sembrava non rivolgersi a nessuna in particolare, ma aveva parlato a pochi centimetri dal viso di Teresa, che si scostò infastidita.

"Una sedia, subito!" Un soldato corse a sfilarne una da un ammasso di cianfrusaglie. "Fate sedere la bella signora!"

La Rina cominciò a piangere, mentre una camicia nera la trascinava verso la sedia e la faceva sedere a forza. Il maresciallo le infilò una mano nella scollatura e la palpeggiò con evidente soddisfazione.

"Sai cosa faccio alle ragazze capricciose?" sorrise strizzando leggermente gli occhi. E poi, rivolto agli uomini: "Camerati, tenetela ferma!".

L'Elvira si girò verso il muro, preferiva non guardare. Teresa provò inutilmente a sfuggire alla presa del gendarme che la teneva stretta.

Poi il maresciallo afferrò la Rina per le ginocchia e le divaricò le cosce. Uno dei soldati, da dietro, le mise la mano davanti alla bocca.

"Nooo," urlò Teresa, subito messa a tacere da un manrovescio.

"Ora ti faccio vedere io..." Il maresciallo le strappò la camicetta, le prese un capezzolo tra i polpastrelli e iniziò a stringere. "Dimmi che fine ha fatto il moccioso ebreo."

"Non c'è nessun ebreo!" gridò la Rina con la voce spezzata.

Lui strinse più forte, facendola gemere.

"Allora chi è quel bambino?" disse indicando il piccolo in braccio al soldato.

"Quello è Pietro! Sua madre è in Germania. Lo teniamo noi fino al suo ritorno."

"Bugie! State dicendo solo bugie." E il maresciallo le torse rabbiosamente l'altro capezzolo, facendola urlare di dolore. "L'altra! Datemi l'altra!"

La Rina venne spinta giù dalla sedia, era il turno dell'Elvira.

"Chi ha succhiato il latte dalle tue tette ultimamente?" le chiese il maresciallo senza mezzi termini.

L'Elvira lo guardava dritto negli occhi. "Mia figlia e Pietro," disse cercando di nascondere il tremito delle labbra.

Il maresciallo le tirò uno schiaffone. La crocchia dell'Elvira si allentò e una forcina cadde a terra. Con improvvisa delicatezza, lui le accarezzò il mento. "Mi sembri sciupata. Ti faccio tornare io in salute!"

Lei cercò di mordergli la mano.

"Vacca!" le gridò il maresciallo facendo partire un altro schiaffone. Poi trasse di tasca una borraccia d'alluminio e svitò il tappo con lentezza. Sul collo del recipiente c'era un residuo bianco. Lo posizionò sotto le narici dell'Elvira, che fece una smorfia di ribrezzo.

"Sai a cosa serve, quest'olio paglierino?" continuò in tono mellifluo. "Rinforza le ciglia, rende i capelli più luminosi, ringiovanisce la pelle... Non lo sapevi? Dipende dalla dose."

Prese l'Elvira per il collo e si portò la sua testa sul ventre. "Te lo chiedo per l'ultima volta: dov'è lo sporco bambino ebreo che la tua amica ha portato a casa?"

L'Elvira lanciò a Teresa uno sguardo carico di stupore misto a risentimento.

"Allora?" Come se niente fosse, il maresciallo le strappò una ciocca di capelli, facendola urlare.

"È lui. È Pietro. Lasciatemi in pace," singhiozzò lei.

Il maresciallo la attirò nuovamente a sé e iniziò a versarle in bocca l'olio di ricino, quindi la spinse a terra. "Portatemi il prigioniero," ordinò spazientito.

Teresa guardò in direzione della porta. Fuori, qualcuno

sbatté forte una portiera. Sull'uscio apparve, con due soldati ai lati, una figura maschile alta e snella vestita di nero.

"Don Paolo..."

Il lamento disperato di Teresa echeggiò nella stanza vuota. La Rina, abbandonata per terra, si ridestò. L'Elvira alzò la testa.

"I traditori sono destinati alla fucilazione," continuò il maresciallo. "E io l'avevo avvisata don Paolo, si ricorda?"

Il sacerdote non reagì.

"Guardate che fine fanno gli imbroglioni," disse il maresciallo rivolto alle donne. Impugnò la pistola, tolse il berretto al sacerdote e gli puntò l'arma alla tempia. Scese un silenzio di tomba.

Si udì una risata. Il maresciallo rideva in faccia al prete esangue. Teresa fece per alzarsi.

"Ferma o sparo!" E poi, d'improvviso: "Camerati, la ragazza in macchina con me; il prete con il comandante," decise all'improvviso. "Prendete il bambino. Andiamo al comando, e voi," concluse rivolgendosi alla Rina e all'Elvira, "tornatevene a casa dai vostri maritini."

Poi, con passo deciso lasciò la canonica.

I soldati uscirono tenendo in mezzo a loro Teresa e don Paolo. Il maresciallo si allacciò il pastrano a doppio petto e all'improvviso Teresa mise insieme i ricordi e lo riconobbe: era l'uomo che l'aveva fermata nel ghetto per chiederle i documenti, il giorno in cui avevano portato via i Levi.

La Rina si alzò solo quando fu sicura che erano rimaste sole. Malferma sulle gambe, andò a battere con le mani aperte sulla saracinesca della locanda. Aristide la tirò su a poco a poco e sgusciò fuori con cautela, pronto a imbastire una scusa per la chiusura repentina del locale. Appena la vide cambiò espressione.

"Ah, sei tu! Cos'è successo? Dove sono le altre?"

"Andate a chiamare qualcuno al casone," fece appena in tempo a dire la Rina prima di scoppiare in lacrime.

Oltre la serranda, all'orizzonte, una minuscola carovana di veicoli bombati che parevano scarabei svoltava in direzione del centro della città e scompariva sotto una fitta pioggia obliqua.

11.

La Fiat 1500 6c sgommò sul porfido di via del Santo, bagnato di pioggia. Teresa conosceva bene quella via e le strade adiacenti. Fino a qualche mese prima erano state lo sfondo della sua vita quotidiana di giovane tuttofare di casa Levi.

Si raggomitolò sul sedile e le sfuggì un singhiozzo pensando che con tutta probabilità non avrebbe più rivisto il Professore e la signora, e nemmeno i ragazzi. Era venuta meno alla promessa, aveva messo in pericolo Amos. Il maresciallo la fulminò con lo sguardo e lei ricambiò con una lunga occhiata di disprezzo. Poi si girò e rimase ostentatamente voltata verso il finestrino.

I palazzi del centro storico si affacciavano su strade anguste. Molti erano stati danneggiati. Di tanto in tanto arrivava il frastuono di un martello spaccapietre, con cui si cercava di recuperare ciò che rimaneva di un crollo causato dalle bombe sganciate tra il 23 e il 24 di marzo.

Poi l'automobile svoltò a destra e si infilò in un cortile dove ce n'erano parcheggiate altre cinque o sei dello stesso modello e colore. Teresa si abbassò appena per guardare attraverso il parabrezza. Vide che sullo spiazzo si affacciavano una serie di balconi tutti uguali, distribuiti su due piani, le ringhiere con corone laureate in ferro battuto. Al piano terra, lungo tutto il perimetro, si susseguivano le arcate dei portici.

Dall'automobile accanto vide scendere don Paolo, subito preso in consegna da due uomini armati. Il sacerdote stringeva tra le mani un libricino marrone dal taglio dorato: un'edizione all'uso dei Vangeli canonici che aveva fatto appena in tempo ad afferrare dall'inginocchiatoio, prima di essere arrestato e portato via, mentre l'Amalia si segnava e piangeva. Il maresciallo scomparve all'interno dell'edificio, portando con sé il bimbo. Teresa, insieme a don Paolo, venne accompagnata al centro del cortile.

Il palazzo, vecchio di almeno un secolo, aveva un aspetto austero e dimesso a un tempo. Gli archi maestosi infondevano timore, le volte incombevano sulle teste di chi vi camminava sotto, i muri del sottoportico principale trasudavano umidità, ma i finestroni del primo piano parevano tracciati da mano d'artista.

Teresa scambiò uno sguardo eloquente con don Paolo. Entrambi sapevano che lì ci si arrivava scortati per un solo motivo. Qualche parrocchiano c'era già stato e tutti avevano fatto ritorno a casa portando sul corpo i segni dei maltrattamenti subiti. Il ferratore di cavalli aveva dovuto chiudere la fucina dopo che gli erano state strappate le unghie della mano buona.

Il maresciallo tornò a prenderli insieme ad altri uomini e il piccolo drappello si avviò su per lo scalone che portava al piano nobile. Il cuore di Teresa batteva forte. Tentò di divincolarsi, ma il soldato che la teneva per il braccio glielo strattonò così forte che non ci riprovò. I gradini di marmo erano ripidi, tracce di scarponi infangati testimoniavano il passaggio di molta gente. Teresa, arrivata davanti a un cancelletto adorno di ghirlande di ferro nero, sentì che le forze le venivano meno e sarebbe caduta se la guardia non l'avesse sorretta.

Attesero a lungo nel salone situato oltre il cancelletto – probabilmente un salone delle feste –, guardati a vista da altri gendarmi. Sulle pareti si aprivano le porte dei diversi uffici del Comando della Guardia Nazionale Repubblicana.

Altri gruppi di fermati aspettavano, in un silenzio teso e spaventato. Uomini impettiti e donne dal passo veloce entravano e uscivano passando da una stanza all'altra. Il soffitto era decorato a medaglioni di legno, incorniciati da stucchi.

Le gocce dell'imponente lampadario di cristallo tintinnarono quando si spalancò la porta centrale, che aveva una targa con la scritta DEPORTAZIONI.

"Fate entrare il sacerdote," ordinò una voce dall'interno.

Don Paolo fu spinto dentro, Teresa cercò di alzarsi dal divanetto dove l'avevano fatta sedere ma venne subito bloccata dai soldati. La porta si richiuse con un colpo secco. Di nuovo silenzio.

Le gambe di Teresa si agitavano in preda a un tremito nervoso. Il soldato alla sua destra le mise una mano sul ginocchio e la tenne premuta fino a quando lei non si calmò.

L'attesa si stava facendo lunga, stava scendendo la sera. Il divano di velluto capitonné era comodo, ma le ore passavano, dovevano essere ormai quasi le sette, e la paura era diventata terrore. Da dietro la porta arrivavano voci concitate, poi colpi, poi un silenzio minaccioso, poi urla. Finché Teresa credette di riconoscere anche un lezzo di carne bruciata – o era solo la sua immaginazione? Cosa stava succedendo lì dentro? E il bambino? Dove lo avevano portato?

"Signorina, prego." Una donna in tailleur comparve sulla soglia dell'ufficio ORDINE PUBBLICO E CONTRASTO ALL'ANTIFASCISMO. Teresa si guardò attorno incredula: cosa c'entrava lei con l'ordine pubblico e l'antifascismo? Entrò con qualche incertezza, ma qualcuno, da dietro, la guidò alla sedia posta davanti alla scrivania.

"Generalità. Nome del padre. Domicilio. Religione."

Teresa osservava attonita il soldato in gonnella che scriveva senza quasi attendere le risposte. "Si accomodi, può andare," disse infine la donna, sempre con la testa china sulla tastiera.

"Venga con me," la invitò la voce maschile da dietro.

Teresa si voltò. A parlare era stato il maresciallo, questa volta in tono cortese e mantenendo le distanze.

La condusse nella stanza attigua, dove un uomo in divisa dai capelli impomatati aveva infilato un foglio nella Invicta Littoria e adesso lo stava avvolgendo intorno al rullo azionando le rotelle laterali; una donna bionda sedeva sul tavolo addossato alla parete, gambe accavallate e sigaretta accesa tra le dita; un terzo uomo chiuse a chiave la porta comunicante tra i due uffici. Teresa udì un lamento in lontananza, come di animale ferito, finito in trappola.

"Ti ascolto. E non fingere di non sapere a cosa mi riferisco," esordì seccamente il maresciallo sedendosi dietro la scrivania.

Qualcuno fece scorrere il pesante tendaggio davanti alla finestra. All'improvviso Teresa sentì un gran caldo. Ma non disse una parola.

Il maresciallo diede un pugno sul tavolo, stizzito. "Pensaci tu," ordinò allora alla donna bionda.

La donna si avvicinò, appoggiò la sigaretta sul posacenere e si riallacciò il primo bottone della giacca. Prese Teresa per la collottola, come fosse stata un gatto, e la attirò a sé, quindi le torse con rabbia un orecchio e le tirò un ceffone. "Come ti chiami? Cosa fai? Per chi lavori?" urlò.

Teresa si portò una mano alla bocca. Sapore di sangue. Una gomitata al fianco la fece accasciare a terra. La donna, dopo aver ripreso la Serraglio accesa dal posacenere, adesso era china su di lei. "Allora, hai cambiato idea? Ti va di parlare?" le disse mostrandole il mozzicone incandescente. E siccome Teresa non rispondeva, mentre il maresciallo la teneva ferma per le caviglie, le strappò la camicetta e le premette la sigaretta sulla spalla.

Teresa non capiva più niente, aveva fissa davanti agli occhi l'immagine di quel cerchietto rosso, e anche se cercava di difendersi le sembrava di sentirselo dappertutto, di certo sulla guancia, vicino all'orecchio, poi sotto un'ascella, dove la donna lo tenne a lungo, premendolo forte, ancora e ancora. Infine perse i sensi.

"Alzati!" Il maresciallo non aveva pietà. La fece rinvenire con degli schiaffetti, poi la rimise di peso sulla sedia.

Teresa si sentiva debolissima, aveva voglia di morire. "Il bambino..." mormorava. "Dov'è il bambino?"

"Ecco, appunto. Dimmi del bambino." Il maresciallo aveva ripreso la voce calma dell'inizio. "Sono sicuro che è il figlio dei Levi. Ma perché non è circonciso?"

Anche se avesse voluto parlare, Teresa non avrebbe potuto. Il maresciallo ci ripensò.

"Camerata, scriva," ordinò al segretario.

BOLLETTINO UFFICIALE DI GUERRA
corrispondente al giorno 17 del mese di aprile
1944 - anno XXIII dell'era fascista

Oggi, presso gli uffici della Questura di Padova, innanzi al Sottoufficiale Maresciallo della Guardia Nazionale Repubblicana Attilio Pozzo compare la signorina Teresa Agostini, figlia di Antonio, domiciliata nella contrada di San Gregorio, in via dell'Argine destro nella casa numero 12, di anni sedici, nubile, di razza ariana, di religione cattolica. La stessa, sottoposta a interrogatorio dal sottoscritto Sottoufficiale Maresciallo Attilio Pozzo, di sua spontanea volontà dichiara di aver lavorato, in qualità di domestica, fino al giorno 9 di dicembre del 1943, alle dipendenze di Giuseppe Levi, domiciliato in via degli Obizzi numero 19, di anni quarantacinque, di religione ebraica. L'accusata dichiara, inoltre, di aver preso in carico dalla famiglia di origine, in data 9 di dicembre 1943, il neonato Amos Levi, di Giuseppe, domiciliato in via degli Obizzi numero 19, di religione ebraica, e di avergli dato rifugio presso la propria abitazione. Preso atto della dichiarazione spontanea da parte dell'accusata, il sottoscritto Sottoufficiale Maresciallo Attilio Pozzo, in virtù dell'applicazione del Regio Decreto, Legge 1728, del 17 novembre 1938, articolo 12 delle Leggi razziali, dell'Ordinanza del Ministero degli Interni della Repubblica Sociale Italiana, numero 5, del 30 novembre 1943 nonché della Legge Marziale tedesca vigente

CONDANNA

la signorina Teresa Agostini alla pena...

"Nooo... Sei un bugiardo! Ti sei inventato tutto!"

Con le poche forze che le rimanevano Teresa tentò di scagliarsi contro il maresciallo Pozzo, ma lui la afferrò per i polsi e la spinse via facendola finire per terra. Poi aprì un cassetto e, dopo averne estratto un manganello con una nappa di seta, lo richiuse con un colpo secco. Si abbassò in modo che Teresa potesse vederlo e glielo agitò davanti minacciosamente. Lei chiuse gli occhi. Sollevò cautamente la mano a tastarsi la testa e la ritirò sporca di sangue. Cercò di tirarsi su, non ce la faceva.

"Segretario, esca! Uscite tutti, è un ordine!" Il maresciallo alzò di peso Teresa e la depositò sul divano. "Va bene, voglio essere buono con te."

Lei, che lo guardava attraverso le palpebre semichiuse, si irrigidì.

"Lo sai, vero, cosa succede a chi nasconde un ebreo?" le disse facendole scorrere una delle sue dita tozze lungo il collo. "A meno che..."

Teresa si tappò le orecchie.

"A meno che..." continuò concitato, abbassandole sulle spalle la camicetta strappata. Sapeva di fumo, non solo l'alito, anche la pelle, e aveva la fronte imperlata di sudore.

Teresa cercò di scostarsi, guardava dall'altra parte, in alto. Uno specchio dalla pesante cornice dorata incombeva su di lei. "Non ho nascosto nessun ebreo, non ho fatto niente, non so niente," mormorò.

Lui le si buttò addosso, le tappò la bocca con una mano e con l'altra iniziò a frugare sotto la gonna. Teresa scalciava con le poche forze che le rimanevano, si difendeva come poteva.

"Ti mando a fucilare se voglio, sai!" Il maresciallo Pozzo adesso le aveva fatto alzare le braccia sopra la testa e le serrava i polsi con una mano mentre con l'altra tentava di abbassarle le mutande. "O preferisci che ti cavi gli occhi?"

Con la forza della disperazione, Teresa cercò di mordergli il polso, poi di dargli un calcio. Lottarono finché lei riuscì a rialzarsi e a mettersi dietro l'attaccapanni a piantana. Il maresciallo la raggiunse, Teresa glielo spinse contro, ma lui fu lesto a scansarlo e a chiuderla nell'angolo. Di colpo, poi, si allontanò.

"D'accordo, l'hai voluto tu. Procediamo."

Si sedette alla scrivania, ansimante. Estrasse un pettine dal taschino e si ravviò i capelli. Poi sbatacchiò una campanella e subito la porta si aprì.

"Portatela in una cella in soffitta," disse ai due uomini entrati nella stanza. "Dite alle infermiere che non la perdano d'occhio. Niente pane, niente acqua. Deve stare ammanettata al buio fino a domattina."

Teresa si lasciò condurre via senza opporre resistenza.

12.
Martedì 18 aprile 1944

Alle dieci e trenta del giorno successivo, Teresa fu convocata nuovamente in ufficio. Aveva trascorso la notte con le braccia ammanettate dietro la schiena, le sembrava di non aver chiuso occhio, nella sua mente sconvolta continuavano a passare le immagini spaventose del giorno precedente. E il bambino? Dov'era Amos? Si sentiva morire. Adesso avanzava lungo il corridoio accompagnata da un agente che le stringeva forte il braccio.

Nel salone una donna delle pulizie stava radunando stracci, secchio e scopa. Teresa fu spinta nell'ufficio del maresciallo Pozzo. Le facevano male le gambe, le braccia, la schiena, la testa, persino i denti... Ogni singolo muscolo, ogni singolo osso le doleva.

"Guardia, tolga le manette alla detenuta." Poi il maresciallo congedò l'uomo con un cenno del capo.

La luce del mattino penetrava crudele dai balconi. Teresa si sentiva le labbra secche, la bocca amara. Deglutì a fatica. Alzò lo sguardo verso la scrivania. La stanza era in ordine. Una radio suonava *Parlami d'amore Mariù*. Il maresciallo la spense e rilesse a Teresa le ultime righe del rapporto redatto la sera prima:

...in virtù dell'applicazione del Regio Decreto, Legge 1728, del 17 novembre 1938, articolo 12 delle Leggi razziali, dell'Ordinanza del Ministero degli Interni della Repubblica Sociale Italiana, numero 5, del 30 novembre 1943 nonché della Legge Marziale tedesca vigente

CONDANNA

la signorina Teresa Agostini alla pena...

Teresa scoppiò in una risata isterica.

"Stai calma. Adesso vieni con me nell'altra stanza, voglio farti vedere una cosa." E il maresciallo, aprendo la porta con un gesto cerimonioso, le cedette il passo.

Il cuore di Teresa perse un colpo: nella stanza accanto c'era un tavolo, e sopra il tavolo c'era Amos. Nudo, sveglio, legato. Piagnucolava. Accanto a lui, una serie di cavi elettrici attorcigliati, collegati a un aggeggio che somigliava a un radiotrasmettitore.

Teresa si avventò come una furia sul maresciallo, che cercò invano di fermarla. Caddero garze, la tintura di iodio, lampade, fermacarte, righelli, portafoto, i cestini, il telefono. E un mezzobusto in marmo di Mussolini.

Il bambino adesso era tutto rosso e singhiozzava.

Teresa e il maresciallo lottavano in mezzo alla stanza, lei gli aveva dato un pugno e lui l'aveva afferrata per il collo, graffi, calci, morsi, finché Pozzo fu costretto a mollare la presa. Proprio mentre tre uomini, richiamati da quel fracasso, facevano irruzione nella stanza.

"Tu sei matta! Matta da legare," urlava il maresciallo asciugandosi il sangue che gli colava dal naso. "Ma me la pagherai, eccome se me la pagherai! Ti giuro che ti ricorderai del maresciallo Attilio Pozzo, per sempre!"

Gli uomini l'avevano ammanettata di nuovo, lei continuava a gridare: "Il bambino! Non toccate il bambino!".

Il maresciallo, tornato nel suo ufficio, batteva furiosamente sui tasti della macchina da scrivere. Quando ebbe finito, quasi strappò il foglio dal rullo, lo piegò in quattro e lo infilò dentro una busta.

"Consegna questa missiva a chi di dovere, e porta il bambino dove sai," disse al più anziano dei soldati. "Riportate in cella questa cagna."

Teresa si lasciò cadere a terra. Avrebbe mai più rivisto il suo Amos?

13.
Mercoledì 19 aprile 1944

Era seduta, ammanettata, in un'autovettura militare, stretta in mezzo a due soldati. In cella, la lampadina rosa sempre accesa l'aveva tormentata per tutta la notte. Era scarmigliata, piena di lividi, graffi e bernoccoli. Nell'abitacolo nessuno parlava. Il cielo era terso, le chiome degli alberi scintillavano leggere nel vento.

L'autista frenò davanti a un passaggio a livello bloccato. Pezzi di legno erano sparsi ovunque sull'asfalto, insieme a ferraglia assortita.

"Guarda qua che roba," esclamò il conducente. "È tutto fermo da marzo. Io abito qui vicino. So a memoria il bollettino, urca se lo so: *Una squadra di quadrimotori americani, scortati da stormi di caccia sganciava per un'ora ordigni da duecentocinquanta chili sopra la stazione merci di Campo Marte.*"

Il più giovane dei soldati di scorta diede due colpetti sulla spalla dell'uomo, che capì di dover tacere.

Ripresero la marcia e, dopo una deviazione che li costrinse ad allungare di diversi chilometri, raggiunsero un agglomerato di costruzioni circondato da una cinta muraria di mattoni a vista, intervallata da contrafforti.

La vettura procedeva lenta tra cataste di detriti, resti del recente bombardamento. Superato il corpo centrale, con diverse file di finestre e una balconata al primo piano, svoltò a sinistra e attraversò un arco sormontato dallo stemma reale. Poco più in là, un gruppo di uomini armati di vanga scavavano in mezzo alle macerie.

L'autista spense il motore. Scesero tutti. A Teresa parve di essere arrivata in una strana città fatta di caseggiati tutti uguali, con viali costeggiati di alberi e un prato, in lontananza.

La scalinata di accesso conduceva a una porta girevole che immetteva in un atrio dal pavimento lustro: sulla parete di fondo campeggiava il ritratto di un uomo dalla fronte alta, pochi capelli scuri ai lati, occhi limpidi, sguardo pacifico, barba e baffi alla Vittorio Emanuele tendenti al rossiccio.

Il portiere esaminò Teresa da sopra gli occhiali spessi. Soltanto dopo si accorse degli stivali di pelle ai piedi dei due uomini e fece scattare il braccio destro in avanti.

"Dobbiamo consegnare una lettera al direttore," disse il soldato più anziano.

"Signorsì." Il portiere non fece domande. "Accomodatevi al primo piano, ultima porta in fondo a destra."

L'attesa fu breve. Il professor Collasi in persona, direttore del manicomio provinciale, si affacciò alla porta e li invitò a entrare. Prima fece accomodare Teresa, sfiorandole una scapola con la mano. Di seguito, passarono i soldati.

"Desiderate?" chiese compito.

"Il maresciallo Pozzo della Questura di Padova vi manda a salutare e vi affida questa comunicazione," disse il soldato anziano porgendogli una busta.

Collasi la aprì con un tagliacarte dal manico d'avorio e si dispose a leggere.

Teresa osservava la parete dietro la scrivania. Si soffermò su una fotografia del medico in sella a un cavallo nero, in un campo di granoturco: busto eretto, redini in pugno, cappello a tesa chiaro, giacca di velluto scura, stivali al ginocchio perfettamente posizionati nelle staffe, sguardo dritto nell'obiettivo.

"Me ne occupo io," fece d'un tratto Collasi. "Potete andare."

Quando rimasero soli, si schiarì la voce: "Signorina Teresa, ho qui un'informazione riservata sulla sua persona". Scorse il testo della lettera. "Mi si riferisce di certi fatti anomali che la riguardano... Vuole raccontarmeli lei?"

Teresa rimase immobile e muta, le mani che stringevano il bordo della sedia.

"D'accordo. Le farò io qualche domanda... Cominciamo. Qual è la sua occupazione?"

Silenzio.

Le guardò le mani e scrisse: *Contadina.*

Il sole batteva sui vetri. Teresa socchiuse gli occhi e le sfuggì un sorriso mentre offriva il volto alla luce.

Collasi fece una pausa. Poi intinse nuovamente la penna nel calamaio e il pennino riprese a scorrere sulla carta.

DIARIO CLINICO
N. del Registro Generale 9526
19 aprile '44
La P. è confusa. È lenta nella percezione, tarda nelle risposte. Ci ha inerzia mentale e fisica...

"Per oggi è tutto." E Collasi posò la penna. Alzò il telefono per chiamare un inserviente.

Prima che la portassero via, Teresa lo fissò dritto negli occhi: "Dov'è il bambino?".

Lui la guardò senza capire e scosse la testa.

Una volta all'esterno, venne scortata al padiglione dei pazienti in osservazione, in fondo al complesso di costruzioni.

I padiglioni erano composti di casette a un solo piano con le finestre protette da inferriate e separate da siepi e vialetti.

In fondo, in un grande prato, decine di pazienti in camicione a righe vagavano sperduti, controllati a vista dal personale in divisa bianca, le donne con mantelline a mezza ruota, i crocifissi al collo.

Teresa venne portata in una cella dove i nuovi arrivati rimanevano in isolamento per quindici giorni prima di essere smistati nei diversi reparti. La cella era arredata con una branda arrugginita, un lavabo scrostato con sopra una scaglia di sapone e una sedia che avrebbe avuto urgente bisogno di essere rimpagliata. Aveva sete. Aprì il rubinetto e vi accostò le labbra: la bocca le si riempì di un sapore ferroso. Guardò fuori dalla finestra e si sentì invadere da una disperata solitudine. Dov'era Amos? Come stava?

Le portarono una scodella di zuppa e del pane secco, poi l'infermiera la accompagnò ai servizi, dove l'aria era quasi irrespirabile per via dell'odore pungente di varechina.

La prima notte Teresa la passò in bianco. Si era messa a letto senza nemmeno spogliarsi, con gli abiti e le calze che portava dal giorno dell'arresto. Un pensiero fisso le teneva compagnia: Che tu sia dannato, maresciallo Pozzo, per l'eternità – e più ci pensava, meno riusciva a prendere sonno.

Dentro la cella le giornate trascorrevano tutte uguali. A spezzare la monotonia, la passeggiata nel primo pomeriggio. Teresa rimaneva distesa fino all'alba, attendeva con ansia la colazione, poi tornava a coricarsi, contava i minuti che mancavano al pranzo e alla cena, e cercava di scacciare i brutti pensieri che si facevano via via più insistenti. Era terrorizzata dall'idea di perdere il senso del tempo e di sé. Forse la sua famiglia la credeva morta, e lei non poteva farci niente; ma soprattutto, si affliggeva all'idea che Amos fosse morto.

Dopo qualche giorno fu sottoposta a una seconda visita, nello studio di un medico che non era il professor Collasi.

Bianche le pareti, bianco il ripiano della scrivania di formica, bianco il lettino dove lui la fece sedere per auscultarla.

"Ha qualcosa da riferire?" le chiese in tono impersonale.

"Dov'è il bambino?" ribatté subito lei.

Il medico le disse che non c'era nessun bambino, era solo una proiezione della sua mente malata: doveva soltanto obbedire e stare tranquilla.

Gli occhi di Teresa si riempirono di lacrime. Il medico le fece delle altre domande, lei sentiva ma non ascoltava. Rimase tutto il tempo in silenzio.

21 aprile 1944, scriveva frattanto il medico facendo frusciare la penna sul foglio. *È taciturna, depressa, non si interessa di nulla. Qualche volta, però, parla di un bambino che avrebbe perso...*

Teresa a poco a poco si rassegnò a quelle giornate sempre uguali in cui non succedeva niente. Ormai, ogni volta che pensava al casolare in via dell'Argine destro, ai suoi genitori, alle serate in cui si sedevano nella stalla a fare filò, e in generale al mondo fuori, dubitava di averne mai fatto parte. Non sapeva se qualcuno era venuto a cercarla, ma si rifiutava di pensare che la sua famiglia potesse essersi dimenticata di lei.

Rimase in osservazione fino ai primi di maggio, quando venne sottoposta a una seconda visita per la compilazione della scheda di ricovero definitivo. Fu ricevuta da un medico giovane, magro, biondo, con piccoli occhiali rotondi, dai modi spicci. Il professor Collasi non l'aveva più incontrato: scoprì che, dopo la prima visita all'accettazione, rivedeva i pazienti solo in circostanze particolari, come tentativi di fuga, crisi nervose, episodi di violenza.

Il medico biondo aspettava Teresa con una cartellina verde aperta tra le mani. Le chiese di ascoltare e confermare i dati che le avrebbe letto. E cominciò:

Maniaca: Agostini Teresa.

Prima ammissione in ospedale: 19 aprile 1944.

Richiesta di ammissione definitiva: 5 maggio 1944.

Anni: 16.

Da: San Gregorio.

Persona povera.

Affetta da psicosi depressiva per cui l'ammalata è pericolosa a sé e non può essere convenientemente custodita e curata fuorché nel manicomio.

Sintomi predominanti: confusione mentale, torpore psichico, idee deliranti, fatti allucinatori.

Stravagante, irosa, impulsiva, facile agli sbalzi di umore. Idee confuse sui fatti precedenti il ricovero.

Teresa taceva.

"Mi parli della sua famiglia," le disse il medico.

Nessuna risposta.

Continuò con le domande di rito. Teresa disse qualche sì, dei non so. Lui riprese a leggere.

Famiglia: padre di quarantacinque e madre di quarantatré anni, due fratelli maschi, uno di quattordici anni e l'altro di tredici, e una sorella di quindici anni, tutti in buono stato di salute fisica e psichica.

Condizione sociale: misera.

Cultura: sa leggere e scrivere, far di conto.

Religione: cattolica.

ANAMNESI DELLA FAMIGLIA

Se vi furono suicidi o delitti...

Il medico rialzò la testa. *No.*

ANAMNESI DELL'INDIVIDUO

Teresa non capiva.

"Che malattie ha avuto?" ripeté il medico, e lei alzò le spalle.

Ha sofferto: Nulla, scrisse e lesse lui a voce alta.

Costituzione fisica: buona.

Malattie croniche viscerali, di cuore...: gastro-enterite, sembra.

Occupazioni abituali: laboriosa ma poco socievole.

Alimentazione: appena sufficiente e prevalentemente maidica.

NOTIZIE SULL'ATTUALE MALATTIA

Quali momenti eziologici si crede abbiano potuto provocare o favorire lo sviluppo della pazzia? Perdita del lavoro e alimentazione.

Influenze nocive: dissesti famigliari.

Quando e come la famiglia e i conoscenti si siano primamente accorti di cambiamenti nei sentimenti? Da pochi giorni.

Manifestazioni principali della pazzia: l'ammalata ha alterazioni e allucinazioni episodiche, specialmente di notte.

Il medico sollevò definitivamente lo sguardo dalla cartella clinica. Teresa non era riuscita a trattenere una singola parola di quanto aveva ascoltato: era confusa, spaventata, il suo pensiero volava altrove di continuo. Aveva soltanto annuito a tutto.

Fu destinata al reparto "Tranquilli e lavoratori" della sezione femminile, nell'ala est della cittadella, addossato a quello che era stato fino a qualche settimana prima il villino dei dozzinanti, abbattuto dalle bombe.

Un'infermiera le mostrò dove avrebbe dormito. Grandi porte a due ante conducevano da una camerata all'altra, c'erano pareti di calce screpolata e uno strano miscuglio di odori, tutti sgradevoli. In ogni camerata erano disposte dieci brande con la testiera di ferro, cinque da una parte e cinque dall'altra.

A Teresa fu assegnata l'unica libera, la prima entrando a destra. Le lenzuola erano ruvide e stropicciate, un cuscino bitorzoluto era appoggiato sul risvolto. Si sedette sul bordo della branda e tirò un respiro di sollievo. L'infermiera le consegnò un pacchetto morbido, avvolto in carta velina. Dopo averlo messo di lato si sdraiò, e così rimase, immobile, supina, fino al mattino seguente.

14.
Sabato 6 maggio 1944

Quando furono svegliate, alle sei, la vicina di branda si offrì di accompagnare Teresa ai bagni.

"Vieni... vieni, andiamo a vedere l'acqua." La prese per mano e la trascinò verso le latrine.

Teresa si accovacciò sulla turca, ma l'altra la stava a guardare e riuscì a liberarsi soltanto in parte. Poi si mise in fila per accedere a uno dei lavandini disposti lungo il perimetro della stanza.

Si vide riflessa nello specchio: aveva la pelle raggrinzita e una miriade di rughe ai lati degli occhi. Sembrava già vecchia, come se la giovinezza, Gianni, le serate passate a fare filò e i suoi sogni di ragazza non fossero mai esistiti. Solo il bambino era un pensiero fisso e incancellabile, un dolore che non dava tregua. Intanto, tutt'intorno, le ragazze si schizzavano ridendo e gridando – un'allegria che strideva con lo squallore del luogo e con l'angoscia che Teresa si sentiva dentro. Entrò una suora.

"Forza, veloci a far colazione!" gridò agitando le braccia.

Le pazienti tacquero all'improvviso, scambiandosi sguardi d'intesa, e quando la suora si avviò verso la porta le scagliarono addosso l'acqua che avevano raccolto mettendo le mani a conca.

“Birbanti, vi faccio saltare la colazione!” scattò quella, stizzita.

Suo malgrado, Teresa sorrise.

Le pazienti tornarono in camera a vestirsi, ma lei non aveva nulla per cambiarsi. Portava ancora gli indumenti con cui era arrivata in manicomio, che lavava e poi indossava ancora umidi, dopo averli stesi ad asciugare sulla pediera del letto.

“Dovevi metterti la vestaglia,” le suggerì l’altra vicina di letto. “È tra le cose che ti hanno dato ieri sera.”

Perché quelle donne erano lì? Quale storia avevano alle spalle? Sembravano solo un po’ stordite, come mai le avevano rinchiuse?

Di nuovo nella camerata, Teresa aprì l’involto di carta velina: oltre alla vestaglia a quadretti, che indossò subito, c’erano delle mutande e delle calze di cotone. Rimise tutto sotto il cuscino e si affrettò a unirsi alle altre ricoverate, che si erano già messe in fila per due per raggiungere il refettorio.

Nello stanzone erano allineati dieci tavoli rettangolari col ripiano di marmo, e il doppio di panche di legno. Alcune lampadine dal piatto ondulato, collegate a un unico cavo, pendevano dal soffitto scrostato.

Teresa prese posto in fondo a una panchina e sentì il bisogno di togliersi le scarpe per posare le piante dei piedi sulle fresche mattonelle rosse. Avvertiva forte la necessità di quel piccolo conforto, di ancorarsi a qualcosa di solido.

“Come ti chiami?” Alla dirimpettaia mancavano quasi tutti i denti e un unico sopracciglio le attraversava la fronte bassa.

Teresa non rispose, ma l’altra non si diede per vinta.

“Io sono una madre snaturata, sai? Una malacarne.” Si batté il ventre lasciandosi andare a una risata nervosa. “La mia famiglia mi ha rinchiusa qui perché non volevo saperne di aspettare che un marito mi prendesse e mi facesse fare dei figli. Credevano più ai consigli delle rubriche settimanali o dell’attrice Giuditta Rissone su come essere una brava moglie che a quello che dicevo io, che non è niente vero che le donne capiscono meno del marito e che devono lasciargli fare tutto quello che vuole. Io di notte mi mettevo i bigodini di carta, perché volevo i capelli ondulati come Alida Valli e prima di uscire mi davo il rossetto, di nascosto..." Sorrise, mettendo in mostra le gengive. "Poi, un giorno, mia mamma, che usava la crema Nivea e basta, mi ha detto che mi dovevo vergognare se in autobus mi cedevano il posto, perché voleva dire che ero già vecchia e zitella."

Teresa fece una smorfia. La compagna, dopo aver atteso invano un commento, riprese a parlare: "Il biondino... Sai il dottore biondino con gli occhialini tondi? Be', lui dice che ho l'isterismo di alto grado, ma sai cosa ti dico? Che a me i maschi non mi piacciono, li odio, ti portano negli angoli bui, fanno i loro porci comodi e chi s'è visto s'è visto. Ecco cosa fanno. Io sono qui da tre anni e tra un po' potrei anche uscire, ma i miei non mi vogliono riprendere. Dicono che è meglio non avere una figlia che vergognarsi di averla". E si coprì il volto con le mani.

"Vuoi sentire cosa è successo a me?" intervenne una donna sulla quarantina dallo sguardo chiarissimo e i capelli tagliati a spazzola, che aveva ascoltato tutto, curiosa di sapere chi fosse la nuova arrivata. "Le femmine di casa mia mi avevano preparato la dote minima, perché c'era la guerra. Dodici paia di lenzuola, ventiquattro federe, ventiquattro asciugamani di fiandra con le frange, dodici paia di calze... Me lo ricordo ancora. E poi tovaglie di lino, sottovesti di seta, camicie da notte, tutto bianco, ci hanno messo anni, volevano portarmi a fare l'abito da sposa, ma io non ero vergine già da tanto, mica lo sapevano che mi lasciavo palpare da chi mi piaceva, e quando hanno finito il corredo, sai cosa ho fatto?" Le altre commensali si protesero per ascoltare meglio. "Una sera ho strappato tutto e sono scappata," riprese. "Quando mi hanno trovata mi hanno portata qui, ma qui io sto meglio, faccio quello che voglio, non devo dire sissignore, lavare, cucinare, star dietro ai bambini... E mi tocco quando mi pare." Tacque, come se quel lungo discorso le avesse prosciugato le energie. Poi si rivolse direttamente a Teresa per chiederle che cosa ci facesse, lei, insieme a loro.

"Non lo so, io... io lavoravo in una casa, ma poi..." E la voce le si ruppe.

Allora, la donna dallo sguardo chiarissimo si mise a sbattere il cucchiaio contro il bicchiere, sempre più forte, imitata ben presto da tutta la tavolata. Intervennero due inservienti per calmarle, ma intanto si erano fatte le sette e mezzo ed era arrivata la colazione.

Due infermiere spingevano un carrello e dispensavano a ognuna un bicchierino con le sue pasticche. Teresa si sporse per capire cosa avesse ricevuto la sua dirimpettaia, ma l'altra si era già messa tutto in bocca.

"Sono per dormire, me le danno tre volte al giorno," disse posando il bicchiere.

Quando ebbero finito il caffellatte – c'era chi beveva composta, chi si sbrodolava, chi cercava di rubare il pane alle altre –, suonò una campanella. Tutte si alzarono in un gran fracasso di stoviglie e voci.

Dopo la colazione veniva il tempo del lavoro. Teresa era stata assegnata al gruppo di cucito e rammendo. La prima volta che entrò nello stanzone rimase colpita dalla laboriosità delle donne, intente a lavorare d'ago o a piegare i capi rimessi a nuovo.

C'erano due grandi tavoli coperti di matassine di cotone, uova di legno, rocchetti di filo per imbastire, tagli di stoffe e una quantità di cestini col manico. Un armadio occupava la maggior parte della parete libera da finestre, in ogni angolo c'erano sedie.

"Mettiti qui," fece la suora che dirigeva il reparto, "c'è da fare l'orlo ai pannolini." Le mise in grembo un pacco di strisce di cotone tenute assieme da uno spago. “Entro le cinque,” si raccomandò, e corse a raccogliere le spagnolette che una paziente aveva lasciato cadere.

Venne la domenica, la giornata delle visite, ma ancora una volta per Teresa non arrivò nessuno: se il bambino era protagonista dei suoi incubi, il pensiero della sua famiglia era un dolore che l’accompagnava per tutta la giornata. Ma soprattutto temeva per la Rina, l’Elvira e don Paolo. Cosa ne era stato di loro? Cosa gli avevano fatto? Chissà se Adele la stava cercando. Oppure avevano detto alla sua famiglia che era morta? Si erano tutti rassegnati a non rivederla mai più?

La settimana scivolò via tra calze e lenzuola da rammendare – riuscì anche a ricucirsi di nascosto la camicetta strappata con cui era arrivata in manicomio –, zuppe di patate, compagne che andavano e altre che venivano. Dopo la conta serale delle otto, le notti erano interminabili. Accanto a lei, una delle nuove ricoverate non smetteva di dimenarsi, tenendosi la testa tra le mani. Un’altra canticchiava a fior di labbra e non c’era verso di farla smettere. Altre si giravano e si rigiravano facendo cigolare le molle arrugginite.

Teresa viveva sospesa tra i ricordi, sempre più vaghi, di una quotidianità perduta e le scene surreali a cui assisteva ogni giorno, ogni sera – sempre diverse, eppure tutte ugualmente assurde, bizzarre, spaventose –, le si conficcavano nella memoria e non c’era più verso di schiodarle.

Cercava di non lasciarsi intimorire dalle altre, le guardava da lontano, tappandosi le orecchie quando urlavano e nascondendo la testa sotto il lenzuolo se scorgeva qualche sonnambula. Finiva per confondere incubi e realtà.

Aveva la sensazione che agli occhi dei medici tutte loro non fossero più esseri umani, con emozioni e sentimenti. La maggior parte delle infermiere non avevano misericordia: conoscendo i punti deboli delle pazienti, si divertivano ad aizzarle o a minacciarle sottovoce per terrorizzarle; e le punivano al primo segnale di reazione o resistenza.

Teresa cercava di non dare nell'occhio e pregava che nessuna le desse fastidio. Non le avevano diagnosticato un disturbo grave e non era mai stata messa in punizione. Passava le giornate aspettando che il sole calasse, mandava giù qualunque intruglio le propinassero in refettorio, si sforzava di addormentarsi non appena l'infermiera smorzava la lampadina.

Capiva di dover resistere alla paura, o la paura avrebbe finito per travolgerla. Cercando la pace, a poco a poco riprendeva le forze.

Ma non sapeva che il peggio doveva ancora venire.

15.
Giugno 1944

Una mattina presto, Teresa aprì gli occhi e vide seduta sul bordo della branda accanto alla sua una ragazza graziosa, elegante, con un vestito di seta a piccoli fiori celesti. Doveva avere all'incirca la sua età. I capelli ramati – lucidi, puliti, morbidi – le incorniciavano il bel volto dai lineamenti delicati. Se ne stava seduta con le mani in grembo, immobile, e guardava il soffitto. Teresa era incredula, come davanti a un'apparizione. Si tirò su a sedere e rimase a guardare la ragazza, finché quella non posò brevemente su di lei gli occhi pieni di lacrime e poi tornò a fissare il soffitto.

"Sono Teresa," le disse sottovoce.

La ragazza dai capelli ramati non rispose. Poi cominciò a tremare, forte, sempre più forte.

Teresa scese dal letto e le si sedette accanto. Le prese una mano e gliela accarezzò, "va tutto bene, va tutto bene," le ripeteva sottovoce. Ormai aveva una certa pratica, a volte quelle delle sue compagne non erano vere e proprie crisi nervose, che richiedevano l'intervento delle infermiere, ma momenti di sconforto e di scoraggiamento. Sentire che qualcuno si preoccupava per loro aveva un effetto calmante e anche questa volta funzionò: a poco a poco, la ragazza smise di tremare.

"Mi chiamo Rosa," disse dopo un po' con una voce sottile, da bambina.

"Perché sei qui?"

La ragazza esitò e Teresa si pentì di averle fatto una domanda così diretta.

"Chiedilo a mio zio! Ha detto che la colpa è tutta mia," rispose infine, mentre gli occhi le si riempivano nuovamente di lacrime. "Ha detto che me la sono voluta, che l'ho provocato."

A Teresa parve di sentirsi di nuovo addosso le mani del maresciallo Pozzo, il suo sudore; rivide tutto: lo specchio incombente con la cornice dorata, la camicetta strappata, le dita di lui che la frugavano dappertutto.

"Del resto, mio zio è un porco!" E Rosa cominciò a raccontare in fretta, sottovoce per non farsi sentire dalle altre. "Avevo sei anni quando per la prima volta... Eravamo in campagna, io ero caduta e mi ero sbucciata le ginocchia, e lui, con la scusa di lavarmele e disinfettarmele prima che se ne accorgesse la mamma... Era diabolico nel trovare le occasioni perfette per rimanere solo con me: mi portava a prendere il gelato, al circo, al cinematografo... Era bello andare in quei posti, ma poi lui mi faceva sedere sulle sue gambe e mi toccava in un modo che a me non piaceva, stavo a disagio, sentivo che c'era qualcosa di sbagliato ma ero troppo piccola per rendermi conto... Era mio zio, capisci? Ma bastava che mi dicesse che mi voleva bene, come un papà... Anche perché mio padre non l'ho mai conosciuto, è morto prima che nascessi, e così il disagio lo dimenticavo. Lui mi stava sempre attorno, e mia madre non si accorgeva di niente. Un giorno, eravamo di nuovo in campagna, mi portò a fare una passeggiata in collina... Avevo tredici anni." La voce di Rosa si spezzò. Raccontò che dopo un picnic l'aveva fatta sdraiare sull'erba, si era steso accanto a lei e le aveva dato un bacio con la lingua, poi le aveva preso la mano e l'aveva fatta scorrere sul suo corpo fino a portarla dove voleva lui. "Mi dava la nausea! Ma intanto mi diceva che ero una ragazzina cattiva, e se non avessi fatto tutto quello che voleva lui avrebbe detto a mia madre chi ero veramente... Prima che potessi realizzare cosa stava succedendo, me lo ritrovai dentro, sbuffava e ansimava, e l'unica cosa che volevo era smettere di sentire tutto quel male. Da allora non ha più smesso."

Teresa non sapeva che dire, le accarezzò una mano.

"Tre giorni fa ho finalmente trovato il coraggio di confidarmi con mia madre, ma lei non mi ha creduto! Lui è riuscito a convincerla che era tutta colpa mia... Mi hanno portato qui, perché secondo loro sono io quella che dev'essere curata. Ma soprattutto, lei aveva paura di uno scandalo: meglio sacrificare me che correre il rischio di far sapere che in casa nostra... Sì, insomma, bisognava salvare il buon nome della famiglia, era questo l'importante, capisci?" E Rosa tacque, spossata dal lungo sfogo.

No, Teresa non capiva. Perché il mondo era così cattivo e ingiusto?

Cercò le parole per tranquillizzare Rosa, per farle sentire che lei, almeno lei, le credeva ed era dalla sua parte: "Non cedere, non abituarti all'idea che gli altri si sono fatti di te. Io sono qui già da un po' e ho capito che quasi nessuna di noi è davvero matta... Ci chiudono qui dentro per punirci, per renderci inoffensive... A volte ho l'impressione che abbiano persino paura di noi!".

Rosa era stata assegnata a quella camerata perché era lì l'unico letto libero in tutto il manicomio: nel giro di qualche giorno le trovarono una collocazione più adeguata. Per Teresa fu un grande dolore: lei e Rosa appartenevano a due classi sociali diverse, eppure la sentiva affine. Anche se si conoscevano appena, avevano legato subito, istintivamente. Si era illusa di aver trovato un'amica, e che quell'amicizia le avrebbe permesso di sopportare meglio la reclusione.

Dopo quell'ennesimo dolore la sua fibra tenace iniziò a sfaldarsi, le sue ultime speranze si sgretolarono. Si sentiva un macigno sul cuore, infine si convinse che Amos era morto e che la sua famiglia si era dimenticata di lei, o che comunque non sarebbero mai riusciti a trovarla e a portarla via di lì.

Una notte si svegliò tutta sudata, il cuore che pareva scoppiarle nel petto. Cosa stava succedendo? Aveva la nausea, una nausea fortissima, ma non ce la faceva a scendere dal letto, si sentiva tutta intorpidita. Infine riuscì ad arrivare alle latrine, appena in tempo per vomitare nella turca. Erano conati violenti, che continuarono a squassarla anche quando il suo stomaco fu completamente vuoto. Non aveva la forza di rimettersi in piedi. Fradicia di un sudore ghiacciato, si lasciò andare contro la parete e rimase appoggiata lì a riprendere fiato, con le tempie che dolevano come se qualcuno le stesse prendendo a martellate. Sto morendo, fu il suo primo pensiero lucido. Dopo un tempo che le sembrò infinito, il cuore riprese a battere normalmente; a fatica, rabbrividendo, quasi strisciando, ritornò nella sua branda e si rannicchiò sotto le lenzuola.

Nell'oscurità, una voce esagitata, sconosciuta, le soffiava nelle orecchie: un brusio indistinto nel quale coglieva soltanto due parole: *Falla finita, falla finita*. Non ne poteva più. Se solo avesse saputo come fare, avrebbe di certo dato ascolto a quella voce.

Era quasi giorno quando infine, nella sua mente tormentata, si affacciò il volto del bambino. La chiamava: *Salvami, Teresa! Ricordati che cosa hai promesso alla mamma*.

Quel pensiero, invece di aggiungere altra angoscia, la placò e le diede un po' di coraggio e di speranza. No, non poteva morire – non prima, almeno, di aver ritrovato il bambino e di averlo affidato a qualcuno che si occupasse di lui. Fuori dalla finestra il cielo si stava rischiarando e Teresa, guardando il sole che nasceva, fece una promessa: *Giuro solennemente che, fosse l'ultima cosa che faccio in questa vita, manterrò la parola data a tua madre. Io ti ritroverò, Amos, costi quel che costi.*

16.
Domenica 2 luglio 1944

Erano passati settantacinque giorni dall'internamento forzato di Teresa e, come ogni domenica, le pazienti stavano facendo del loro meglio per presentarsi in ordine prima alla messa e poi al colloquio con i parenti. Nella camerata c'era un'insolita vivacità, erano tutte di buon umore. Teresa era l'unica che non aspettava nessuno.

Ciò nonostante, quella mattina per la prima volta si era riconosciuta nello specchio del bagno, dopo tanto, dopo tutto. Era sciupata, gli zigomi si erano fatti sporgenti, ma il pensiero di Amos aveva riacceso nei suoi occhi castani una fiammella di forza e di speranza. Si abbottonò con cura la blusa e si ravviò i capelli dietro le orecchie. Proprio allora, la madre superiora entrò nella camerata e si fermò davanti a lei. Il cuore di Teresa mancò un battito.

"Sì?" disse incerta.

"Teresa, scendi. C'è una visita per te."

Non sapeva cosa aspettarsi, ma assurdamente sperava che fossero venuti tutti insieme, i genitori, i fratelli, magari anche la nonna... Quando arrivò di corsa nel parlatorio si trovò di fronte solo Adele. Teresa avrebbe voluto abbracciarla e farle mille domande, ma la sorella era stranamente distaccata e la sua anima ferita si ritrasse.

"Sei venuta a prendermi? Quando torno a casa?" le chiese infine, esitante.

E siccome Adele non rispondeva, continuò a fare domande: "Adele, perché mi guardi così? Sai qualcosa di don Paolo? E il bambino? Hai avuto notizie del bambino? Come hai fatto a trovarmi? Chi ti ha detto dov'ero?... Senti, ma cosa sta succedendo? Perché sono qui?".

"Nostro fratello Bruno è morto," disse infine Adele. "Era alla locanda, con lo zio Nanni. Il 20 aprile. Tu eri appena sparita e in casa c'era il putiferio. Poi c'è stato l'allarme. Ci siamo rifugiati dalla Licia, sai?, per il gasometro... Ci hanno fatto sfollare per paura del gasometro... fischi, fumo, botti... noi eravamo nel rifugio sotto terra, era l'una e mezzo, avevamo tanta paura, non finiva più... sono morti in centottanta. Bruno non è più tornato. È rimasto sotto le macerie."

Tra le due sorelle cadde un silenzio angosciato. Bruno... non era possibile. Teresa tese piangendo la mano ad Adele, in cerca di conforto; la sorella con qualche esitazione la strinse tra le sue, poi le disse di averlo saputo dall'Amalia che lei e don Paolo erano stati portati in Questura: ci era dovuta tornare ogni settimana per più di due mesi prima che si degnassero di dirle che era stata ricoverata, e dove. "E adesso eccomi qua."

Teresa percepiva confusamente che Adele era risentita, di certo pensava che portando a casa il bambino dei Levi li avesse messi tutti in pericolo. "E la Rina? L'Elvira?" chiese vergognosa.

Adele serrò le labbra. "Loro stanno bene," rispose secca. Ignorò le domande sul bambino e Teresa non osò confidarle i suoi timori.

Poi arrivò un inserviente ad annunciare che la visita era finita.

"Ma come?! Così presto?" balbettò lei. E poi, prima che la conducessero via, rivolta alla sorella: "Adele, fammi un favore. In fondo al granaio, sotto l'asse dove nascondevamo i tesori quando eravamo bambine... c'è una scatolina di legno lavorato. Prendila e mettila al sicuro".

Rimase tutto il giorno immobile, distesa sulla branda. Non volle pranzare, rifiutò la cena. Pensava alla freddezza di Adele, e pensava a Bruno, il più introverso dei fratelli. Non erano mai stati molto vicini, neanche da piccoli: a Bruno era sempre piaciuto starsene per conto suo. Negli ultimi tempi si erano visti solo la sera, quando lui tornava dai campi e lei dal suo lavoro in casa Levi. Parlavano poco. E adesso che Bruno non c'era più, Bruno con gli occhi castani come i suoi, Teresa rimpiangeva di non essere stata abbastanza vicina a quel fratello taciturno.

La notizia della sua morte la fece precipitare in un dolore muto. Smise di parlare. Quando era costretta a farlo, alla visita di controllo di metà settimana, spremeva fuori dei monosillabi giusto per togliersi di torno il medico. Le saltò il ciclo. Si liberava nella latrina soltanto se proprio non poteva più trattenere i bisogni. Una notte bagnò il materasso. Non si lavava e non si pettinava quasi più, solo quando le infermiere la obbligavano.

L'unico pensiero che le dava la forza di andare avanti era Amos. Doveva ritrovarlo per prendersi cura di lui, come aveva promesso alla cara signora Levi. Ripensò al Professore, a Giacomo... Dov'erano stati portati? Chi abitava ora nella casa del ghetto?

Li sognava spesso, nel sonno urlava e si lamentava, e allora le compagne iniziavano a rimproverarla: "Basta! Stai zitta! Finiscila! Vogliamo dormire!".

Cominciava ad aver paura anche di loro, almeno di quelle

davvero malate, che la spaventavano con le loro stramberie. Soprattutto aveva paura che, a furia di stare lì dentro, anche lei sarebbe impazzita.

Adele adesso veniva a trovarla quasi tutte le settimane, sempre da sola, e Teresa non sapeva se esserne contenta: la aspettava con ansia, ma Adele parlava poco e rispondeva a monosillabi alle domande sulla famiglia. “Credimi, qui stai meglio,” giunse a dirle in un’occasione.

Teresa provò più volte ad avvicinarsi al cuore cucito della sorella, ma qualcosa si era spezzato. All’intimità che le aveva unite fin da bambine era subentrata una distanza nuova, mai sperimentata.

Non ebbe più il coraggio di chiederle notizie di Amos. Ma dentro di sé sentiva che era ancora vivo.

17.
Domenica 1° ottobre 1944

L'estate era lentamente diventata autunno. Nei pomeriggi dei giorni di festa, adesso che le giornate si erano fatte più fresche, Teresa preferiva rifugiarsi in camerata e osservare il mondo da dietro le inferriate. Seduta sul letto a gambe incrociate, guardava fuori e si perdeva ad ammirare i colori della soffice coltre di foglie – ocra, ambra, corallo, rame, ruggine, bronzo – che aveva coperto il prato.

Ma quel giorno non guardava fuori. Si era seduta composta, con le gambe di lato, per non stropicciare la gonna nuova di flanella che Adele aveva tagliato e cucito per lei. Aspettava visite.

Aveva dormito poco e male, si era girata e rigirata provando a immaginare il primo incontro, dopo tanto tempo, con il resto della famiglia. Benché fosse felice e impaziente di rivederli, si vergognava per i guai provocati, sia pure con le migliori intenzioni, portando a casa il bambino dei Levi. Si era tormentata per tutta l'estate, angosciata all'idea che suo padre e sua madre non venissero a trovarla perché erano troppo arrabbiati con lei, e quando aveva osato confidarlo ad Adele la sorella aveva sbuffato: "Uffa, quanto sei noiosa... Lo sai come sono fatti, no?". Aveva dovuto scacciare a forza quei pensieri, per non soffrire troppo, e finalmente era giunto il momento di affrontarli.

"Buongiorno, padre. Ciao, Gino."

Alla fine, fu tutto abbastanza semplice. Suo padre le sedeva di fronte, serio ma emozionato, aveva schiuso i pugni serrati per accogliere le mani di Teresa nelle sue. Il fratello minore la guardava trattenendo il fiato, poi sorrise. Sua madre invece non le rivolse la parola e si limitò a salutarla con un impercettibile cenno della testa. Da quando le era morto il figlio sotto le bombe vestiva soltanto di nero – nero l'abito lungo, nero lo scialle, nero il fazzoletto legato sulla nuca – ed era molto invecchiata: rughe profonde le segnavano le guance, altre più fitte e sottili solcavano le tempie. Teresa abbandonò la stretta calda del padre e le sfiorò le dita, ma non ebbe il coraggio di avvicinarlesi.

"È tutto cambiato, sai?" stava dicendo intanto lui per distrarla dall'imbarazzo di quell'abbraccio mancato. "Non abitiamo più in via dell'Argine destro. Era diventato tutto insopportabile: i dispetti dell'Elvira, il disprezzo della Rina, le accuse dei vicini, la vergogna... Ce ne siamo dovuti andare." Si girava e rigirava tra le dita il solito punteruolo scheggiato, il suo talismano, che portava in tasca dovunque andasse, per farsi forza e non pensare al peggio.

"Cosa significa?" Un brivido freddo corse lungo la schiena di Teresa.

"Quel giorno ci son venuti a chiamare dalla locanda. La Rina si rifiutava di tornare a casa, sbraitava che non voleva più vedere suo marito, era tutta colpa sua, che tutti l'avevamo imbrogliata, e tu eri una poco di buono. Abbiamo cercato l'Elvira ovunque, al cimitero, nei campi, nel canale, poi la Rina ci ha detto che era in canonica e lì l'abbiamo trovata, mezza morta... Sai, l'olio di ricino è tremendo, se te ne fanno bere tanto. I partigiani, i fuggiaschi, loro ne sanno qualcosa."

Teresa non ricordava di avergli mai sentito fare un discorso così lungo.

Sua madre, sempre silenziosa, si avvolse più strettamente nello scialle nero.

"Hanno preso il figlio del campanaro e gliel'hanno fatta pagare, non so chi, non so come, ma è sparito dalla circolazione. Si dice che gli abbiano tagliato la lingua," aggiunse suo padre.

Teresa si portò le mani alla bocca.

"Ma quel che è peggio è che nessuno ci parlava più, non ci davano il pane che ci spettava, non mi lasciavano lavorare nei campi... Abbiamo trovato gatti inforcati davanti alla porta, a messa non potevamo più andare perché, appena ci vedevano, ci spintonavano e ci riempivano di insulti. Di te dicevano che ti stava bene, che una cattolica non deve immischiarsi nei fatti degli ebrei, e che te l'eri cercata, che non sei mai stata del tutto giusta." E qui suo padre colpì il ripiano del tavolo col punteruolo, facendo sobbalzare Teresa. "L'Adele adesso mangia poco, piange sempre," continuò dopo essersi riportato l'arnese appuntito in tasca. "Si sente in colpa per essersela svignata alla filanda, ripete mille volte che quel giorno ti ha lasciata sola. Non c'è verso di farla ragionare. Soffre tanto, l'Adele."

Sua madre inspirò rumorosamente, rigida e muta.

"Allora una sera ce ne siamo andati, in punta di piedi... Senza la nonna, ma questo lo sai. Pace all'anima sua. Ci ospitano in un altro casone, più verso la prima periferia."

"Dove? Da che parte?" chiese Teresa disorientata.

"Vicino al Roncajette, il canale che va sotto terra dopo il Santo e risbuca dopo le mura. Siamo in due famiglie, ma è più comodo per trovare lavoro in città." Suo padre si sforzava di essere convincente.

Gino continuava a sorridere e Teresa si sentì travolgere da un'ondata di affetto. Ricambiò il sorriso.

"Signore, signori, dovete uscire. La visita è finita," annunciò la caporeparto con un battito di mani.

“E don Paolo? Cosa gli è successo?” volle sapere ancora Teresa, avida di notizie, tutta tesa a interpretare anche i gesti, a capire anche quello che i suoi familiari, già pronti per andare via, non le dicevano.

“Fuori, fuori,” ripeteva la caporeparto agitando le mani imperativa.

La domanda di Teresa rimase nell’aria.

“Portatemi via da qui!” gridò allora lei, tendendo le braccia al fratello. “Vi supplico! Voglio venire con voi! Voglio venire con voi!”

Due suore, accorse alle sue grida, dovettero trattenerla e trascinarla a forza oltre le inferriate che separavano i dormitori dal parlatorio, mentre la sua famiglia scompariva alla vista.

18.
1945

Il professor Collasi diede una scorsa veloce alle annotazioni sulla cartella, poi si diresse in silenzio alla finestra e si mise a guardare i rami spogli che si protendevano nel cielo biancastro.

"Signorina Teresa," disse voltandosi all'improvviso, "mi risulta che vi siano gravi incomprensioni tra lei e la nostra caporeparto. Potrebbe dirmi qualcosa in merito?"

Lei, immobile, non rispondeva. Lasciò vagare lo sguardo oltre i vetri, un pettirosso si era posato su un ramo.

Il dottore annotò:

26 gennaio 1945
Stato mentale: invariato.

All'improvviso, Teresa posò lo sguardo sul professor Collasi. Schiuse le labbra, quasi sul punto di rivelargli cosa aveva scoperto sul conto della caporeparto, ma lui, dopo aver riempito il fornelletto della pipa e avervi pigiato dentro il tabacco, fece scattare l'accendino e aspirò voluttuosamente. Teresa si irrigidì. Il fumo le ricordava le atrocità subite al comando di polizia, quando la bionda l'aveva torturata con la sigaretta accesa.

"Prego, la ascolto," si affrettò a dirle il medico.

Ma l'attimo era passato.

Collasi attese, poi abbassò lo sguardo sul fascicolo aperto e fece per raccogliere la documentazione sparsa sul tavolo.

"Sì," disse Teresa all'improvviso.

"Sì, cosa?" Il medico si protese verso di lei.

"La caporeparto ce l'ha con me. E spesso mi picchia."

"Ma cosa sta dicendo?!"

"Mi lega al letto. Ed è violenta," spiegò Teresa senza lasciarsi scoraggiare dall'espressione incredula e arcigna del medico.

"Io lo so perché ce l'ha con me. Vuol farmela pagare perché l'ho vista mezza nuda nel magazzino delle scope, con le tette fuori e la gonna alzata, mentre si agitava sopra un uomo con i pantaloni abbassati. Ha girato la testa verso la finestrella e mi ha vista, così sono scappata."

Collasi cominciò a tossire, come se gli fosse andato qualcosa di traverso, e dovette farsi portare un bicchiere d'acqua.

"Va bene, va bene, lasciamo perdere," concluse deglutendo. "Vada pure."

Teresa si alzò e fece un passo verso di lui. Il pavimento di larghe assi di legno lucido scricchiolò sotto le sue scarpe.

"È tutto vero. Non le ho mentito," gli disse calma.

Collasi, invece, non era calmo affatto: aveva le narici dilatate e le sopracciglia nerissime corrugate. Lei gli rivolse un ultimo sguardo e si lasciò condurre via dall'infermiera che l'aveva accompagnata.

In un piovoso giorno di febbraio arrivò la nuova caporeparto. La superiora la presentò a tutte, si chiamava Lidia. Della sua predecessora non si seppe più nulla: si mormorava che avesse tenuto un comportamento sconveniente e per questo era stata allontanata.

Lidia sapeva fare il proprio lavoro e non si perdeva in chiacchiere. A Teresa piacque subito.

Nei primi tempi si studiarono a vicenda, Lidia per motivi professionali, Teresa perché sentiva che la nuova arrivata, con i suoi modi semplici e diretti, lo sguardo limpido, esercitava su di lei un potere benefico. Si aggrappò a quell'idea con la speranza di riuscire un giorno a conoscerla meglio: dopo che Rosa era stata trasferita in un altro reparto, non aveva più legato con nessuno e aveva un disperato bisogno di un'amica.

Si avvicinarono a poco a poco. Nei pomeriggi di relativa calma, che giungevano inattesi di tanto in tanto, Lidia le insegnò a ricamare ad arte. Teresa imparò a far sbocciare piccoli fiori colorati sulla tela che Lidia si procurava attraverso una vicina di casa, e a eseguire semplici motivi geometrici: trascorreva ore serene facendo entrare e uscire l'ago, compiacendosi dei punti sempre più regolari e non esitando a disfare se il risultato non la soddisfaceva appieno. Era bravissima nell'accostare i colori e presto il ricamo divenne la sua consolazione: quando lavorava d'ago riusciva a dimenticare sofferenze e dispiaceri, rimpianto e amarezza venivano spinti via da una delicata brezza di speranza.

E finalmente ebbe pronto il regalo per Lidia: un piccolo asciugamano di lino con una coppia di uccellini azzurri sul bordo, i becchi uniti in quello che sembrava un timido bacio, sormontati da un cuore da cui partivano due nastri ondulati che racchiudevano gli innamorati come in una cornice. Sotto, in blu, la scritta *Auguri*.

L'infermiera, commossa, la abbracciò di slancio. Da quella stretta Teresa capì di aver finalmente trovato qualcuno di cui fidarsi.

Arrivò l'estate, un'estate calda. Quando i turni glielo consentivano, Lidia sedeva accanto a Teresa su una panchina nel boschetto, accanto a un grande cespuglio di ortensie rosa. Le cicale frinivano, ma all'ombra dei tigli si stava bene.

Su quella panchina scambiavano confidenze, dapprima impacciate, poi sempre più complici. Parlavano del 25 Aprile e della Liberazione, del fermento che si respirava in città e i cui echi arrivavano fino a loro.

"Tu ce l'hai il fidanzato?" chiese una volta Teresa.

Lidia si fece cupa. Non abbracciava il suo sposo da due anni. Aveva ricevuto una cartolina otto mesi prima da Dresda e poi più niente. Lui le aveva scritto che sentiva tanto la sua mancanza, che non vedeva l'ora di tornare e di formare insieme la famiglia che avevano a lungo sognato. Prese un fazzoletto dal taschino del camice e se lo passò sugli occhi.

"È finita," disse all'improvviso. "Lì fuori la guerra è finita davvero, stavolta. Gli uomini stanno tornando."

"Secondo te mi faranno uscire?" chiese subito Teresa.

Lidia non rispose. E poi, cambiando discorso: "E tu sei mai stata innamorata?".

Teresa strinse forte il bordo della panchina e prese a rimirare il cielo attraverso il fogliame verde brillante dei tigli. "Sì," rispose, quando fu certa di riuscire a dominare il tremito della voce, "una vita fa."

Rimasero a lungo in silenzio, poi Teresa volle sapere quando Lidia aveva dato il suo primo bacio e la caporeparto, dopo essersi fatta un po' pregare, le raccontò di un ragazzino, un amico di suo fratello.

"Si chiamava Francesco," ricordò con sguardo sognante, "aveva i capelli ramati e le lentiggini. Lo chiamavano Ravenna. Non l'ho mai più rivisto, non di persona intendo... ma non sai quante volte l'ho sognato," le confidò, un po' vergognosa.

Teresa sentì che era arrivato il momento di condividere la sua storia. Poteva finalmente aprirsi, Lidia era una sua amica e l'avrebbe accolta. Le raccontò di Gianni, di quel bacio che si erano scambiati sotto il vòlto del Salone, di come lei fosse corsa via; e di come, poi, tutto fosse precipitato: la camionetta dei tedeschi davanti a casa Levi, il Professore con le mani alzate, Giacomo che usciva incespicando dal portone, la cara signora Anna che le affidava Amos avvolto nel fagotto di lenzuola, lei che pedalava via col bambino nascosto nella sporta della spesa... Le raccontò anche di come avevano cercato di salvarlo, prima tenendolo nascosto e poi spacciandolo per figlio della Rina, finché era arrivato quell'uomo con i baffi neri e l'impermeabile beige...

Ogni cosa tornò a galla, anche le angherie e le torture subite in Questura. Lidia ascoltava attenta, e quando la voce di Teresa si spezzava le prendeva la mano e la incoraggiava a continuare. La confortò ricordandole che aveva tentato di tutto per tener fede alla promessa fatta alla signora Levi e che non doveva disperare di ritrovare Amos. Prima o poi sarebbe uscita di lì; adesso che la guerra era finita, il maresciallo Pozzo non aveva più alcuna voce in capitolo, col tempo ogni cosa si sarebbe sistemata. E Teresa le credette, perché ne aveva un disperato bisogno.

Quella sera, per la prima volta dopo tanto tempo, prese sonno facilmente. Il suo ultimo pensiero fu la scatolina di legno intarsiato affidata ad Adele. L'avrebbe recuperata, ne era certa; ormai – lo sentiva – non doveva mancare più molto.

Mercoledì
3 dicembre 1958

Dopo due notti passate a girarsi e rigirarsi, Teresa aveva preso la sua decisione. Vincenzo avrebbe finalmente saputo la verità, eccome se l'avrebbe saputa. Gli anni trascorsi in manicomio le avevano fatto capire come girava il mondo e quella famiglia di ipocriti non le incuteva alcun timore. Pensavano di averla cacciata e invece era lei, Teresa Agostini, che se ne andava. Ma non prima di aver detto tutto a Vincenzo. Per troppo tempo aveva cercato di farsi voler bene, troppe cose, e troppo importanti, aveva sacrificato per lui.

Fece un'abbondante colazione a base di caffellatte e pane e marmellata, poi indossò il suo vestito più elegante – color prugna, con la gonna ampia e i polsini di velluto –, si infilò il cappotto e uscì. Sotto i portici camminava a testa alta. Aveva lei il coltello dalla parte del manico e questa volta non se lo sarebbe lasciato sfuggire.

Oltre l'Arco Vallaresso c'era una piccola oreficeria priva di insegna. Il proprietario, il signor Isidoro, era un uomo mite, stempiato, gilet, cravattino e occhialini rotondi. Aveva aperto la sua bottega di orafo artigiano nel mille novecento trentacinque e da lì non si era più mosso: lo si vedeva a passeggio soltanto di rado, e sempre da solo. Nessuno sapeva dove abitasse. Si mormorava addirittura che dormisse nel retrobottega, assieme ai suoi ori, argenti e orologi da taschino. Dalla polverosa vetrina affacciata sull'abside del Duomo nessuno poteva vederlo perché – quando non era occupato a servire un cliente – se ne stava sempre chino su qualche minuscolo oggetto prezioso, con il monocolo incastrato nell'orbita, intento in uno di quei lavori certosini per i quali era noto, stimato e onorato anche dai suoi concorrenti.

Teresa aveva sentito parlare di lui tra i banchi delle piazze, nei negozi del centro o al bar Margherita. E una volta il signor Pavan dell'omonima drogheria, notando che aveva rischiato di perdere un orecchino, le aveva consigliato di rivolgersi a lui per far sostituire il gancetto: "È uno di quegli artigiani di una volta, onesti e puntuali, che lavorano a regola d'arte".

Così, quella mattina Teresa suonò il campanello della gioielleria e chiese al signor Isidoro se aveva un po' di tempo da dedicarle.

"Certo. Come posso esserle utile?" chiese lui di rimando.

Dopo una lieve esitazione, Teresa tirò fuori dalla borsa la vecchia trottola.

Come la vide, l'orafo capì. Riconobbe il *dreidel*, un oggetto che lo catapultava in un tragico passato, in una storia che continuava a sembrargli inaccettabile. "Dia qua, mi faccia vedere," disse con un sospiro.

Teresa gli porse la trottola e lui la esplorò con dita gentili e delicate: "Signorina, lei... lei conosce il significato di questi segni incisi su ciascuna faccia?".

"Sono lettere dell'alfabeto ebraico, giusto?"

"Sì," confermò il signor Isidoro, "ma io le sto chiedendo se sa che cosa significano," insistette, continuando a rigirarsi la trottola tra le mani per osservarla meglio da vicino, poi da lontano, nel cono di luce della lampada, nella penombra, seguendo le incisioni con il dito indice.

"È importante che io lo sappia?" fece Teresa, perplessa.

"Credo di sì. Questa trottola nasconde una grande verità,

e forse più di una. Vede questi segni? Sono le iniziali di quattro parole che formano una frase. *Nes Gadol Hayà Po*, nella lingua del popolo di Abramo significa: *Un grande miracolo è avvenuto qui.*"

"Davvero? La trottola parla di un miracolo?" Suo malgrado, Teresa sorrise: in effetti, aver portato in salvo Amos durante la retata era stato un miracolo.

"Sì, ho visto diversi *dreidel* in vita mia e so che si regalano in occasione della Festa delle luci, quando si accende il candelabro per ricordare il mistero dell'olio che bastò a tenere accesi per otto giorni tutti i lumi del tempio," le spiegò l'orefice. Poi si schiarì la voce e le chiese dove l'avesse trovato.

"È una vecchia storia," cominciò Teresa a disagio.

"Mi spiace, non volevo essere indiscreto," si affrettò a scusarsi lui. "Avrei potuto immaginare che si tratta di una vicenda non soltanto lunga, ma anche dolorosa." Aggiunse che l'oggetto era in bronzo, dunque non particolarmente prezioso, ma era probabile – sottolineò, e qui si fece sibillino – che avesse comunque un valore: le sconsigliava di venderlo, a meno che non si trovasse in difficoltà. "Sarebbe per caso disposta a lasciarmelo in custodia per qualche giorno, diciamo... fino a martedì? Vorrei studiarlo meglio, per fare una valutazione più accurata."

Teresa era perplessa. Affidare la trottola al signor Isidoro significava rimandare il momento della verità con Vincenzo e non sapeva se era disposta a farlo.

"Allora... non so, magari tornerò un'altra volta..." rispose incerta. Si riprese il *dreidel* che il signor Isidoro aveva posato su un piccolo vassoio rivestito di panno color vinaccia e lo rimise in borsa. "Mi scusi, mi scusi tanto. Le spiegherò, ma ora devo proprio scappare. Arrivederci." E uscì precipitosamente.

Il signor Isidoro tornò a sedersi al suo banco e si incastrò di nuovo il monocolo nell'orbita. Ma per qualche motivo il lavoro al quale si stava dedicando con tanta passione prima dell'arrivo di quella strana cliente sembrava aver perso ogni attrattiva: i minuscoli ingranaggi dell'orologio da taschino sfuggivano alle sue pinze come fossero dotati di vita propria, o forse era colpa delle sue dita, d'improvviso goffe e rigide.

Depose lo strumento e lasciò che la sua mente e il suo cuore fossero allagati dall'immagine di Ester, una delicata ragazza dagli occhi color acquamarina. Per tutti quegli anni aveva tenuto i ricordi sotto chiave, ma adesso tornavano prepotentemente a galla, incluso quello della mattina in cui lei gli era stata portata via per non fare mai più ritorno.

19.
Giovedì 15 luglio 1948

Teresa usciva dal manicomio dopo quattro anni d'internamento: *Dimessa in prova, affidata al fratello*, questa l'ultima annotazione sulla sua cartella clinica. I quattro anni se li era dovuti fare per intero, giorno dopo giorno e senza sconti, perché quella era la reclusione minima per una paziente alla quale non erano state diagnosticate patologie, messa lì per precisa volontà di qualcuno, trattata alla stregua degli alcolizzati violenti, degli schizofrenici e degli psicotici in genere, degli epilettici e dei pellagrosi – quasi tutti individui tranquillissimi, ma divenuti incapaci di muovere anche un solo dito dopo le umiliazioni e i traumi subiti.

Nonostante qualche crisi di rabbia e di sconforto, in quei terribili quattro anni Teresa aveva miracolosamente conservato l'innocenza e la dignità. Adesso non le pareva vero di essere fuori dalle mura che cingevano il nosocomio, anche se si era commossa nel salutare Lidia per l'ultima volta.

"Dai, monta su." Gino aveva atteso la sorella in sella alla bicicletta.

Lei aveva appena finito di assicurare la borsa al portapacchi della ruota posteriore. "'Spetta che casco." Salita sulla canna, si afferrò al manubrio e cercò una posizione non troppo scomoda.

Si avviarono incerti verso la carreggiata d'asfalto, rischiando di fare un capitombolo a ogni buca. Teresa continuava a sporgere la testa a destra e a manca, oltre le spalle del fratello.

"Sta' un po' tranquilla o caschiamo tutti e due," sbottò Gino dopo aver faticato per qualche centinaio di metri.

"Com'è che sei diventato così bello, te? C'hai la morosa?" lo canzonò Teresa sentendosi improvvisamente leggera e spensierata. "Quanti anni hai adesso?"

"Diciassette."

Gino pedalava con tutta l'energia della gioventù e ben presto furono alle porte della città. Teresa vide un campanile svettare sopra i tetti. "È il Duomo, quello?" domandò. Non si raccapezzava più.

"Certo che è il Duomo! Non lo vedi che siamo quasi in piazza?"

Per Gino la quotidianità era tangibile, promettente, una fonte a cui abbeverarsi a volontà. Per lui, la Padova di quattro anni prima era ormai alle spalle. Per Teresa, invece, la guerra era finita solo nelle parole pronunciate dai vagabondi dell'ospedale dei matti che si era lasciata indietro, o nelle confidenze scambiate con Lidia...

Chissà se, adesso che era uscita, avrebbe rivisto la sua amica. Si erano abbracciate forte la sera prima, in fretta per non farsi vedere dalle suore o dalle altre infermiere. Con gli occhi si erano promesse di non perdersi, ma Teresa sapeva per averlo vissuto sulla propria pelle che non è sempre facile mantenere le promesse, anche quelle fatte con tutto il cuore.

Vicoli, strade e ponticelli li ricordava freddi, bigi, avvolti nell'umidità: a rivederli adesso, bagnati dalla luce dorata dell'estate, le saliva in gola un groppo di commozione. Voleva essere felice, voleva essere giovane, ma non sapeva se ci sarebbe più riuscita. Staccò una mano dal manubrio per coprirsi il volto.

"Puoi fare il giro da un'altra parte?" chiese al fratello con la voce piccola piccola.

"Ma si può sapere che cosa ti prende?" sbuffò lui spazientito.

"Niente, però vai di là." Non voleva passare per le piazze.

Gino prese la via dietro il Duomo, attraversò uno slargo, poi un altro e infine si diresse verso il teatro Verdi.

Teresa cambiò posizione sulla canna della bicicletta. "Cosa sono quelle scritte?" chiese quando passarono di fronte a una parete tappezzata di vecchi manifesti sbiaditi, dagli angoli arricciati. Aveva letto al volo soltanto qualche frase: PER L'AVVENIRE DEI VOSTRI FIGLI, VIA LA MONARCHIA, ...PER LA PACE. "Fermati. Fammele vedere."

Gino frenò di colpo. Lei scese dalla bicicletta e si avvicinò per guardare meglio. Sul muro si mescolavano immagini di Garibaldi, altre di madri con il fazzoletto in testa e un bimbo in braccio, altre ancora di scheletri in divisa militare.

"Non sai che adesso l'Italia è una repubblica?" le chiese Gino con un po' di sufficienza.

"E cosa vuol dire?"

"Be', in realtà... di sicuro non c'è più il re... qualcuno ha votato..." balbettò il ragazzo, "però non so dirti con precisione."

"Tanto non cambierà mai niente! Saremo sempre poveri, e non saremo mai liberi. Ci dicono un mucchio di bugie."

Teresa aveva parlato con un'amarezza che sorprese il fratello. Risalì in canna e lui riprese a pedalare in silenzio, mentre Teresa si teneva stretta al manubrio macinando pensieri che nemmeno lei riusciva a decifrare con chiarezza. Ma erano giovani, e ben presto il sole e il cielo azzurro li strapparono alla malinconia. Quando furono di nuovo fuori dalla città, invece di andare subito a casa Gino allungò costeggiando un fossato fitto d'erba. Intorno a loro, distese di girasoli e vigneti carichi di grappoli. Erano le due del pomeriggio, covoni di grano tremolavano nell'aria ondeggiante per la calura.

“Siamo arrivati,” annunciò infine, al termine di una fragorosa frenata.

La nuova casa non era un casone, l’abitazione rustica dalla copertura di paglia dove avevano vissuto un tempo. Questa, al di là dell’ansa del canale, appena fuori dalle mura cittadine cinquecentesche, aveva il tetto come Dio comanda: non si poteva dire proprio una casa di campagna, ma ne aveva un po’ l’aria, tutta dipinta di bianco e con i balconi verdi. Gli scuri al primo piano dell’edificio di fronte si richiusero stridendo: l’anziana vicina era stata alla finestra a curiosare, ma loro non ci fecero caso.

I due fratelli attraversarono un cortiletto di terra battuta. Biglie e tappi a corona erano disseminati qua e là. Gino spinse la porta e cedette il passo a Teresa, che si trovò di fronte a una rampa di scale.

“Ecco dove abitiamo adesso. Ci sono due stanze al pianoterra e altre due al primo piano. La casa ce la dobbiamo spartire in due famiglie, ma dei Donà rimane solo il vecchio, pieno di acciacchi, che si accontenta della camera qui a destra in cambio di un pasto a mezzogiorno e di un piatto di minestra la sera.”

Entrarono in cucina. Gran parte della stanza era occupata da un enorme tavolo. In un cantuccio, Teresa vide sua madre. Si era assopita aspettandola, una spalla appoggiata al tubo della stufa e uno straccio abbandonato in grembo. Sentendoli entrare aprì gli occhi, ma si limitò a guardarla in silenzio.

“È così da quando è morto Bruno... Persa in un mondo tutto suo. E poi non ci vede quasi più, ha la cataratta,” cercò di giustificarla Gino. “Mamma, è tornata la Teresa!” gridò poi rivolto a lei. “Mamma, mi hai sentito? C’è la Teresa.”

La Iole si stropicciò gli occhi, ma non reagì in alcun modo alla notizia e non rispose all’abbraccio della figlia.

Teresa dovette appoggiarsi al secchiaio di pietra, aveva voglia di piangere. Si sentiva smarrita, sola, fuori posto. Dov'erano il ciliegio, la corte, la stalla in cui si riunivano a fare filò? Non voleva vedere sua madre in quelle condizioni, così corse fuori e raggiunse la strada principale. Non ce la faccio, pensò.

Continuò a correre senza sapere dove andare, finché si ritrovò davanti al canale. Tutta quell'acqua verdognola che gorgogliava la confondeva. Si distese sull'erba, frastornata, e immaginò di rotolare giù, di farsi inghiottire e portare via dalla corrente, di sparire per sempre.

Non ci capiva più nulla. Tutto le era estraneo, e se perfino sua madre non la riconosceva forse voleva dire che non c'era più niente da fare.

Possibile che davvero in manicomio si stesse meglio, come le aveva detto Adele?

20.

Gino giunse trafelato dopo averla cercata ovunque, e si sedette al suo fianco. Rimasero vicini senza dirsi niente, lui con il fiatone, lei pallidissima. Poi Gino le tese la mano per aiutarla ad alzarsi. "Torniamo a casa, dai. Ti mostro la camera."

Si allontanarono dal canale camminando a passi stanchi, l'uno accanto all'altra.

"Dov'è Adele?" volle sapere Teresa mentre salivano le scale.

"Tra un po' torna dalla filanda."

"E nostro padre?"

"Sta lavorando in baracca. Lo vedrai domattina, adesso riposati. Domani andrà meglio, stai tranquilla."

Teresa accettò di sdraiarsi, ma si riscosse sentendo al piano di sotto la porta che si apriva. Si tirò su a sedere, incerta, e la vide entrare.

Dopo un'iniziale timidezza, Adele le si avvicinò e la abbracciò. In quella stretta silenziosa si dissero tutto quello che non erano riuscite a dirsi nelle brevi visite in ospedale, quando Adele era così fredda, così trattenuta, e Teresa non riusciva a spiegarsi il perché.

Chiacchierarono sommessamente, sedute sul letto come da bambine, finché per Adele non fu ora di scendere in cucina a preparare da mangiare. Si offrì di portarle del pane e dei pomodori, ma Teresa si sentiva lo stomaco chiuso e rifiutò.

Era il crepuscolo, al di là delle finestre spalancate i grilli avevano iniziato a frinire. Avrebbe voluto chiedere alla sorella dove aveva nascosto la scatolina di legno, ma non era il momento. Si abbandonò al sonno, cullata da quel canto. C'era tempo per riannodare tutti i fili del passato: era a casa.

L'indomani Teresa aprì gli occhi quando udì il primo, stridulo chicchirichì. Scrutò nella penombra e per un attimo si meravigliò di non ritrovarsi nella camerata dell'ospedale. Accanto al suo c'era soltanto un altro letto, ed era già vuoto. La giornata di Adele cominciava molto presto.

Si era addormentata con i vestiti che aveva indosso quando aveva messo piede in manicomio nella primavera del quarantaquattro, ormai stinti e lisi. Una parentesi di quattro anni incorniciata dagli stessi abiti.

Si alzò e schiuse le imposte, fuori era già chiaro e la luce del primo mattino investì di sbieco un tavolo impolverato. Un vasetto di vetro con dei fiori rinsecchiti era stato messo davanti a una fotografia appoggiata al muro: Bruno, in pantaloni corti e con una palla di pezza nell'incavo del braccio, sorrideva mostrando i due incisivi separati. Lì accanto, un lumino dallo stoppino corto e annerito. Teresa distolse rapidamente lo sguardo e andò a sedersi su uno sgabello impagliato, sotto la finestra.

Nel bel mezzo di un gruppo di capanni dal tetto di lamiera vide alcuni fabbricati in pietra viva, senza infissi. In lontananza, la rigogliosa chioma di un pioppo si muoveva piano nella brezza. Fu sopraffatta da un'ondata di ricordi e, incrociate le braccia sul davanzale, vi appoggiò la testa.

Da quando era stata internata a forza, non aveva fatto

altro che sognare di tornare a casa e adesso che finalmente ci era tornata, scopriva che niente era come aveva immaginato che fosse. Si sentiva estranea e sola, in quei luoghi che forse erano anche belli ma che non parlavano al suo cuore bisognoso di affetto e di tenerezza, circondata da odori che non riconosceva. Rimase lì, in quella posizione, finché non le si intorpidirono le braccia. A quel punto si fece forza e cominciò a scendere le scale, ma fu costretta a fermarsi da un invincibile tremito alle gambe. Si sedette su uno scalino e affondò le dita tra i capelli, premendo forte, poi si tappò gli orecchi. Si riscosse sentendo una mano calda e pesante sulla spalla.

"Coraggio," mormorò suo padre, e per qualche motivo quell'unica, semplice parola la rincuorò.

Lo seguì attraverso il cortile, lo vide entrare in una catapecchia dal soffitto basso e dal pavimento di terra battuta mista a segatura. Stette a guardarlo, appoggiata allo stipite della porta. Ovunque all'interno erano accatastate sbarre di ferro, pezzi di legno, carcasse di oggetti irriconoscibili. In fondo, appesi a ganci di fortuna, gli arnesi di un mestiere che non fruttava più nulla: una pialla, una sega, un trapano a manovella, varie pinze, tenaglie, martelli e cacciaviti.

Suo padre era seduto davanti a una finestrella dai vetri opachi, teneva in mano un macinino e si sforzava di far girare la manovella inceppata. Gli si avvicinò. Con gesti precisi e meticolosi, lo vide smontare il meccanismo e rimontarlo dopo averne ingrassato ogni singola parte. Nei suoi occhi balenò un lampo di soddisfazione e Teresa capì che riparare oggetti che chiunque altro avrebbe buttato era il suo modo di resistere.

Avrebbe voluto abbracciarlo, ma non lo fece. Non c'erano mai stati abbracci, con i suoi genitori.

Si sentiva bene in quella specie di capanno. La domanda

le salì alle labbra e lei la cacciò indietro, poi non riuscì più a trattenerla: "Posso stare qui?".

Il capanno alla fine si rivelò troppo angusto per lasciar andare i pensieri e respirare. Teresa trovò pace tra i filari di viti, da cui strappava acini ancora acerbi e dal succo asprigno. Oppure si arrampicava sugli alberi e si dondolava appesa ai rami, come una bimba mai cresciuta. Poi scoprì il tronco di una quercia secolare aperto da un fulmine e lo fece diventare il suo rifugio.

Adele le aveva restituito la scatolina di legno intarsiato, che per tutto quel tempo era stata nella vecchia sporta nera di casa Levi, riempita di cianfrusaglie e appesa a un chiodo nel sottoscala dopo il trasloco da via dell'Argine destro. Teresa sapeva di dover ricominciare a vivere, trovarsi un lavoro, mettersi alla ricerca di Amos, ma si sentiva svuotata, priva di energia, quasi come sua madre che passava le giornate seduta in casa.

Gino aveva la sua vita, Adele anche, li vedeva soltanto la sera. E con suo padre, a parte alcuni rari momenti di vicinanza, non aveva confidenza. Con sua enorme sorpresa, scoprì di sentire la mancanza delle sue compagne di camerata, ma soprattutto – e questo invece non la sorprendeva affatto – di Lidia.

Chissà che fine aveva fatto la bella Rosa dai capelli ramati. Come le sembravano ridicoli, adesso, i medici seriosi, le suore così certe della propria vocazione. E com'era strano il mondo, un mondo alla rovescia, che se eri in difficoltà ti segnava a dito anziché salvarti... Che poi, se provavano ad aiutarti, a volte era persino peggio. Eppure, nel mondo Teresa aveva fatto ritorno e doveva trovare un senso, un motivo per tirare avanti, per non soccombere al dolore. L'immagine di Amos, nudo sul tavolo con tutti quei cavi elettrici, la perseguitava spesso nei suoi incubi. Erano passati quattro anni e le sembravano cento.

Faceva fatica a credere di essere stata la ragazza allegra che in un giorno di dicembre aveva dato il suo primo bacio. Gianni... Dov'era Gianni? Cosa ne era stato di lui? Aveva talmente paura di sentirsi dire che don Paolo era morto, che lo avevano torturato, massacrato, che non osava più fare domande.

Era come se un vento nefasto le avesse portato via tutto, anche la voglia di vivere. Arrendersi, però, non era un'opzione. Doveva ritrovarsi. E per riuscirci doveva prima ritrovare Amos, tenere fede alla promessa fatta a una madre disperata.

21.
Giovedì 30 settembre 1948

Il nitrito di un cavallo annunciò una visita inattesa. Il sacerdote scese dal biroccio, sfilò la catenella arrugginita che teneva chiuso il cancelletto di rete metallica ed entrò in casa Agostini, accompagnato da un colpo di corrente.

"Oh, Madonna misericordiosa!" La Iole, mezza accecata, lo accolse facendosi il segno della croce.

Il prete era un cinquantenne grasso, dalle mani gonfie e gli avambracci coperti di efelidi.

Adele stava piegando la biancheria asciutta, appena ritirata, ma subito interruppe il suo lavoro. "Buongiorno, don Saverio. Grazie per essere venuto a trovarci." Lo fece accomodare a capotavola. "Gradisce un bicchierino?"

Il sacerdote prese un fazzoletto dalla tasca e se lo passò sulla fronte. "Non disturbarti, Adele," disse con il respiro affannoso, sventolandosi il quadrato di stoffa davanti al viso arrossato. "Be', magari un goccettino... di quello che avete... Basta un bianchetto... Ci avete mica un goto de vin santo?"

"Eh no, caro don Saverio, mi dispiace. Ghe posso ofrire un poco de moscato, va ben lo stesso?" Adele stava già stappando il fiasco della domenica.

"Grazie, cara." E don Saverio allungò il braccio per afferrare il bicchiere. "Allora, dove si è nascosta questa Teresella?"

"Adesso gliela chiamo. Vedrà che arriva subito."

Teresa aveva lavorato nell'orto un paio d'ore, poi aveva

scorto in lontananza il calesse tirato dal cavallo baio ed era sgattaiolata dentro per non farsi vedere. Si era messa a origliare dietro la porta della cucina, ma sentendo pronunciare il proprio nome corse a rifugiarsi nel sottoscala.

Adele sapeva che avrebbe trovato la sorella lì, rannicchiata al buio tra i mastelli e la tavola da lavare. Faceva così ogni qualvolta arrivava qualcuno, per evitare domande fastidiose e stringenti su come si sentiva e su cosa aveva intenzione di fare della sua vita. I ganci che reggevano la tenda avevano gracchiato quando l'aveva fatta scorrere per nascondersi.

Adele cominciò a salire i gradini per farle credere di non aver notato quel movimento rumoroso e darle modo di rialzarsi, senza fare fracasso, in maniera che nessuno se ne accorgesse. Una delicatezza di cui Teresa le era grata.

"Dai, vieni," le bisbigliò Adele da sopra quando la vide sgusciare fuori. E, scese le scale, la prese per mano e la portò in cucina.

"Ah, eccoti qui finalmente! Vieni avanti, bella!"

Il sacerdote aveva le guance paonazze e sorrideva mostrando due file di dentini aguzzi. Non assomigliava in nulla a don Paolo. Nei suoi occhietti cerulei guizzavano ombre spavalde. Sembrava un grosso gatto che studia la tattica migliore per balzare sulla preda.

Teresa, spettinata e con vistose macchie d'erba sulla gonna, gli si avvicinò malvolentieri, ma don Saverio commise l'errore di accarezzarle un polso e lei si scansò di scatto, come se si fosse bruciata.

"Eh, mamma mia, sembri un animaletto selvatico! Siediti qui. Non aver paura. Sai chi sono?"

Senza rispondere, Teresa scostò la sedia e si sedette in punta, sul chi vive.

Il prete estrasse dalla tasca una scatolina di latta e si mise a fiutare una presa di tabacco.

"Sono don Saverio, il parroco..." Schioccò la lingua. "Sono venuto qui proprio per parlare con te." Fece una pausa, ma non ottenne alcuna reazione. "Me l'ha chiesto una persona della tua famiglia..."

Teresa sollevò le sopracciglia.

"Sono in questa pieve da più di quattro anni. So che sei stata via, ma sono passati due mesi da quando sei tornata a casa e ancora non ti sei fatta vedere: non vieni a messa, non ti confessi, non fai la comunione..." Si accarezzò il mento. "Sai che è peccato non onorare la parola di Dio, vero? Te lo ricordi?"

Lei annuì.

"Teresa, parliamoci chiaro: è giunta l'ora che tu ricominci a vivere come tutti gli altri, e soprattutto ad aiutare i tuoi genitori, a guadagnare qualche scheo... Soldi per la tua famiglia, mi capisci?" Don Saverio aveva le unghie ben curate, perfettamente limate e pulite.

Gino rientrava in quel momento. Mollò sulla panchetta le chiavi del laboratorio di falegnameria.

"Vedi tuo fratello? Lui un lavoro l'ha trovato. È un bravo restauratore di mobili, lo sai, no?" continuò don Saverio con voce melliflua. "Ciò nonostante..." Si alzò e prese a camminare avanti e indietro. "Capisco che per te non è semplice... Voglio dire che una... una come te... Insomma, mi rendo conto che non sono molte le persone disposte a darti fiducia, ad affidarti dei compiti, anche solo fare le pulizie."

Teresa avvampò, il petto stretto in una morsa di rabbia, vergogna e paura.

"Dov'è don Paolo?" disse per tutta risposta, alzandosi di scatto e osando finalmente porre la terribile domanda.

Sbuffando, e rivelandosi d'improvviso per quello che era, don Saverio abbandonò i modi untuosi: la afferrò per le spalle e la costrinse a sedersi, ricevendo in cambio da Teresa un violento pestone.

"Ahi!" Il prete si mise a saltellare su un piede e Gino accorse per aiutarlo a tenersi in equilibrio.

"Non l'ho fatto apposta," disse Teresa con un sorrisetto, senza scusarsi. Perché nessuno le diceva che fine aveva fatto don Paolo?

La Iole tirò fuori il rosario dalla tasca del grembiule e cominciò a recitare l'*Ave Maria* a bassa voce.

"Lascia, lascia, caro Gino, non è niente," disse don Saverio afferrandosi al ripiano della credenza. "Torniamo a noi," riprese rimettendosi a sedere e riavvicinandosi a Teresa, che di nuovo si ritrasse. "Conosco due signorine molto perbene... Sai, sono stato parroco in centro, ho tante buone amicizie. Le signorine sono due brave cristiane: osservanti, istruite, caritatevoli. Sono andato a trovarle proprio qualche giorno fa, abitano in un bel palazzo."

Teresa ripensò alla casa che i Levi avevano dovuto abbandonare e dovette nascondere le mani dietro la schiena per non far vedere che tremavano. Adele smise di piegare la biancheria e le si avvicinò per cingerle le spalle. Ma adesso Teresa voleva sapere, quindi si fece coraggio: "Dove?" chiese con una voce che suonò brusca e rauca, irriconoscibile alle sue stesse orecchie.

Don Saverio, colto di sorpresa, sussultò. "Davanti al Caffè Pedrocchi."

Teresa emise un sospiro di sollievo.

"Le signorine sarebbero disponibili a incontrarti," continuò il sacerdote dopo aver bevuto un altro goccetto, "e a offrirti un lavoro. Ne ho già parlato con tuo padre e tua madre."

"Cosa dovrei fare? Le pulizie?" domandò Teresa, voltandosi a guardare la sorella come a chiederle aiuto.

Il padre rincasò giusto nel bel mezzo della risposta che non arrivava.

"Te lo diranno le signorine," rispose in fretta don Saverio. "Ti accompagnerò io, sei d'accordo?"

Tutti la guardavano supplicanti.

Il frastuono di un bastone sbattuto a terra ripetutamente giunse dalla stanza accanto: il vecchio Donà reclamava la minestra serale. Avrebbe fatto il finimondo se non gliel'avessero portata subito. Adele si affrettò a riempire un piatto dal pentolone che sobbolliva piano e uscì svelta dalla cucina.

"Accetta, Teresa, per favore." Il padre non disse altro. La fissava con il suo sguardo limpido e sincero.

Teresa ricacciò indietro lacrime pungenti. Lo abbracciò come non ricordava di averlo mai abbracciato, e mentre lo teneva stretto se lo immaginò nella baracca, nel suo rifugio solitario, con le pinze e i martelli, dimentico del presente. Lo strinse a sé ancora di più e avvertì il calore delle sue mani grandi sulla schiena. "Va bene," disse poi sciogliendo l'abbraccio. Era vero, aveva il dovere di aiutare i suoi genitori, e non poteva escludere che un cambiamento le avrebbe fatto bene... Anche se don Saverio era e rimaneva un verme schifoso; e poi, lavorando in città, forse sarebbe stato più facile mettersi alla ricerca di Amos.

"Vengo a prenderti domattina," concluse il parroco alzandosi. "Fatti trovare pronta per le nove."

Lo accompagnarono fuori, era comunque un ospite di riguardo. Don Saverio salì a cassetta, fece schioccare il frustino e il calesse partì cigolando, le ruote che scricchiolavano alzando sbuffi di polvere.

Teresa, il padre e i fratelli rientrarono in casa, silenziosi. Nessuno aveva voglia di parlare. Toccarono appena la minestra preparata da Adele.

Un gatto bianco che ogni tanto veniva in cerca di avanzi era sgusciato dentro insieme a loro: adesso, seduto sul davanzale della finestra, li guardava immobile, gli occhi socchiusi, la lunga coda che frustava l'aria.

Oltre il canale, sopra il profilo delle colline, l'orizzonte si era tinto di violetto.

22.

"Certo, Eccellenza, sarà fatto. Sia lodato Gesù Cristo," disse don Saverio abbozzando una genuflessione. Aveva voluto rendere omaggio al vescovo della Diocesi di Padova, sua guida spirituale ai tempi del collegio vescovile, che lo congedò con un frettoloso "Sempre sia lodato".

Per andare in città aveva scelto un calessino coperto. Prima di allora l'aveva usato solo una volta, per recarsi al funerale di un prozio ottuagenario dal quale aveva inutilmente sperato di ereditare almeno un pezzetto di terra nel Polesine. Allo stesso modo, non perdeva occasione per farsi vedere in Curia sperando che si ricordassero di lui per un posticino in città: dunque, aveva insistito per essere ricevuto dal vescovo con il pretesto di ottenere il beneplacito per l'appuntamento di Teresa con le sorelle Pozzo, emerite organizzatrici di raccolte di fondi destinati ai figli di nessuno degli Ognissanti e prime finanziatrici dei treni dei malati diretti al santuario di Lourdes.

Teresa era rimasta ad aspettarlo nel calessino, rifiutandosi di guardarsi attorno per paura di vedere qualcosa che la riportasse al passato: il ghetto non era lontano dal Vescovado, erano strade che aveva percorso tante volte. Quando don Saverio risalì a bordo, il calessino ondeggiò. Senza guardare verso la sua silenziosa compagna di viaggio, il prete aggrottò le folte sopracciglia e incitò il cavallo. "Forza, bello!"

Giunsero nei pressi della chiesa di Sant'Andrea. L'animale scartò alla vista di un gatto appollaiato in cima a una colonnina e Teresa si riscosse dai suoi pensieri.

"Ma cosa fai? Non vedi che è di pietra?" Il sacerdote, stupito, si rivolgeva al cavallo come se fosse un cristiano. Scosse la testa ridendo. "E tu lo sai," disse poi girandosi verso Teresa, "che cosa rappresenta questa statua?"

"Tutti i padovani conoscono la storia della gatta, che prima di perdere i pezzi era un leone alato. La colonna sta a indicare il punto più alto della città, diciotto metri sul livello del mare," rispose Teresa con aria scocciata.

"Senti, senti, la nostra saputella!" disse lui a metà tra l'offeso e il divertito.

Lei lo ignorò.

Lasciarono il calessino davanti alla chiesa, poi imboccarono il vicolo Sant'Andrea e arrivarono davanti a un portoncino, il numero 9, che pareva minuscolo, schiacciato com'era sotto due balconcini contigui affacciati all'ombra di due alti occhi di portico.

Teresa fece un passo indietro per vedere la facciata del palazzo. Sopra i due archi c'erano quattro grandi finestre con un parapetto in ferro battuto. Al secondo piano, altrettanti balconcini socchiusi privi di balaustra. Più su ancora, quattro finestre più piccole con le imposte chiuse. L'intonaco della facciata era scrostato all'innesto dei balconcini e alla base delle colonne. Al centro, nello spazio appena sopra gli archi, uno scudo di pietra circolare racchiudeva un rilievo corroso dal tempo.

Il prete spinse il portone socchiuso, segno che erano attesi, e Teresa, entrando, lesse con un brivido di orrore il nome accanto al campanello, un nome capace di evocare i suoi incubi peggiori: POZZO.

"Non ci vengo!" gridò.

Don Saverio la prese per un braccio e cercò di trascinarla

dentro come se fosse un mulo testardo, dandole della pazza e intimandole di abbassare la voce.

Riuscì a farle attraversare l'atrio e si ritrovarono ai piedi di una scalinata. Teresa si guardava intorno spaventata, cercava di convincersi che c'erano tanti Pozzo, non era detto che...

"Mi raccomando!" disse don Saverio agitandole minaccioso un dito sotto il naso. "Saluta le signorine, stai composta e parla soltanto se interrogata."

Dal pianerottolo sopra di loro si sentì il rumore di una porta che si apriva e un fruscio di passi felpati. Una donna dall'età indefinibile, i capelli di un castano chiarissimo raccolti in un severo chignon, scendeva i gradini a uno a uno, aggrappata al corrimano. Indossava pantofole di feltro, un golfino blu chiuso fino all'ultimo bottone da cui spuntava il collettino rotondo di una camicetta bianca e una gonna, anch'essa blu, che lasciava scoperte soltanto le caviglie, così sottili che parevano sul punto di spezzarsi.

"Mi scusi, don Saverio, ma da quando non abbiamo più il portiere... Salite pure, venite." Con una mano singolarmente piccola fece un lieve cenno per invitarli a seguirla e risalì fino al piano nobile. "Accomodatevi," disse quasi sottovoce.

Si ritrovarono in un ingresso buio, con una lunga panca in stile Impero rivestita di seta amaranto, una console sormontata da uno specchio e un armadio di legno scolpito. Furono introdotti in un salotto altrettanto cupo, con le tende tirate. Teresa si liberò con uno strattone dalla presa di don Saverio e sedette dove le era stato indicato, su un divanetto foderato di velluto verde oliva. Cominciò a guardarsi attorno, cercando un qualsiasi indizio che le permettesse di capire se quella era davvero la casa del suo persecutore o se si trattava soltanto di un caso di omonimia.

"Gradite qualcosa da bere?"

Osservando meglio la signorina Emilia – così l'aveva chiamata il prete nel salutarla –, Teresa si rese conto che non doveva avere più di una trentina d'anni. Leggermente curva, aveva labbra sottili, naso aquilino, il volto privo di rughe, di un pallore assoluto che rivelava scarsa familiarità con i rituali di bellezza delle donne.

Un rumore alle sue spalle la fece girare di scatto: la porta a vetri che separava la sala da pranzo dal salotto si era aperta lasciando passare una giovane sorridente, nella mano destra reggeva un vassoio con un bricco di caffè e tre tazzine.

"Buongiorno, don Saverio. Buongiorno, signorina... Teresa?"

Si alzarono per salutarla.

"Buongiorno a lei, signorina Carolina," disse don Saverio con il suo tono untuoso. "Come sta?"

"Ho pensato che forse avreste gradito un caffè, miscela Leone... Sa, la si trova in piazza, dal Zio, in città non c'è un'altra drogheria fornita come quella." La ragazza aveva modi vivaci e disinvolti, ben diversi da quelli della sorella maggiore. "Non so se la signorina lo beve volentieri... O forse preferisce dello sciroppo di cedro?"

Teresa scosse la testa. Notò che Carolina pareva la bella copia di Emilia: snella invece che magra, gambe slanciate ma tornite, dita lunghe da pianista, seno prosperoso, schiena dritta. Portava i capelli – folti e bruni, con le punte voltate all'insù – sciolti sulle spalle e fermati ai lati da due pettinini di tartaruga. Aveva la bocca grande, ben disegnata, e brillanti occhi scuri.

Servì il caffè e quando si accorse delle smorfie di don Saverio esclamò: "Oh, caspita, dimentico sempre lo zucchero!".

"Non si scomodi, mi piace amaro," mentì il prete, che comunque ormai aveva finito di berlo.

"Un bicchierino di rosolio? Giusto per sciacquarsi il sapore di caffè?"

"Ecco, magari quello sì, grazie, sempre se non la disturbo."

Teresa si guardava attorno frastornata. Un pesante trumeau

di noce scuro occupava la parete di fondo del salotto, che era più grande di tutta la sua casa. I soffitti sembravano irraggiungibili tanto erano alti: il rosone centrale da cui pendeva il lampadario di cristallo a gocce e i quattro angoli erano decorati con lo stesso motivo a stucco, roselline e foglie intrecciate.

Di tanto in tanto, intercettava brandelli di frasi: "Sua Eccellenza il vescovo è molto preoccupato per la deriva dei costumi... Certo, di questo passo chissà dove andremo a finire... Non c'è più rispetto per gli anziani...".

La sua attenzione fu colpita da una libreria in mezzo alle due finestre: i ripiani erano occupati perlopiù da leziose statuine raffiguranti pastorelle, damine imparruccate e cavalieri in marsina e tricorno. Solo su quello centrale erano allineati dei volumi, tutti con la stessa rilegatura in pelle. Si alzò.

"Che fai?" la redarguì il sacerdote. "Torna qui."

"La lasci fare, non si preoccupi don Saverio," sussurrò la signorina Emilia.

Teresa si abbassò per leggere le scritte sui dorsi: *Lo sport fascista: rassegna mensile illustrata di tutti gli sport (1928-1943).* Sospirò rumorosamente, sopraffatta dall'amara sensazione di essere nel posto sbagliato al momento sbagliato.

Frattanto, la signorina Emilia aveva chiesto alla sorella di andare a prendere il vassoio di biscottini che aveva ordinato in pasticceria: "Che sbadata! Avrei dovuto ritirarlo stamattina e me ne sono completamente dimenticata!" esclamò.

Carolina obbedì senza farsi pregare, mentre Teresa tornava a sedersi sul divanetto e restava in attesa, diffidente: qualcosa non quadrava.

La porta d'ingresso si richiuse.

"So tutto, Teresa." La signorina Emilia era finalmente venuta al dunque. "Mio fratello Attilio non sempre ha trattato le donne con il dovuto rispetto."

Teresa impallidì. Dunque, era vero. Si trovava in casa del suo aguzzino...

La signorina Emilia si era alzata e adesso era andata a mettersi con le spalle alla finestra. “Ne ha combinate di tutti i colori, lo so. L'ho sempre saputo. Ho tanto pregato perché il Signore gli desse la forza di cambiare, ma Attilio ha sempre fatto di testa sua e ha infangato il buon nome della famiglia. Per fortuna, la nostra adorata mamma è morta prima che il suo comportamento fosse risaputo, altrimenti le si sarebbe spezzato il cuore.” Si asciugò rapidamente gli occhi. “Ma con te, Teresa, mio fratello è andato addirittura oltre. Sono desolata per quello che ti ha fatto.”

Lei, rattrappita sul divanetto, non aveva la forza di muovere un muscolo. Un sudore gelido le bagnava la schiena. Perché don Saverio l'aveva portata lì? Perché erano tutti così cattivi con lei? La signorina Emilia continuava a parlare, parlare, parlare, ma lei sentì soltanto la conclusione del suo discorso: “Una volta venuta a sapere cosa ti era successo, ho pensato parecchio a un modo per rimediare al torto che ti ha fatto mio fratello. E ho avuto un'idea: da quando lui se n'è andato, questo appartamento è vuoto. Mia sorella e io lo usiamo una volta ogni tanto, per ricevere, ma abitiamo al piano di sopra. Il nostro portiere è andato in pensione, la cameriera si è licenziata, e noi ci sentiamo molto a disagio adesso che siamo rimaste completamente sole”. Fece una pausa, cercando lo sguardo di don Saverio. Lui la incoraggiò a continuare con un piccolo cenno del capo. “Abbiamo pensato,” proseguì, “che potresti farti carico della portineria. E provvedere alle nostre necessità: cucinare, pulire, fare la spesa... Avresti un buono stipendio e un tetto sopra la testa.”

Teresa si mosse sul divanetto e il prete si alzò di scatto per bloccarla, come temendo che stesse per colpire la signorina Emilia. “Può aprire la finestra, per favore?” sussurrò allora lei con voce strozzata.

Nel frattempo Carolina era tornata con il vassoio dei biscottini. “Ho appena offerto a Teresa di occuparsi della nostra casa e della portineria," la aggiornò la sorella in tono forzatamente gaio, "stiamo aspettando la sua risposta!"

"Allora, Teresa, che ne pensi?" disse Carolina passando svelta al tu. "Starai bene qui, vedrai... Perché accetterai, vero? Sono sicura che ci troveremo bene con te."

Teresa aveva una gran voglia di scappare da quell'appartamento soffocante, dai terribili ricordi che le parole della signorina Emilia avevano risvegliato in lei, e da quel lavoro che si prospettava faticosissimo. Poi pensò a suo padre, pensò a Gino e ad Adele, a sua madre immobile in un angolo della cucina. E capì di non avere scelta.

Mentre rifletteva così, notò una grande cornice ovale di legno scuro che racchiudeva due ritratti dai contorni sfumati: una donna dall'aria sperduta con un'acconciatura tutta riccioli e un uomo stempiato dal naso aquilino, occhi scuri e brillanti come quelli di Carolina. Tutt'intorno erano disposte altre immagini di bambini e ragazzini schierati in fila, in posa con attrezzi ginnici o davanti a un fondale bucolico. Tra tutti, Teresa credette di riconoscere i tratti di un bambino imbronciato, scuro in volto, un libriccino stretto fra le dita, guanti bianchi, scarpe lucide e al braccio la fascia della prima comunione. All'improvviso, ebbe la netta sensazione che Attilio Pozzo fosse morto. E si augurò che stesse bruciando tra le fiamme dell'Inferno.

"Va bene," balbettò infine, senza nemmeno chiedere quale sarebbe stato il suo stipendio, "accetto." D'altronde, come le aveva fatto notare don Saverio, chi altri sarebbe stato disposto a offrire un lavoro a qualcuno che era stato rinchiuso quattro anni in manicomio?

"Molto bene!" approvò la signorina Emilia. "Carolina, cara, potresti accompagnare Teresa in guardiola?"

Gli ospiti si congedarono e scesero di sotto, guidati da Carolina. La giovane inserì una piccola chiave nella toppa della porta a vetri, schermata da una tenda, che si affacciava sul lato sinistro dell'atrio, e aprì: "Abiterai qui. Dovrai controllare chi entra e chi esce, annunciare le visite, spazzare l'androne, ritirare la posta... Ti lasceremo inoltre una piccola somma per pagare il lattaio e il ragazzo dei giornali".

Teresa non diceva una parola e ascoltava appena, intenta com'era a studiare ogni dettaglio della sua nuova casa, due stanze con un bel pavimento di mattonelle bianche e rosse disposte in diagonale. C'erano un angolo cottura, un piccolo tavolo con uno sgabello e una poltrona a fiori ben imbottita. Una porticina immetteva nella camera dove avrebbe dormito, in cui c'era posto soltanto per il letto, il comodino e un armadio con l'anta rivestita di specchio. La finestra dava su un cortiletto interno con un cespuglio di dalie color pesca.

"Come credo ti abbia detto mia sorella, oltre che delle pulizie dovrai occuparti della spesa, dei pasti, di fare i letti, lavare e stirare, e provvederai anche al cambio di stagione negli armadi." Carolina continuava a impartire istruzioni e Teresa si chiese se ventiquattr'ore sarebbero bastate per portare a termine tutte le incombenze di cui avrebbe dovuto farsi carico ogni giorno. Eppure, la vista di quel minuscolo appartamentino tutto per sé l'aveva rinfrancata.

"Ora ascoltami bene," disse Carolina facendo la faccia seria. "Ti è richiesta la massima riservatezza. Guai a te, se dovessi scoprire che spettegoli su di noi!" E sgranò i grandi occhi scuri.

Teresa non rispose. Una parte di lei era infastidita, con chi credeva di avere a che fare, la giovane signorina Pozzo?, eppure Carolina – a differenza della sorella maggiore, con tutti quei discorsi ipocriti sul fratello e la mamma adorata – le era simpatica.

Il prete le diede uno strattone. "Rispondi!"

"Lasci stare, don Saverio," intervenne Carolina. "Allora ti aspettiamo?" continuò, rivolgendosi di nuovo a Teresa. "Puoi iniziare domani."

Lei rispose di sì, ma aggiunse che avrebbe preso servizio tre giorni dopo, il lunedì. Poi chiese a don Saverio di riportarla a casa.

Era agitata da sentimenti contrastanti: anche se il lavoro duro non la spaventava, si domandava se davvero sarebbe stata in grado di far fronte a tutte quelle richieste, di rivestire il doppio ruolo di portinaia e governante. Avrebbe avuto il tempo, stando così le cose, di mettersi sulle tracce di Amos? Ma soprattutto si sentiva in trappola, rabbiosa per la mancanza di alternative: aveva dovuto accettare quel lavoro perché molto difficilmente le si sarebbe presentata un'altra occasione; e forse, al di là della paura di non farcela, le sarebbe anche piaciuto lavorare in quella casa, se non fosse stato che le sue datrici di lavoro erano le sorelle di quel maresciallo Pozzo che le aveva rovinato la vita.

Cominciava a piovere. Grosse gocce martellavano il selciato. Teresa e don Saverio, al riparo sotto i portici, attesero che spiovesse.

Bisognava lasciar passare la tempesta.

23.
Lunedì 4 ottobre 1948

Teresa si installò nell'appartamentino della guardiola in vicolo Sant'Andrea 9 la mattina del 4 ottobre, festa di San Francesco. La città era in fermento per la processione con la statua del patrono, ma lei quasi non se ne accorse, intenta com'era a ricevere ed eseguire gli ordini della signorina Emilia.

Il primo giorno passò in fretta e si concluse alle cinque in punto, dopo una mattinata intensa e la pausa dalle due alle tre, come convenuto: l'atrio era stato tirato a lustro, i pomoli delle caselle delle lettere e le maniglie d'ottone lucidate, le imposte assicurate ai fermapersiane a forma di testa di turco. Prima di ritirarsi in portineria, Teresa aveva preparato la minestra di verdura per la cena delle due sorelle e stirato le lenzuola. Si coricò esausta.

I giorni successivi trascorsero nello stesso modo, con mille cose da fare, qualche ordine perentorio e nessun ringraziamento.

Teresa non sapeva se avrebbe retto quel ritmo, ma preferiva non pensarci. Ci aveva rimuginato a lungo mentre spolverava, spazzava, lavava i pavimenti. Anzi, a dire la verità, già quando era tornata al casolare dopo la prima visita alle sorelle Pozzo con don Saverio, aveva capito che quell'impiego poteva aessere un'opportunità.

L'unico modo per scoprire che fine avessero fatto i Levi

era parlare con il rabbino. La sinagoga riaperta al culto dopo la guerra era vicina, così il giovedì si fece animo e uscì alla volta del ghetto.

Non volle entrare per via dei Fabbri, tralasciò anche la via della chiesa di San Canziano. Forse non era ancora pronta per quel passo. Dopo un attimo d'incertezza desistette e tornò verso vicolo Sant'Andrea.

Quando fu nei pressi del Palazzo del Comune, all'altezza di via VIII Febbraio, le parve di riconoscere una figura familiare: una giovane snella ed elegante, i capelli rossi lucenti raccolti sulla nuca. Era scortata da una donna di più umili condizioni, che la seguiva reggendo il cesto della spesa.

Troppo emozionata per avvicinarsi, Teresa la seguì con lo sguardo, nella speranza che si voltasse o tornasse indietro. Ma non era Rosa, come ebbe modo di vedere quando la ragazza si fermò nei pressi della merceria e si girò verso il punto dove si trovava lei. Povera Rosa! Se la immaginava ancora lì, all'ospedale, in una delle camere singole riservate alle malate benestanti. Le sarebbe tanto piaciuto rivederla.

Rimproverandosi per la propria debolezza, Teresa si impose di portare a termine la missione per la quale era uscita. Risalì per via Roma e svoltò per via San Martino e Solferino. Adesso doveva farsi forza e addentrarsi nel quartiere ebraico per dare un'occhiata, almeno da lontano, a casa Levi: la vista dell'edificio rimesso a nuovo, con le imposte verniciate di rosso – un colore che il Professore non sopportava perché gli ricordava la bandiera nazionalsocialista –, la rattristò anche se non la sorprese. Provò ad avvicinarsi ancora. I ferri di cavallo appesi alla ringhiera del terrazzino furono la conferma: i Levi, che non erano superstiziosi e non credevano nei portafortuna, non erano tornati. Anzi, peggio ancora: al loro posto era arrivato qualcun altro. Allora corse via avvilita, il cuore addolorato.

Poco più indietro, sulla destra, c'era la sinagoga. Teresa

aveva percorso tutta la strada con gli occhi bassi e si accorse di essere arrivata solo quando sbatté contro un giovane barbuto vestito di scuro – soprabito nero stretto in vita da una cintura, cappello nero a tesa larga e libro sotto il braccio – che attendeva lì davanti assieme a un paio di compagni, abbigliati allo stesso modo.

"Oh, scusi tanto."

I tre, assorti nella contemplazione dell'arco del portone, scolpito con un motivo floreale, piegarono lievemente il capo.

Proprio in quel momento, il portone si schiuse. Un signore con uno zucchetto in testa, probabilmente il custode, si affacciò dallo spiraglio. "Buongiorno, entrate pure," disse rivolto ai tre, scostandosi per lasciarli entrare. Prima di richiudere sbirciò nel sottoportico e fu allora che si accorse della presenza di Teresa. "Desidera?"

Lei si avvicinò, disse il suo nome e chiese timidamente se per caso fosse possibile parlare con il rabbino. Era la prima volta che si recava in sinagoga, non conosceva le regole. L'uomo, dopo un attimo di incertezza, la invitò a entrare e a seguirlo al piano superiore, dove la lasciò ad aspettarlo in una saletta all'inizio del corridoio, quindi imboccò un'altra rampa di scale.

Dopo aver atteso in piedi per un po', Teresa si sedette su un panchetto imbottito davanti a una porta finestra. La penombra e il silenzio placarono la sua agitazione.

Finalmente sentì un rumore di passi: entrò nella stanza, scortato dal custode, un anziano mingherlino, vestito come i ragazzi che Teresa aveva incrociato nel sottoportico. Il vecchio si appoggiava a un bastone dal pomo di metallo, ai lati del viso gli pendevano due lunghi riccioli argentati. Una barba bianchissima gli copriva gran parte del volto e dell'esile petto.

"Rav Minzi," fece il custode, "ecco la signorina che desidera conferire con lei."

Il rabbino ringraziò e lo congedò con un cenno della mano. Poi guardò Teresa sorridendo.

Lei si alzò, con il cuore che le batteva forte, senza sapere che cosa dire. Il rabbino capo Adamo Minzi era meno anziano di quanto sembrasse, ma era saggio abbastanza da riconoscere un'anima buona e sofferente se ne incontrava una e la riconobbe in Teresa. In lui la prestanza fisica, la voce profonda, la lucentezza dei capelli corvini erano svaniti nel giro di poche settimane, a partire da un giorno di aprile di quattro anni prima, quando un gruppo di soldati dagli stivali di pelle lustra guidati dal maresciallo Pozzo avevano fatto irruzione nella nuova sinagoga, a calci e spintoni lo avevano costretto a seguirli e poi caricato su un treno merci diretto a Dachau. Adamo Minzi era stato uno dei pochi a fare ritorno dal campo di concentramento, irrimediabilmente consumato nel corpo, ferito nello spirito. Ma era un uomo saggio e paziente, e continuava a sforzarsi di capire i perché del mondo.

"Buongiorno, ci conosciamo?"

Teresa fece di no con la testa.

"Che cosa ti ha portato qui?"

Silenzio. Lacrime trattenute, la sensazione di trovarsi di fronte a uno spirito superiore sotto quelle spoglie così fragili.

Lui parve comprendere il suo smarrimento, come se fosse abituato a suscitare quel tipo di reazione. "Vieni. Andiamo in un posto più tranquillo."

E appoggiandosi al bastone il rabbino le fece strada nella sala di preghiera. Si sedettero al primo banco, davanti al pulpito, vicini.

"Dunque, veniamo a noi. Parlami di te."

All'improvviso, Teresa sentì sciogliersi tutta la tensione accumulata e capì di potersi liberare del fardello che si portava dietro. Raccontò l'intera storia, con parole sussurrate, dolci e rabbiose. Lui la ascoltava con le mani appoggiate alle ginocchia, ogni tanto annuiva, serrava le labbra, scuoteva la testa, sospirava.

"Non ti crucciare, lascia correre," disse infine. "Anch'io ho conosciuto bene il maresciallo Pozzo, e ti dico che, se il destino di un uomo è annegare, annegherà anche in un bicchier d'acqua. Stai tranquilla."

Dopo quello sfogo, Teresa si sentì più leggera. Il rabbino la confortò ricordandole che aveva fatto tutto quello che aveva potuto e che era ancora in tempo per ritrovare Amos. "Non arrenderti. Mi piacerebbe tanto poterti aiutare."

E le raccontò che dopo il rogo della sinagoga, vale a dire tra la metà di maggio del mille novecento quarantatré e l'infausto giorno di aprile dell'anno successivo, in cui era stato fatto prigioniero, in mancanza dei registri ufficiali – in gran parte andati bruciati – aveva compilato una lista dei nuovi nati e appuntato il destino fatale di alcuni di loro. Per sicurezza ne aveva fatta anche una copia e l'aveva nascosta nel piedistallo di un candelabro d'oro, che era riuscito a salvare dall'incendio e che custodiva in una teca. Quando erano arrivati i soldati, però, avevano razziato tutto. "Il maresciallo Pozzo ordinò ai suoi uomini di prendere gli oggetti di valore: lui in persona spaccò la teca dentro cui era custodito il candelabro d'oro, e se lo portò via. Dunque, addio anche alla copia della lista."

Teresa lo ascoltava a bocca aperta.

"Eppure," riprese il rabbino, "io sento che quel candelabro è nascosto da qualche parte, magari più vicino di quanto crediamo."

"Rabbino, io ho paura di non farcela. Non so se il maresciallo abbia semplicemente ucciso Amos Levi o se lo abbia affidato a qualcuno, ma dubito che le sue sorelle siano disposte a parlare di lui, a dirmi che fine abbia fatto. Figuriamoci se c'è di mezzo un bambino rubato!"

"La ragazza che non sa ballare dice che l'orchestra non sa suonare," rispose il rabbino con un sorrisetto.

Teresa non poté fare a meno di ricambiare il sorriso. “Sì, ma io, in concreto... che cosa dovrei fare, secondo lei?”

“Crederci. Se ci credi ce la farai.” Negli occhi stanchi del rabbino brillava una luce misteriosa.

“Rav Minzi, vorrei tanto riuscirci!” Seguì un breve silenzio. Poi Teresa riprese: “C’è un’altra cosa che mi preme sapere. Ed è il motivo per cui mi trovo qui”.

“Parla.”

“Esiste un modo per scoprire se i Levi sono ancora vivi? La signora Anna, il Professore, i due figli più grandi...”

Il rabbino si alzò e si diresse zoppicando verso una grata di legno dietro la quale c’erano una grande libreria e un tavolo con un leggio gigantesco.

“Aiutami, per favore,” disse indicandole un grosso volume rilegato in cuoio. Teresa lo estrasse dallo scaffale, era molto pesante. E quando lo posò sul leggio vide che occupava buona parte del piano d’appoggio intagliato.

“Attenzione, è un libro prezioso, bisogna maneggiarlo con molta cautela,” avvertì il rabbino, abituato a consultare gli ancor più preziosi codici antichi della biblioteca sinagogale che la comunità era riuscita a salvare dall’incendio.

“Ecco, vedi qui?” indicò cominciando a sfogliarlo. “Sai leggere? Questo è l’elenco degli abitanti passati e presenti del nostro quartiere. Ogni famiglia vi trova il proprio posto, in ordine alfabetico. Funziona per nuclei. Il primo dell’elenco è sempre il capostipite, seguono la moglie, i figli, i coniugi dei figli, i figli dei figli, e così via. Di ognuno vengono indicati cognome e nome, il nome dei genitori, il soprannome, la condizione, la data di nascita e quella del matrimonio.” Il rabbino fece scorrere il dito sulla pagina di destra. “Poi vengono il luogo di nascita e l’epoca di provenienza, se trasferito da altro Comune, i movimenti successivi di espatrio o rientro e le osservazioni.”

Teresa non aveva mai visto nulla del genere.

"Quello che cerchi tu lo trovi sotto la voce 'Movimenti'. Se i Levi non ci sono più, è scritto lì, ma controlla bene: Levi è un cognome molto diffuso tra noi. Ti lascio da sola." E il rabbino sparì silenziosamente oltre la grata di legno.

Poco dopo, Teresa richiuse il libro con foga, dimentica delle raccomandazioni del Rav Minzi. Dal tonfo lui capì e la attese nella sala di preghiera per accogliere il suo pianto.

"Guarda avanti e fai tesoro di quanto ti hanno lasciato in eredità," le disse quando i singhiozzi cessarono, "custodisci e onora la memoria della loro rettitudine, della loro inclinazione a fare il bene, della loro sete di conoscenza. Siamo intesi? E ricorda che il cuore dell'uomo è un posto libero: puoi edificarci un paradiso o scavarci un inferno. Dipende tutto da te, Teresa. Sii forte."

24.
Novembre 1948

L'estate di San Martino aveva portato cielo luminoso e un'insolita leggerezza nell'aria, oltre a un piacevole odore di terra bagnata e a un balletto multicolore di foglie accartocciate. Era domenica e Teresa, dopo essersi alzata più tardi del solito, decise di passare la mattinata in poltrona a leggere.

Da poco aveva acquistato una piccola libreria, con l'idea di mettere insieme una collezione di romanzi. Memore degli insegnamenti della signora Levi, desiderava ritrovare il piacere di leggere.

Scelse dallo scaffale di mezzo un grosso volume dal titolo *Menzogna e sortilegio*. Il romanzo iniziava così: "Sono già due mesi che la mia madre adottiva, la mia sola amica e protettrice, è morta". Teresa ebbe un tuffo al cuore. Quelle prime righe lasciavano intravedere una storia simile alla sua: anche lei aveva perduto la donna che l'aveva trattata come una figlia. Lesse fino all'ora di pranzo: poi scaldò della minestra avanzata dalla sera prima e, non avendo in casa niente di dolce con cui concludere il pasto, decise di uscire per andare a comprarsi dei pasticcini o una fetta di torta.

Quando arrivò alla pasticceria Ballico il proprietario stava abbassando la saracinesca, ma di fronte alla sua espressione delusa si impietosì e le permise di entrare a comprare un babà, che Teresa mangiò passeggiando sotto i portici. La città era vuota, a quell'ora tutti si attardavano a tavola dopo il pranzo della domenica. Gli unici abitanti del Prato della Valle erano le statue disposte lungo il perimetro dell'Isola Memmia, che occupava il centro della piazza.

Si sedette a riposare sul bordo di pietra bianca che delimitava la canaletta ellittica, godendosi il calore del sole sul viso, poi riprese la passeggiata: girò verso il Santo e percorse tutta la Riviera, costeggiando il corso d'acqua fino ai Ponti Romani. La temperatura era piacevole e Teresa sentiva che camminare le faceva bene, anche se non riusciva a smettere di pensare alla lista del rabbino Minzi: era perduta per sempre o esisteva ancora la possibilità di ritrovarla?

Poi, seguendo un impulso improvviso, si diresse verso piazza dei Signori, dove il tram per Brusegana era già in attesa al capolinea. Teresa lo scorse dall'angolo tra via Boccalerie e piazza della Frutta. Salì dalla porta anteriore e scelse un sedile vicino al finestrino, poi si sistemò i lembi del cappotto sulle ginocchia e attese, insieme ai pochi altri passeggeri.

Il tram aveva già chiuso le porte e si era messo in moto quando l'autista vide una donna che correva sbracciandosi per richiamare la sua attenzione. Riaprì la porta posteriore e la ritardataria saltò a bordo con uno squillante "Grazie!".

Quella voce... Teresa si voltò di scatto.

La donna portava un foulard annodato sotto il mento e aveva al braccio una borsetta da cui spuntava un quotidiano arrotolato. Una volta seduta, si tolse i guanti e si apprestò a sciogliere il nodo del foulard. Quando si accorse di Teresa, che si era alzata e le si era avvicinata, sgranò gli occhi per la sorpresa e si alzò a sua volta: "Teresa! Sei proprio tu?".

Si abbracciarono.

"Signore, ai vostri posti, per favore," esclamò il conducente in tono di rimprovero.

Lidia si sedette accanto a Teresa e le prese la mano tra le sue: "Teresa, la mia Teresa... Ma come stai? Oh, mio Dio, quanto tempo... Dimmi, dove stai andando? Dove abiti ora? Hai trovato lavoro? Oh, tesoro!". E intanto la scrutava come se cercasse di capire dallo sguardo quello che Teresa non le diceva. "Non starai andando anche tu *lì*... vero?" le chiese preoccupata.

Teresa cercò di spiegarle che voleva solo dare un'occhiata da fuori all'ospedale dove aveva trascorso quattro anni della sua vita, ma Lidia scosse la testa con decisione: "Cosa verresti a fare laggiù? Dai retta a me: il passato, un passato così triste, è meglio lasciarselo alle spalle. Non pensarci più!". E poi, dato che era in anticipo, le propose di scendere insieme alla fermata successiva, a Porta San Giovanni. Avrebbero fatto due passi, quindi Teresa sarebbe tornata indietro e lei avrebbe preso un altro tram.

Scesero all'imbocco di via Euganea: Teresa raccontò della nuova casa in cui viveva la sua famiglia e del lavoro che le era stato offerto dalla sorella del maresciallo Pozzo.

Lidia la guardò dispiaciuta. "Ma perché? Non sarebbe stato meglio cercare un'altra soluzione?" le chiese.

"Per una come me non è così facile trovare un impiego," iniziò timidamente Teresa.

"Cosa dici, tesoro?" L'amica provò a insistere, ma fu presto interrotta.

"E poi avevo i miei motivi per accettare questo lavoro, a parte la necessità di aiutare i miei. Ti racconterò..."

Si separarono dandosi appuntamento per il giorno successivo: Lidia aveva il pomeriggio libero e l'avrebbe raggiunta in vicolo Sant'Andrea: "Mi raccomando," le disse abbracciandola. "Non pensare solo a lavorare, trova un po' di tempo da dedicare a qualcosa che ti faccia stare bene. Ricami ancora? Cosa ti piace? Preferisci i ferri o l'uncinetto?"

Teresa le rivelò che aveva ripreso a cucinare, non solo per le Pozzo: si metteva ai fornelli anche per diletto, come aveva fatto un tempo dai Levi, e le promise che avrebbe fatto i biscotti. Poi riprese la via di casa.

Mentre camminava le tornò in mente lo strudel viennese, come l'aveva sempre fatto la bisnonna quasi un secolo prima, con lo zucchero e la cannella. Ecco, sì, avrebbe preparato uno strudel, anziché i biscotti, e il giorno dopo lo avrebbe offerto a Lidia. A casa aveva le mele, aveva comprato anche le uova al mercato, e la ricetta, tramandata alla nonna e trascritta da Adele nella sua grafia incerta su un pezzo di carta da pane, era conservata nel primo cassetto del mobile di cucina.

Giunta a casa, Teresa prese il pezzo di carta, lo aprì sul tavolo e cominciò a leggere:

pasta sfollia
uvetta
mele
zuchero
canella
noci o pinoli
farina
burro
un rosso duovo...

Dispose sul tavolo tutti gli ingredienti e da un vasetto estrasse un bastoncino di cannella. Poi tirò fuori dalla credenza il vaso di vetro dell'uva sultanina, di cui andava ghiotta. Aprì il coperchio e ne annusò l'odore dolciastro.

Infine, prese il mattarello e si mise al lavoro.

25.

"Tieni, ti ho portato questo." Lidia consegnò a Teresa un volume sottile, poi appoggiò la borsetta sulla mensola dell'appendiabiti e si guardò attorno.

"Che cos'è?"

"Guarda il titolo..."

Teresa afferrò il libriccino con entrambe le mani e lesse: Pellegrino Artusi, *La Scienza in cucina e l'Arte di mangiar bene*. Sorrise, l'amica ci aveva visto lungo.

Lidia disse che quell'alloggio le sembrava perfetto per lei. Teresa confermò: la cucina era solo un angolo cottura e la camera da letto era piccola, ma a lei bastava. Le piaceva soprattutto rifugiarsi nella poltrona sotto la finestra che dava sul cortile interno, dove passava gran parte del pomeriggio.

"E cosa fai, seduta lì?"

Teresa faceva tante cose: cuciva, cercava di imparare a lavorare ai ferri, leggeva, ascoltava la radio.

"E tu?" chiese all'amica. "Tuo marito è tornato? Dov'è la tua casa?"

Lidia si rabbuiò. No, il marito non aveva fatto ritorno da Dresda. E un bombardamento aveva raso al suolo la città: sperava che avesse trovato un'altra donna e che fosse ancora vivo, meglio pensarlo con un'altra che morto. Abitava in una casetta non lontano di lì, dopo le torri di Ponte Molino, e gran parte del tempo libero lo dedicava alla madre, che soffriva di una grave forma di artrite e ormai aveva bisogno di aiuto anche per lavarsi e vestirsi. "Si vede che occuparmi degli altri è il mio destino," concluse con un sospiro.

Teresa era commossa dalla delicatezza e dalla generosità dell'amica, e dal fatto che tanti dispiaceri e traversie non avessero intaccato la sua indole buona e gentile. Le offrì lo strudel che aveva preparato per lei e che si rivelò buonissimo – "Sembra comprato in pasticceria!" fu l'entusiastico commento di Lidia –, poi si misero a chiacchierare e Teresa tornò a raccontarle di Amos Levi, di come la sua povera mamma glielo avesse messo tra le braccia appena prima che i soldati la prendessero e la portassero via, e di come lo avesse visto per l'ultima volta nell'ufficio del maresciallo Pozzo.

"Oh, che storia incredibile! Quanto tempo è passato da allora?"

Erano trascorsi quattro anni, sei mesi e una settimana. Era il 18 aprile del mille novecento quarantaquattro, Teresa lo ricordava perfettamente.

"Dunque, ora quanti anni ha il bambino?"

Era nato il 20 ottobre del quarantatré. Quindi, doveva averne compiuti cinque da poco: nutriva la speranza che fosse ancora vivo, anche perché non era stato circonciso – il rabbino non era tornato a fare adunanza dopo l'incendio della sinagoga –, dunque i militari non avevano avuto modo di identificarlo come ebreo. Amos era vivo, se lo sentiva, anche se non poteva avere alcuna sicurezza al riguardo.

"Hai controllato se in casa Pozzo c'è qualche oggetto che avrebbe potuto appartenergli?" provò a chiedere Lidia.

Teresa ammise di averci pensato: era lì per scoprire la verità, ma non sapeva cosa e dove cercare, e soprattutto doveva stare attenta a non insospettire le sorelle Pozzo.

"Ti aiuterò io," promise l'amica di slancio, "controllerò anche tra le carte dell'ospedale... Purtroppo, la presenza di un bambino così piccolo non sarebbe un'anomalia. E Gianni?" chiese poi per cambiare discorso. "L'hai più incontrato?"

Teresa scosse la testa: il banco di carni del signor Gastone non c'era più.

"Non hai chiesto informazioni ai negozianti dei banchi lì attorno? Non l'hai cercato?"

"No, Lidia. Non ce la faccio. Ho paura di chiedere. Magari si è sposato. Ho sentito dire che è andato via, ma anche che non si è mai mosso... Non so, credo che se fosse qui ci saremmo incontrati, e invece... In ogni caso," aggiunse Teresa turbata, "preferisco non saperlo, non mi sento pronta a rincontrarlo."

"Va bene. Allora, facciamo così: la prossima volta che andrò a fare la spesa sotto il Salone cercherò io qualche informazione, poi ti farò sapere. Magari, un pomeriggio potremmo anche andare al cinematografo se ti va."

Teresa accettò con gratitudine.

"Vedrai che insieme riusciremo a ritrovare Amos, ne sono sicura." E Lidia le strinse affettuosamente le mani.

"A volte... A volte ho paura, dopo quattro anni in ospedale, di essere diventata matta davvero! Non riesco a smettere di pensare alla promessa che non sono riuscita a mantenere."

"Teresa, i matti sono altri e hanno causato tanti danni, credimi. Lo vedo tutti i giorni nel mio lavoro. Folle perché vuole amare, maniaca perché vuole essere libera, alienata perché non vuole un figlio, squilibrata perché rifiuta un uomo... Sono gli uomini che ci appiccicano addosso queste etichette, perché non accettano che pensiamo con la nostra testa. Hanno ricoverato da poco una giovane: il marito, molto più anziano di lei, la maltrattava e l'aveva allontanata da casa. Lei aveva ritrovato il suo primo amore e voleva rifarsi una vita con lui, ma è stata colta 'in flagrante adulterio', così hanno detto, e l'hanno mandata da noi. Se l'avessi vista, poverina! E Rosa, ti ricordi di Rosa?" insistette Lidia. "Era così bella e così fiera..."

“Certo che me la ricordo. Sai come sta?”

“Oh, cara...” Lidia si rabbuiò. “Rosa è morta.”

Teresa si prese la testa tra le mani. “Come è successo?” chiese sottovoce.

E quando Lidia le disse che un medico l’aveva trovata riversa sul pavimento dell’infermeria, con accanto la boccetta vuota di un calmante, gridò che era un’ingiustizia. “Immagino che il verdetto sarà stato quello di sempre: era un’isterica che soffriva di allucinazioni, non è vero?”

“Proprio così. Sapessi come sono stanca di tutte quelle menzogne e falsità,” sospirò Lidia. “Vorrei che le cose cambiassero, che nessun’altra donna dovesse passare quello che hai passato tu, bisogna trovare un modo ma non è facile...”

Rimasero a chiacchierare fino a ora di cena, poi Lidia prese il foulard e la borsetta dall’attaccapanni e si accomiatò: “Adesso vado, Teresa: tieni gli occhi aperti, mi raccomando!”.

26.

Sabato 20 novembre 1948

Gino era passato a salutarla assieme a un amico. Non si vedevano da quasi due mesi, da quando lei si era trasferita in casa Pozzo.

"Piacere, sono Leo." La stretta di mano del ragazzo era salda e asciutta e sembrava un tipo a modo, lo sguardo diretto e aperto.

"Gino, mi dispiace ma non posso farvi entrare: stavo andando al mercato."

"Ti accompagniamo, vuoi? Così parliamo un po'."

"Va bene, ma non ho molto tempo. Andiamo."

I tre si avviarono verso le piazze, Teresa in testa, con la sporta al braccio, e i due uomini al seguito.

Era un sabato di freddo maestrale, sotto i teloni che coprivano i banchi del mercato si accatastavano le foglie secche. Teresa comprò al volo dello zucchero, quattro uova e un mazzetto di prezzemolo. "Come mai da queste parti?" domandò al fratello.

"Avevo appuntamento con Leo per un lavoretto. Deve darmi dei comodini da rifinire, anche lui fa il falegname. Così ho pensato di venire a vedere come stai, come ti trovi."

"Be', non mi posso lamentare. Guarda che bei peretti."

A Teresa piaceva osservare l'attività frenetica tra le bancarelle. C'era chi annunciava l'uva fragola appena raccolta; chi, dopo aver steso il proprio grembiule su un qualsiasi ripiano di fortuna, improvvisando un banchetto, si predisponeva a vendere pere ricoperte di cioccolato; chi affogava i dispiaceri in una spuma, con il gomito alzato alla salute dell'oste. Gli arrotini si annunciavano a gran voce e i pizzicagnoli esponevano nuovi, appetitosi prodotti in sostituzione di quelli appena venduti.

"Ecco qui, tieni." Leo le porse il frutto prelibato che aveva appena comprato per lei.

Teresa ringraziò, confusa. Notò le dita callose di lui, grosse, scure, dita abituate a tastare il legno. "Oh, grazie... Però adesso scusate, eh, devo far presto o la signorina Emilia avrà qualcosa da ridire." E scomparve tra la folla.

Nessun uomo le aveva mai regalato niente, ed erano secoli che – tranne che da Lidia e dal rabbino – non riceveva un gesto gentile. Sorrise, mentre apriva il portoncino di vicolo Sant'Andrea.

Leo era un ragazzo garbato. Qualcosa di lui le ricordava Gianni, forse il modo di sorridere, di camminare con i piedi un po' all'infuori. Quanti anni erano passati, chissà dov'era finito il suo primo amore mancato. Al posto della macelleria del signor Gastone ora c'era una rivendita di formaggi e specialità regionali. Lei si ostinava a non chiedere notizie, anche se a volte si ritrovava a cercare il volto di Gianni tra la folla, e allo stesso modo evitava di passare sotto il Salone e di attraversare la piazza delle Erbe, verso il ghetto. C'erano troppi ricordi, lì: a parte l'incursione in sinagoga, non vi aveva mai messo piede da quando abitava in centro. Preferiva rimanersene dalla parte del Liston, a guardare le vetrine dei nuovi negozi che andavano aprendo: sartorie dai tagli all'inglese, esposizioni di cappelli con veletta, profumerie che esibivano boccette dall'etichetta in francese.

Erano appena passate le undici, ora di mettersi a cucinare. Teresa aveva previsto di portare in tavola del risotto alla milanese e il polpettone di carne che piaceva tanto a Carolina. Per contorno c'erano le rape avanzate dalla sera prima: in casa Pozzo non si gettava nulla.

Prese dal davanzale una mezza cipolla, la tritò, poi scaldò l'olio nel tegame e cominciò a fare il soffritto. Vi versò sopra il riso, quindi, dopo averlo bagnato col brodo, iniziò a mescolare. Usò abbondante zafferano e il risotto le riuscì cremoso e di un bel giallo, intenso come il sapore del piatto. Le sorelle Pozzo apprezzarono: Carolina fece il bis e persino Emilia, che mangiava pochissimo, ne prese una cucchiaiata in più.

Dopo pranzo Teresa ritirò le posate e i piatti sporchi, scosse via le briciole dalla tovaglia ricamata, lasciò sulla credenza una brocca piena d'acqua coperta da un piattino e rigovernò la cucina. Finiva così la sua settimana lavorativa a disposizione delle sorelle Pozzo.

Per il lunedì avrebbe dovuto preparare le tagliatelle: il ragù era già pronto, ma aveva dimenticato di comprare la farina. Forse Nora, la proprietaria della merceria di fronte, parente acquisita delle Pozzo, avrebbe potuto prestargliene un po', così da permetterle di portarsi avanti col lavoro.

Teresa attraversò il vicolo di corsa ed entrò nel negozio, dove Nora stava mettendo da parte un taglio di seta per una cliente. Evitava il più possibile di incrociare le sorelle del defunto marito, che del resto non compravano mai da lei. Se ne stava dietro il bancone, alle diciotto e trenta abbassava la serranda e filava immediatamente via verso il Prato della Valle, da dove era arrivata la mattina presto.

"Entra, entra!... Come stanno le mie cognatine?" disse liberandosi degli spilli che teneva stretti fra le labbra.

"Bene, grazie, tutto bene!" rispose Teresa un po' imbarazzata. E poi: "Avrebbe mica un po' di farina da prestarmi?".

Nora le fece cenno di seguirla nel retrobottega, dove aveva allestito un cucinino con un fornelletto a gas e un mobiletto che faceva da dispensa. Se ne serviva per prepararsi il pranzo durante l'ora di chiusura, ma anche per offrire il tè alle clienti più assidue e affezionate.

Porse a Teresa un pacchetto di farina, sapendo che avrebbe ricevuto in cambio un bel piatto di tagliatelle ben condite.

"Grazie, non so come avrei fatto senza di lei."

"Va' là, va' là, Teresa! Vieni quando vuoi, che facciamo quattro chiacchiere..."

Erano tornate nel negozio e Teresa stava osservando i rotoli dei tessuti addossati alle pareti e gli scampoli di stoffe fantasia accatastate nelle ceste di vimini. Disse a Nora che sua sorella Adele avrebbe potuto procurarle dei tagli a buon prezzo, visto che lavorava alla filanda della Viscosa. "Be', potrebbe essere interessante!" osservò la merciaia, e poi: "Raccontami un po', come vanno gli amori a palazzo?".

Ma Teresa aveva già un piede fuori dalla porta e poté far finta di non aver sentito.

Teresa aspettava il sabato pomeriggio per tutta la settimana. Dopo aver tirato a lucido il suo piccolo alloggio, con un gran lavoro di stracci, pezze e battipanni, si riposava in poltrona, dove sfogliava una rivista di lavori femminili buttata via da Carolina, leggeva qualcuno dei suoi romanzi o ascoltava la radio: quando aveva ricevuto il primo stipendio aveva iniziato a comprarne una a rate, bombata, di radica, dai pomoli grandi, e aveva sottoscritto un abbonamento. Ogni volta, prima di accenderla, le faceva una carezza. La ricezione non sempre era perfetta, ma bastava darle un buffetto perché si rimettesse in sesto. Ascoltava il varietà sul Secondo Programma, ma le interessavano soprattutto i dibattiti e le notizie dall'estero, che le permettevano di immaginare mondi lontani e diversi.

Quel sabato le tenne compagnia un programma con le canzoni di Nilla Pizzi, Elio Lotti e Claudio Villa; ma c'era un motivo che le veniva sempre da canticchiare, un brano che andava per la maggiore, di una certa Édith Piaf; conosceva solo il titolo, *La vie en rose*, non le parole, ma era certa che fossero bellissime e la musica le metteva una gran voglia di piangere.

Poi si mise ad ascoltare Radio Trieste, tentando di scacciare un pensiero che stava diventando un'ossessione: cercare un qualsiasi indizio del passaggio di Amos per il palazzo – un biglietto, un abitino, una foto – e scoprire con certezza che fine avesse fatto il maresciallo. C'era un solo modo per riuscirci, e l'occasione si sarebbe presentata giusto il giorno dopo: le sorelle Pozzo erano state invitate a una gita fuoriporta e sarebbero rientrate per cena.

Provò a distrarsi sfogliando la rivista di Carolina. No, non poteva. Non ci era portata. Frugare tra le cose d'altri le sembrava un sacrilegio. Proprio lei che era stata educata a non chiedere, a farsi sempre gli affari suoi, lei che se n'era sempre stata al proprio posto.

Non riusciva a concentrarsi sulla spiegazione del punto Rodi. Quante angherie aveva dovuto sopportare per colpa di un uomo che non aveva tollerato il suo rifiuto! Nessuno avrebbe mai saputo quanto grande era stata l'ingiustizia subita, il sopruso di un maschio senza scrupoli che si era sentito in diritto di disporre della sua vita come se lei non contasse. Nessuno avrebbe mai saputo cosa avevano significato quattro anni trascorsi in mezzo alle isteriche, le alienate, le maniache o in mezzo ad altre donne come lei, la cui unica colpa era non essersi piegate alle prepotenze di un uomo. Rifletté amaramente che aveva pagato cara la promessa fatta alla signora Levi. Cercare di salvare Amos l'aveva privata della giovinezza, della libertà. Niente svaghi, niente amori, niente matrimonio, nessuno la voleva. E tutto, per colpa di Attilio Pozzo.

Si alzò di scatto dalla poltrona. Era giunto il momento di scoprire la verità. Doveva riappropriarsi dell'identità che le era stata strappata, a qualunque costo!

Prese dal cassetto le chiavi dei due appartamenti. Il mazzo le scivolò di mano e cadde sul pavimento di mattonelle bianche e rosse, producendo un frastuono metallico. Lo raccolse e andò a metterlo sul comodino, poi, senza nemmeno cenare, si preparò per andare a dormire.

Fu una notte agitata. Si girava e si rigirava, accese la lampada più volte per controllare la sveglia, ma era sempre troppo presto.

E le chiavi erano sempre lì, minacciose, invitanti.

27.
Il giorno dopo

"Signorina, signorina!"

Emilia si voltò sorpresa.

"I suoi guanti..." disse Teresa raccogliendoli da terra.

"Grazie, cara, ma me ne sarei accorta, non credi?" tenne a precisare. "Che idiota," bisbigliò poi, dirigendosi verso l'automobile.

Le sorelle Pozzo si accomodarono nella Lancia Ardea. La signorina Emilia teneva stretta in grembo la borsetta di Hermès, Carolina si rimirava gli stivaletti di camoscio, arricciati alla caviglia.

Erano già state alla messa in Duomo, avevano assaggiato una fettina di millefoglie da Graziati ed erano rientrate di corsa a casa, dove Giorgio, l'autista giunto da Montebelluna, le attendeva per portarle in casa della sorella maggiore, dopo una sosta a Castelfranco per fare visita a una cugina. Alle nove e quaranta in punto Giorgio chiuse lo sportello posteriore, salì al posto di guida e la Lancia scomparve in direzione del Corso.

Il palazzo era immerso nel silenzio. Teresa attese per una mezz'oretta, che le parve lunghissima, in caso le signorine fossero tornate indietro a prendere qualcosa che avevano dimenticato – non si poteva mai sapere.

Non rientrò nessuno, allora prese le chiavi e salì al secondo piano. Le mani le tremavano. Tese l'orecchio verso la strada e si guardò attorno. Anche il vento si era calmato.

Partì dalla stanza di Emilia, la depositaria dei segreti di famiglia. Inizialmente non le riuscì di aprire il primo cassetto del comò, che strideva come fosse inceppato. Allora fece leva sul ripiano di marmo e tirò. Il cassetto scivolò fino a metà. All'interno non c'era granché: due scatole di metallo sul cui coperchio erano riprodotte rispettivamente delle ballerine alla sbarra e una coppia di ragazze sedute a un pianoforte, alcune virginali camicie da notte di cotone bianco e un crocifisso d'avorio.

Teresa si fece coraggio e decise di cominciare dalla scatola delle ballerine. Ma qualcosa le impediva di estrarla dal cassetto. Insistette. Provò a fare forza... Niente. Soltanto quando si abbassò piegandosi di lato per sbirciare all'interno si accorse che un astuccio piatto era incastrato, in fondo, tra la scatola e il telaio del mobile. Allungò il braccio, tirò con più energia, e finalmente l'astuccio fu nelle sue mani, il cuore che batteva forte.

Era incerta se aprirlo. Sul coperchio c'era una scritta in oro: *Gioielleria Ai Santi*. Esitò ancora, poi lo aprì di scatto. Quello che vide la sorprese tanto che l'astuccio le sfuggì di mano e sulle assi del pavimento si sparsero una serie di ciocche di capelli, legate da nastrini di colori diversi.

Teresa si accovacciò e le raccolse una a una. Bionde, castano chiaro, castano medio, tendenti al rossiccio, castano scuro. Una si distingueva tra tutte: capelli corvini, ondulati e morbidi, tenuti assieme da un nastrino azzurro. Capelli scuri come quelli dei Levi, un nero cupo dai riflessi blu.

Teresa strinse la ciocca nel pugno – forse apparteneva ad Amos? –, ma non c'era tempo per perdersi a fantasticare. Doveva far presto, chissà quanto ancora c'era da scoprire. Ripose i capelli nell'astuccio e lo rimise dov'era. Sbirciò nelle due scatole, ma contenevano solo fermagli e spille d'oreficeria.

Richiuse il cassetto a fatica e curiosò velocemente negli altri senza trovarvi nulla, soltanto biancheria. Stava per uscire in punta di piedi, quando un presentimento la trattenne.

Si inginocchiò per riaprire l'ultimo cassetto e lo estrasse quasi del tutto. Era pieno di asciugamani ricamati e lenzuola dal bordo di pizzo: forse lì sotto c'era qualcosa? Nulla. E invece alla fine, ben nascosto tra le pieghe di un copriletto a filet, in mezzo a mazzetti di lavanda rinsecchita, le sue dita incontrarono un plico di lettere. Tra le lettere, cartoline. Molte delle buste consunte – alcune indirizzate *Alla Gent.ma Sig.na Pozzo Emilia, V.lo S. Andrea, 9, Padova*, altre al *Preg.mo Sig. Mazzucato Primo, Via Agnus Dei, 10, Padova*, altre ancora al *Caporal Maggiore Mazzucato Primo, Zona di guerra*, con i numeri di reggimento, batteria, divisione – contenevano fotografie. C'era anche un quaderno dalla copertina di uno stinto color carta da zucchero, dal bordo logoro.

Teresa lesse le prime righe di una mezza dozzina di lettere indirizzate alla signorina, missive d'amore datate mille novecento trentanove, quaranta e quarantuno. Emilia aveva avuto un fidanzato. Una foto del 12 luglio mille novecento quaranta lo ritraeva in divisa militare, il petto in fuori, il fucile in spalla, lo sguardo disturbato da un raggio di sole.

Il quaderno raccoglieva le malecopie delle lettere di Emilia, colme di cancellature, scarabocchi e frasi semplici. *...questa mattina ero piuttosto malinconica...*, *...maldisposta per un tremendo raffreddore che dura da tutta la settimana...*, *...mi annoio terribilmente, le ore sono eterne...*

Quel malloppo le stava soltanto facendo perdere tempo. Ricollocò ogni cosa esattamente dove e come l'aveva trovata e uscì dalla stanza.

Si fermò davanti alla porta della camera di Carolina. La ragazza era troppo giovane per sapere di Amos, altri pensieri le passavano per la testa. Inutile cercare lì.

Teresa uscì e, dopo essersi richiusa con cura la porta alle

spalle, cominciò a scendere le scale. Si fermò al primo pianerottolo. Per quale motivo in casa non c'era nemmeno un ritratto recente di Attilio? Di lui non si parlava mai. Che fine aveva fatto? Era forse deceduto? Il fanatico, altezzoso, orgoglioso Attilio, che aveva avuto i natali nel mille novecento ventidue, l'anno della marcia su Roma – coincidenza di cui andava fiero –, si era dileguato per paura delle rappresaglie di cui si sussurrava? A quanto ne sapeva lei, era l'unico maschio della famiglia, impossibile che non ci fosse almeno un suo ritratto, da qualche parte.

Teresa da tempo sospettava che nella credenza in stile Liberty dove era esposta l'argenteria fosse nascosto qualcosa perché, ogni volta che vi si avvicinava, la signorina Emilia trovava una scusa per allontanarla: "No, no, grazie, non serve. Me ne occupo io".

Entrò nell'appartamento del piano nobile, buio e silenzioso. Cominciò ad aprire i cassetti del trumeau, in salotto, poi passò alla credenza, nella stanza da pranzo: il cassetto di sinistra conteneva solo tovaglioli, Teresa li tirò fuori ma sotto non c'era niente; nel cassetto di destra trovò vecchie ricette mediche, cartoline ingiallite, una scatola di cerini, portatovaglioli di argento i cui proprietari dovevano essere defunti da un pezzo... Stava per richiuderlo quando, in fondo, vide una cornice capovolta. La prese, la raddrizzò e si ritrovò faccia a faccia con il suo seviziatore. Sotto i baffi scuri, un largo sorriso metteva in mostra una dentatura perfetta. Ma, nonostante il sorriso, nello sguardo brillava una luce arcigna che aveva ancora il potere di spaventarla.

Teresa avrebbe voluto sputargli addosso e sbattere la cornice a terra, calpestarla fino a ridurla in mille pezzi. Ma non poteva. Maledetto lui, maledette la sua cattiveria e le miserie che le aveva fatto patire in manicomio strappandole la giovinezza, maledetto per averle impedito di conoscere l'amore vero... Abbassò lo sguardo, e d'improvviso notò un particolare che le era sfuggito: le guance erano segnate da tante piccole cicatrici, come se un'infezione se lo fosse mangiato un po' alla volta. Rovesciò con disgusto la cornice e la schiaffò di nuovo nel cassetto. Che tu possa bruciare all'Inferno, Attilio Pozzo!

Solo allora Teresa si accorse di un foglio di carta, ma proprio in quel momento l'eco di una scampanellata giunse fino al primo piano. Teresa raccolse in fretta il foglio, richiuse rumorosamente il cassetto e uscì dall'appartamento.

Chi poteva aver suonato?

Non aspettava nessuno. Non poteva essere Nora, era domenica, il negozio era chiuso, e comunque mai e poi mai si sarebbe presentata in casa delle "cognatine".

Corse giù per le scale, si avvicinò al portone e scostò il coperchietto dello spioncino con il cuore in gola.

28.

"Chi è?" chiese Teresa. Attraverso lo spioncino non vedeva nessuno. "Chi è?" ripeté.

Non vi fu risposta, tornò indietro. Doveva essersi sbagliata... Menomale. In fondo al giardino, oltre la veranda dell'androne, si scorgeva un orizzonte azzurro, coperto di nuvole bianchissime. Tirò un sospiro.

Un'altra scampanellata. Allora aveva sentito bene.

Entrò svelta nella guardiola e si mise a sbirciare dalla finestra cercando di rimanere nascosta.

Leo la stava aspettando, appoggiato a una moto Guzzi dalla carrozzeria luccicante. Rimase incerta sul da farsi, turbata, emozionata, sorpresa.

"Teresa, sei in casa?" Leo non demordeva. La chiamò un altro paio di volte, e di nuovo lei non rispose.

Poi le parve di sentire il rumore del cavalletto che veniva tirato su e si pentì di aver tergiversato. Uscì nell'atrio e, schiuso il portoncino, sporse appena la testa: "Chi è?".

Leo la guardò con aria soddisfatta: "Finalmente! Non ci speravo più," esclamò.

"Ah, sei tu... Non avevo proprio sentito..." Teresa non riusciva a farsi venire in mente una scusa plausibile. "E... dov'è mio fratello?"

Lui rispose di essere venuto da solo.

Teresa era a disagio e la timidezza la rendeva brusca: gli chiese se fosse stato Gino a mandarlo da lei, ma Leo le rispose con un bel sorriso che no, era venuto soltanto per vederla, e allora si irrigidì tutta. Mortificato, lui risalì in sella alla motocicletta: "Volevo invitarti a fare una passeggiata, ma se non puoi, pazienza, sarà per un'altra volta".

Aveva già il piede sulla pedivella d'accensione quando lei, tenendosi una mano sullo stomaco, balbettò: "È che oggi... oggi non posso, ho un po' di gastrite. Magari, un'altra volta".

Voleva stare sola. Anche per pensare alle scoperte fatte di sopra. E poi, mica lo conosceva, Leo. Lo aveva visto soltanto una volta, quando le aveva regalato quella pera ricoperta di cioccolato, facendola vergognare tanto da scappare via. Fece un piccolo sorriso per scusarsi.

Lui non ci riprovò. "D'accordo. Stammi bene. Buona domenica." E sfrecciò via in sella al suo nuovo Guzzino 65.

Teresa era un po' dispiaciuta, ma soprattutto sollevata. Andò a sedersi in poltrona e allungò le gambe sullo sgabello. Cosa ci faceva quella ciocca di capelli nerissimi in mezzo alle altre molto più chiare? E quale segreto nascondeva il volto sfigurato nella fotografia?

Si ricordò improvvisamente del foglio trovato nel cassetto, lo tirò fuori dalla tasca. Innanzitutto lo annusò: sapeva di cenere fredda, lo stesso odore che aveva sentito addosso al maresciallo Pozzo il giorno in cui l'aveva aggredita. Poi lo aprì e lo spiegò per bene davanti a sé: era giallognolo, un po' sgualcito, con l'angolo superiore destro strappato.

Teresa cominciò a leggere, non credeva ai suoi occhi: quella che aveva davanti era la lista che Attilio Pozzo aveva sottratto al rabbino Minzi, con i nomi dei bambini ebrei venuti al mondo o dei morti nella città di Padova tra la metà di maggio del mille novecento quarantatré e la fine di aprile del quarantaquattro. Il Rav Minzi aveva annotato ogni informazione con pazienza certosina: la data di nascita, una seconda data non meglio identificata per via dello strappo, l'ultima tappa fatale dell'esistenza di quei piccolini – anche se non di tutti.

Ascoli Giona	*n. 19/5*		
Iesi Lazzaro	*22/5*	*24/5*	
Luzzato Marco	*27/5*	*28/5*	*dep.*
Grego Isidoro	*4/6*	*4/6*	
Osimo Rachele	*4/6*	*7/6*	*dep. +*
Polacco Eugenio	*19/7*	*20/7*	*dep.*
Castelfranco Stella	*9/8*	*11/8*	
Ancona Bianca	*30/8*	*1/9*	*dep.*
Fürst Benedetta	*1/9*	*1/9*	*dep. +*
Sabadin Natan	*10/9*	*30/9*	*dep. +*
Hammer Samuele	*20/10*		
Levi Amos		*22/10*	
Filippo			
Moresco Sigismondo	*22/10*		
Donati Emanuele	*25/10*		
Segre Eva	*23/11*	*26/11*	*dep.*
Gesuato Emma	*16/12*	*18/12*	
Fuà Anselmo	*11/1*	*12/1*	*dep. +*
Ruggero Elisabetta	*26/1*	*26/1*	
Salom Grazia	*1/2*	*2/2*	*dep.*
Tedesco Perla	*12/3*	*14/3*	*dep.*
Angeli Abramo	*4/4*	*6/4*	*dep. +*

Circa la metà erano stati deportati. Accanto ai nomi di cinque di loro era stata tracciata una croce. Di tutti gli altri, il rabbino non sapeva cosa ne fosse stato.

Teresa fece scorrere il dito finché non incontrò il nome che cercava. Eccolo. Si sentì avvampare. *Levi Amos*. C'era anche un altro nome scritto vicino, con una grafia diversa: *Filippo*. Un'indicazione inserita da qualcun altro, sospettò (per errore?

Con uno scopo ben preciso?). Perché, per quanto ne sapeva, Amos non aveva un secondo nome, e non le risultava che ci fossero dei Filippo in casa Levi.

Su quel rigo c'era una sola data leggibile, 22 ottobre – con tutta probabilità quella della registrazione, visto che non c'era stata alcuna celebrazione in sinagoga –, mentre la data di nascita era coperta da una macchia d'inchiostro. La posizione nella lista, però, confermava che potesse essere il 20 ottobre.

I tempi coincidevano. Un'altra macchia, però, copriva per intero lo spazio della colonna dove venivano indicate le deportazioni e le morti, così Teresa non trovò quello che cercava. Sperava con tutto il cuore che Amos fosse ancora al mondo. Ma se gli era stato cambiato il nome, sarebbe mai riuscita a ritrovarlo?

Le ci volle parecchio prima di calmarsi. Rimase a lungo con gli occhi chiusi, la carta stretta al petto. Poi si alzò per prepararsi una camomilla e la bevve lentamente. Amos Filippo Levi era quasi sicuramente il bambino che lei aveva salvato: forse, la conferma della sua esistenza in vita era nella copia della lista fatta dal rabbino prima di essere arrestato. Doveva assolutamente ritrovare il candelabro d'oro rubato dalla sinagoga, ma non sapeva dove iniziare a cercarlo.

29.

"Diceva qualcosa, l'altro giorno?" fu la scusa di Teresa per entrare nel negozio di Nora nel pomeriggio di lunedì, non appena le serrande finirono di stridere.

La merciaia prese dal banco il metro di legno, vi passò sopra il tessuto una, due, tre volte e si fermò. "L'altro giorno quando?"

"Sabato, quando sono venuta a chiederle la farina."

"Ah, sì..." Nora colse l'occasione che stava aspettando e andò subito al sodo. "Mi chiedevo se avessi notato qualche movimento strano a palazzo. Carolina sembra essere molto corteggiata. A quindici anni è già una donna fatta, bel portamento, sempre curata, agghindata... piacevolissima alla vista. Sei d'accordo?"

"Sì." Teresa si sentiva un nodo in gola. La minore delle signorine Pozzo le ricordava la propria giovinezza sprecata. Carolina era lei prima che tutto succedesse: certo, era ricca, profumata, elegante, ma era pur sempre una ragazza spensierata e sognatrice, esattamente come era stata lei prima di quel 9 dicembre mille novecento quarantatré.

"Lo diceva sempre il mio povero Oreste..." Nora proseguiva nel suo soliloquio senza badare a Teresa. "Mi diceva di stare attenta a quelle due, che non erano come sembravano, e che non dicevano sempre la verità."

Teresa prese posto su uno sgabello.

"Per non parlare della Giustina, la sorella maggiore, quella che abita a Montebelluna," insistette Nora. "Quella ne ha viste di tutti i colori. Pensa che, lei che non ha mai avuto una gravidanza... forse anche perché è debole di petto, è sempre stata di salute cagionevole, e poi con quei fianchi stretti stretti... Insomma, la Giustina si è presa in casa il bastardo di suo marito. La madre è una cameriera di casa. Cinque anni ha il bimbetto, e se l'è cresciuto lei, da quando era neonato. Robe da non credere."

Teresa, che se n'era stata per tutto il tempo appoggiata con i gomiti al bancone, si ritrasse. L'espressione un po' annoiata che le si era dipinta in volto mentre Nora spettegolava sugli affari di famiglia scomparve all'istante. Allora un bambino illegittimo c'era... e proprio dell'età di Amos!

"Che ti succede, hai visto un fantasma?" la prese in giro Nora.

"Non è niente, solo un po' di mal di pancia, cose da donne." Teresa aveva tirato fuori la prima scusa che le era venuta in mente. L'imbarazzo fluttuava tra le pezze di raso, scivolava sui velluti, si infiltrava tra i tulle.

Quando si sentì finalmente in grado di parlare, smise di tormentarsi le unghie e diede un colpetto di tosse. "Dunque, i fratelli Pozzo erano cinque... Intendo, tra fratelli e sorelle..."

"Sì, ma ora sono rimaste solo le tre femmine." Nora aveva preso un paio di grosse forbici e cominciò a tagliare una fodera producendo un sonoro *crrr-crrr*. "Il mio Oreste è mancato tre anni fa, pace all'anima sua. Purtroppo, niente bambini per noi, anche se io – a differenza della Giustina –, sono proprio 'in ordine', sai? Era partito soldato, e ha visto cose che non augurava a nessuno: non ha mai capito il perché di quel macello e si è lasciato andare, come il vecchio, suo padre, mutilato della Grande guerra, che ha dato del gran filo da torcere a mia suocera e a un certo punto ha smesso di mangiare. È diventato tutto pelle e ossa e se n'è andato all'alba del suo compleanno, nel mille novecento trentatré. Carolina era nata da qualche mese."

Teresa aggrottò la fronte. Nora stava divagando.

"Io mi sono sposata nel mille novecento quarantadue, non ero neanche maggiorenne, il mio Oreste era in licenza, il negozio aveva chiuso i battenti, poi l'abbiamo riaperto a guerra finita, ma lui ha fatto in tempo a starci appena qualche settimana... ecco... E ora le sue sorelle mi rinfacciano di aver preso il negozio senza la loro approvazione, come se Oreste avesse dovuto chiedere il permesso a loro... L'hanno sempre denigrato e non ci hanno mai voluto mettere piede... 'Cose da gente mediocre,' dicevano, capisci?"

Teresa annuì, sforzandosi di mostrarsi interessata.

"Già, magari a te non importa niente di queste beghe familiari," disse Nora riponendo il rotolo nello scaffale, "ma credo che tu abbia capito come sono le signorine... La piccola cresce abbastanza bene, Emilia invece non è proprio farina da far ostie, se vogliamo dirla tutta."

"Cosa intende?" si stupì Teresa.

"Eh, cara mia... la cognatina Emilia... sempre pronta a fare offerte in chiesa. Devi sapere che all'altare non ci è mai arrivata, però..." Nora si guardò attorno e abbassò il tono di voce, nonostante fossero sole in negozio. "Devi sapere... Mi raccomando, io non ti ho detto niente, eh?"

Il campanello d'ottone annunciò l'entrata di una cliente.

"Buongiorno, signora Visentin."

Nora corse ad accogliere l'attempata megera, che stava varcando la soglia con in braccio un barboncino dal pelo arruffato.

"Priscilla, vieni subito qui!" Il cane era saltato giù ed era corso dietro il bancone. "Priscilla, dove ti sei nascosta?" gemette la signora.

Nora si affrettò a spostare i rotoli di stoffa accatastati in un angolo, sperando di trovare la capricciosa cagnolina. Che infatti sbucò fuori scodinzolando.

"In cosa posso servirla, cara signora?"

Ma la signora Visentin, invece di rispondere, guardò Teresa con aria interrogativa. "Si è presa una commessa?" volle sapere, poi, rivolta a Nora.

"No, nessuna commessa. Lei è Teresa. Fa la custode in casa delle signorine."

"Ah, capisco..." La signora Visentin la squadrò dall'alto in basso, arricciando il naso. Teresa accennò un inchino.

"Nora, mi servirebbe del taffettà rosso. Potrebbe guardare se ne ha uno scampolo per una camicetta?"

"Mi spiace, signora Visentin, ho appena venduto l'ultima pezza," fece Nora, fingendosi affranta. "Però le potrei dare del raso di ottima qualità, di un bel color amaranto."

"Priscilla, andiamo, torneremo un altro giorno."

La donna diede un ultimo sguardo a Teresa, voltò le spalle e uscì senza salutare. Nora non ne fu per niente sorpresa – la signora Visentin era solita andarsene risentita dopo aver avanzato richieste difficili da soddisfare – e fece ridere Teresa lanciandosi in un'imitazione della cliente.

Si erano fatte le quattro, Teresa accennò ad accomiatarsi.

"Ma come?" Nora era risentita. "Te ne vai proprio ora che possiamo finire il nostro discorso? Aspetta che ti dico della pia signorina."

Si sedettero sui due sgabelli davanti al bancone.

"Eh, già. Devi sapere che l'Emilia era tutta diversa, prima. Intendo dire, fino a non molti anni fa. La cognatina era una chiacchierona, ci faceva persino ridere a volte, quando ci raccontava gli aneddoti delle piazze. Teneva i capelli sciolti, si metteva il rosso sulle guance e il burro cacao sulle labbra." Nora abbassò la voce e si protese verso Teresa: "Faceva l'amore con un ragazzo di fuori – in realtà, non abbiamo mai saputo di preciso da dove venisse –, era a pensione da una vedova dalle parti di via Cesare Battisti. Si chiamava Primo, studiava Medicina, la storia è andata avanti per un pezzo. Avevano fissato anche la data del matrimonio, doveva essere nel dicembre del mille novecento quaranta, appena prima di Natale. Poi lui andò sotto le armi, scrisse per un po', ma non fece più ritorno. Emilia aveva commissionato il corredo in sartoria e ora lo tiene chiuso da qualche parte. Dodici lenzuola, ventiquattro federe, dodici asciugamani di lino, tovaglie, copriletto e coperte di filet, dodici paia di calze, dodici fazzoletti, e poi sottovesti, camicie da notte, reggiseni e mutandine... Lo so perché ce ne ha parlato per mesi! Per non dire dell'abito da sposa, di seta bianca," fece una risatina, "e con il velo lunghissimo. Mi risulta che non abbia mai avuto il coraggio di darlo via".

"Va bene, mi scusi ma adesso devo proprio andare, se mi chiamano e non mi trovano sono guai," disse Teresa scendendo dallo sgabello.

"Aspetta! Non ho finito!"

"Mi dispiace, io..."

"E di un altro fratello Pozzo abbiamo perso le tracce," continuò Nora imperterrita.

Teresa si bloccò. "Parla del maresciallo Attilio?" chiese con voce incerta.

Nora alzò la testa di scatto. "E tu come lo sai che si chiama Attilio?"

Allora non era morto. Dunque era ancora in giro, da qualche parte, magari lì vicino. O in un'altra città, magari in Germania. Teresa decise che avrebbe chiesto conto e ragione alla signorina Emilia: dopotutto aveva il diritto di sapere. Si congedò frettolosa e uscì, lasciandosi alle spalle una Nora perplessa e pentita di aver parlato troppo.

30.

Dopo una notte di pioggia fitta, il sole accendeva riflessi colorati sul lastricato umido. Teresa, già con il cappotto indosso, sollevò lo strato di biancheria sotto cui aveva nascosto la lista dei bimbi ebrei, la infilò in tasca e uscì a fare la spesa.

Si fermò dal casolino a comprare dell'Asiago, poi fu la volta dell'erbaiolo per dei funghi, infine entrò dal calzolaio. Attendeva in silenzio il proprio turno, ordinava, ritirava i pacchetti e sgattaiolava via. Aveva fretta.

Prese via dei Fabbri, svoltò a sinistra e si ritrovò davanti alla sinagoga. Suonò il campanello e venne ad aprirle una donna dai capelli bianchi. Purtroppo il rabbino era uscito per una commissione, la informò con gentilezza, l'avrebbe trovato di certo nel pomeriggio.

Teresa, delusa, se ne tornò verso le piazze. Si ricordò che avrebbe dovuto comprare un chilo di mele cotogne per fare il tronchetto di marmellata dura, da tagliare a fette, poi, prima di rincasare, si fermò dal tabacchino a prendere il sale grosso del monopolio.

"Teresa, c'è da andare a ritirare il cardigan Chanel al pulisecco," disse la signorina Emilia sentendola entrare.

Che ti prenda un colpo, basabanchi!, borbottò Teresa tra sé, gli occhi al cielo. Mise a posto la spesa e uscì di nuovo.

Il negozio di pulitura della Vanda si trovava nei pressi di

Porta Santa Croce: non meno di un'ora, tra andare e tornare. Quando arrivò, colmo dei colmi, il cardigan non era pronto. Decisamente non era giornata. E come se non bastasse, sentiva arrivare un gran mal di testa.

Giunta all'angolo del palazzo della Riunione Adriatica di Sicurtà, in piazzetta Pedrocchi, notò un uomo vestito di nero, appoggiato a un bastone sotto i portici di vicolo Sant'Andrea, proprio vicino a casa: si affacciava sul vicolo e poi si ritraeva di nuovo sotto il portico, come se fosse incerto sul da farsi. Avvicinandosi, Teresa riconobbe con un tuffo al cuore il rabbino Minzi, ma prima che potesse raggiungerlo lui aveva suonato il campanello e qualcuno era sceso ad aprirgli il portone. Teresa affrettò il passo e sgattaiolò in portineria, lasciando la porta socchiusa: da lì avrebbe potuto ascoltare la conversazione che si stava tenendo sulle scale. Possibile che il rabbino fosse venuto a trovare proprio lei?

"Signore, mi dispiace ma devo chiederle di andarsene." Il tono della signorina Emilia era alterato. "Lei non è gradito in casa mia, e la portinaia è solo una povera matta che non sa cosa dice. Se ne vada, per favore."

Il rabbino non rispondeva.

"Se ne vada, ho detto!" La voce della signorina tremava di rabbia. "Gli ebrei, qui, non sono ben accetti!"

Teresa tratteneva il respiro, paralizzata dalla vergogna. Poi sentì i passi incerti del rabbino giù per le scale: proprio quando stava per uscire dalla guardiola per farsi vedere, sentì la porta che si riapriva al piano nobile e i passetti della signorina Emilia che scendeva. Maledizione!

Nascosta dietro la tenda, vide passare il rabbino e immediatamente dopo la signorina Emilia – aveva indossato il soprabito, come se davvero stesse uscendo per fare una commissione, ma subito la sentì rientrare con la chiave: aveva solo voluto sincerarsi che lui andasse via.

Una bella sfortuna che in casa ci fosse Emilia e non Carolina: di certo non avrebbe cacciato il rabbino in quel modo.

Teresa era furibonda. Per vendicarsi, e per far sapere che era rientrata, dunque poteva aver sentito almeno la parte finale della scenata, fece più rumore che poteva spostando pentole che non avevano alcun bisogno di essere spostate. Quindi salì al secondo piano, annunciò freddamente alla signorina Emilia che il suo cardigan non era pronto e cominciò a fare le pulizie di pessimo umore, sbatacchiando gli oggetti qua e là, spazzando rabbiosamente e accanendosi poi sui funghi da pulire e affettare come avesse avuto tra le mani la signorina in persona.

31.
Mercoledì 8 dicembre 1948

Era il giorno dell'Immacolata: non c'erano negozi aperti, non si andava al mercato, la gente passeggiava senza fretta. Come da antica tradizione, i più confluivano verso la chiesa di Sant'Andrea per venerare la statua della Madonna dei Noli, protettrice dei tranvieri e vetturini che prestavano servizio in città. Teresa era tra i pochi che lavoravano: d'altronde, era stato il ragionamento della signorina Emilia, il riposo domenicale non era più che sufficiente?

Avrebbe potuto almeno prendersela comoda, visto che le padrone di casa erano state invitate a trascorrere il giorno di festa dai parenti di Montebelluna, ma non era il tipo da approfittarne. Si limitò a rallegrarsi del fatto che il palazzo sarebbe stato vuoto e lei avrebbe potuto sbrigare le faccende senza interruzioni, in santa pace.

Mentre spostava il vassoietto della posta per spolverare la console dell'ingresso, si accorse di una busta ancora chiusa: era rettangolare, con un fregio rosso e blu che correva tutto intorno e la scritta AIR MAIL. Il francobollo da tre centesimi, in bianco e nero, ritraeva tre ragazzini in divisa: sotto c'era una scritta, *Boy Scouts of America.*

Voltò la busta: non c'era mittente, ma la grafia era la stessa di certe misteriose cartoline con uno scarabocchio per firma che giungevano di tanto in tanto dall'America. Adesso, invece, una lettera.

Si portò d'istinto una mano al cuore, come se volesse indurlo a rallentare. Poi, fece una cosa che mai si sarebbe sognata di fare in vita sua: mise sul fuoco un pentolino con dell'acqua e, quando cominciò a bollire, passò più volte la busta in mezzo al vapore. Il lembo superiore si scollò.

Mia amatissima Emilia, sorella pregevolissima,

rivolgo a Voi queste umili righe per sottoporre alla Vostra attenzione un'annosa questione che so Vi arrecherà qualche noia ma che, ne sono certo, vorrete intendere e trattare con l'indispensabile delicatezza.

Giunta è l'ora di sollevare la nostra stimata sorella Giustina, la cui salute è sempre stata precaria, da un onere che fu conseguenza di una mia precipitosa imposizione, dettata in un tempo in cui il fervore di gioventù mi indusse spesso a peccare, costringendomi poi a difficili decisioni. Dire che mi dispiace non è sufficiente, ma da dove mi trovo non mi è possibile fare di più; dunque mi appello alla Vostra generosità.

È mio desiderio dare collocazione ed educazione adeguate al mio pupillo Vincenzo, frutto di una relazione con una signora di cui non posso fare il nome. Sono certo che comprenderete la mia riservatezza e il desiderio di rispettare la dignità della signora in questione.

Vi prego, dunque, di accogliere in vicolo Sant'Andrea colui che considero mio erede naturale e fiero latore del nostro cognome, unico discendente maschio di una stirpe altrimenti destinata, ahimè, a estinguersi. L'anno prossimo andrà a scuola ed è mio desiderio che sia educato come si conviene, in un istituto degno di questo nome, e che frequenti persone del suo ceto. Montebelluna è un paesotto, e io trovo auspicabile che lui si trasferisca in città. Ne ho già scritto a Giustina.

Spero vorrete accogliere questa sincera preghiera che Vi giunge da un luogo altresì remoto e inospito.

Vostro, per sempre devoto

Attilio

Dunque, Attilio Pozzo era ancora vivo. Aveva affidato un bimbo a una delle sorelle e adesso chiedeva a un'altra di farsene carico, ancora una volta manipolava gli altri a proprio piacimento.

E se quel bambino... Si prese il volto tra le mani, no, non doveva illudersi. Non dubitava che Giustina ed Emilia si sarebbero piegate alla volontà del fratello, e di certo c'era almeno qualche possibilità che quel bambino fosse... Non si concesse di completare il pensiero, preferì concentrarsi su operazioni concrete. Ripiegò la lettera, la rimise nella busta e incollò nuovamente il lembo con la Coccoina.

Avrebbe tanto voluto il consiglio del rabbino, ma non osava andare in sinagoga, non dopo la volgarità e la violenza con cui il caro e stimato Rav Adamo Minzi era stato cacciato da casa Pozzo. Certo, lei non era responsabile della maleducazione e della cattiveria altrui, ma se il rabbino non l'aveva più cercata – era certa che quel giorno fosse venuto in vicolo Sant'Andrea per parlare con lei –, per Teresa significava una cosa soltanto: l'offesa era stata troppo grave.

Credette di averne la conferma quando la settimana seguente, messo finalmente insieme il coraggio necessario per presentarsi in sinagoga, si sentì dire dal custode che il rabbino non poteva riceverla. Per lei fu più facile credere che fosse un modo gentile per dirle che le sue visite non erano più gradite e non la semplice evidenza del fatto che, essendo il rabbino molto impegnato, sarebbe stato meglio chiedere un appuntamento. Non si azzardò più a riprovarci. E come sempre, di fronte a un dolore o a un dispiacere, si ritrovò a concludere di esserselo in qualche modo meritato.

Giovedì
4 dicembre 1958

"No, signorina. Le consiglio di lasciar perdere."

"E perché mai?"

Teresa si era alzata di scatto. Stringeva ancora tra le mani la busta sgualcita con il fregio rosso e blu dentro cui, dieci anni prima, era arrivata la lettera di Attilio. L'aveva recuperata dalla corrispondenza che si era andata accumulando sulla scrivania dello studio. La lettera non c'era più da chissà quanto, ma a Teresa importava l'involucro con il timbro che recava il codice postale e la città degli Stati Uniti da cui l'aveva spedita il suo aggressore, il maresciallo che aveva fatto sparire i Levi, che aveva perlustrato a colpi di fucile il casolare di via dell'Argine destro, quasi ucciso le sue compaesane, torturato don Paolo, fatto deportare il rabbino Adamo Minzi, mandato a morte sicura chissà quanti altri. Lo stesso che aveva rapito Amos e che l'aveva spedita dritta al manicomio in un giorno di primavera di tanti anni prima. Era convinta che fosse ancora vivo: le sorelle non avevano mai dato alcun segno di lutto, inoltre nel tempo erano continuate ad arrivare cartoline vergate dalla stessa mano.

Lo fece presente al suo interlocutore, un brigadiere impettito nell'uniforme fresca di stireria, che tuttavia non si lasciò convincere. Battendo sul tavolo cappuccio e fondello della penna a sfera, facendola roteare tra le dita, le disse in tono secco: "Lei non può avere certezze. E dopo tutto questo tempo, non vale la pena di sollevare uno scandalo... Magari inutilmente, per di più".

"Mi sta dicendo che non posso sporgere denuncia contro un individuo che durante la guerra ha torturato, amministrato giustizia arbitrariamente, strappato neonati dalle braccia delle madri, e che ha provato a farmi sua con la violenza? Mi sta dicendo questo?"

"Signorina, non sa che la legge del 22 giugno del mille novecento quarantasei, nonché la legge del 7 febbraio del mille novecento quarantotto, hanno stabilito l'amnistia per i criminali di guerra e che il 18 settembre del mille novecento cinquantatré c'è stato l'indulto?" le chiese di rimando il brigadiere, tutto fiero per la precisione con cui aveva citato le date. "Per favore, non insista."

"Dunque, sono venuta fin qui per sentirmi dire che non posso denunciarlo?" continuò Teresa. Lidia la teneva per un braccio e cercava di calmarla.

"Mi dispiace, non posso farci niente. Ordini superiori."

"Ma allora il famoso processo di Norimberga, quello di cui si è parlato tanto sui giornali – ho tenuto 'Il Gazzettino', sa? –, non conta niente? Gli assassini hanno il diritto di andarsene in giro in libertà?"

"Lasci perdere. Non ho altro da aggiungere."

"Andiamo, dai, Teresa." Anche Lidia invitò l'amica a smettere di insistere, era evidente che non avrebbero cavato un ragno dal buco.

Il brigadiere chiamò l'appuntato e lo incaricò di scortarle all'uscita. Il portone della nuova sede della Questura si richiuse alle spalle delle due donne.

Scesa la scalinata, si sedettero su una panchina, dove Lidia aspettò con pazienza che Teresa si calmasse.

"Dai, andiamo, facciamo qualcosa," le disse non appena capì che aveva smaltito l'arrabbiatura.

Dalle finestre del terzo piano di una palazzina moderna una voce non più fresca cantava a gola spiegata la canzone vincitrice dell'ottavo Festival di Sanremo. Parlava d'amore, di sogni, di voli nel cielo infinito e di occhi blu. All'improvviso Teresa scoppiò in singhiozzi, ripensando allo sguardo lucente di Gianni, al suo abbraccio. A tutto il male subìto. All'impossibilità di ottenere giustizia.

Lidia le accarezzò i capelli in silenzio. Sentiva di non avere parole per consolarla, e non voleva offenderla con frasi generiche come "vedrai che passerà", "bisogna avere pazienza", "il tempo è il medico migliore".

Si limitò a porgerle un fazzoletto.

"Comunque, io sono stanca," proruppe Teresa. "Voglio cambiare vita. Mi piacerebbe rendermi utile, fare qualcosa per gli altri... Ma non so ancora come."

"Troveremo un modo, ti aiuterò a pensarci," le assicurò Lidia. "Intanto, però, andiamocene di qui."

Le due amiche ripresero a camminare lungo via Configliachi, godendosi il tepore di quella giornata dicembrina insolitamente mite.

Dopo un po', Lidia ruppe il silenzio: "Senti, perché non dimentichi per sempre questa benedetta famiglia Pozzo e ci metti una pietra sopra? Non credi sia arrivato il momento di dire basta?".

Con sua grande sorpresa, Teresa annuì. "Sì, credo che tu abbia ragione. D'altronde, tra cinque giorni me ne andrò per sempre da quella casa sciagurata, ma dopo aver aspettato tanto voglio dire a Vincenzo chi è davvero e farla pagare alla signorina Emilia per la sua cattiveria. Dopodiché, mi dimenticherò della loro esistenza. Fidati."

Discorrendo, erano giunte nei pressi della chiesetta sconsacrata della Madonna delle Grazie, con le belle statue di

San Bonaventura, Clemente XIII e della Madonna col Bambino disposte a triangolo sulla facciata.

"Vado un attimo dentro, aspettami qui," fece Teresa all'improvviso. E prima che l'amica potesse insistere per accompagnarla, era già inginocchiata in uno dei banchi a metà navata.

Lidia entrò e rimase a guardarla tenendosi indietro, vicino al fonte battesimale. Teresa non andava mai a messa, chissà cosa le era preso. Poi, nel vederla assorta, piccola piccola nella chiesa imponente, si rese conto che semplicemente – come di tanto in tanto capita a molti – aveva sentito un bisogno di raccoglimento, di riconnettersi con la parte più profonda di sé, o forse, chissà, con qualcosa di più grande. Quell'esserino minuto, che si notava appena nella navata gelida dal pavimento di marmo scuro, anelava a trovare un motivo per rigenerarsi.

Uscì dalla chiesa e si fece trovare in strada.

"Andiamo," disse Teresa in tono risoluto, e si avviarono in direzione della Riviera, risalendo lungo la via del Seminario, per prenderla alla larga. Nessuna delle due aveva intenzione di rientrare subito a casa, era bello stare all'aria aperta e sentire la carezza del sole.

"Perché non proviamo a fare qualcosa assieme?" propose Lidia quando si affacciarono sul ponte per vedere i cigni e le anatre che sguazzavano nel fiumiciattolo.

"Per esempio?"

"Per esempio... non so... Come hai detto tu, aiutare qualcuno, trovare una causa che ci appassioni e batterci per portarla avanti, combattere per un ideale," rispose Lidia, un po' imbarazzata nel rendersi conto della vaghezza delle sue parole.

Teresa scosse la testa. "Non è facile. Ai posti di comando ci sono solo e sempre uomini, cosa vuoi che se ne facciano di due come noi?"

"Ecco, appunto!" esclamò Lidia illuminandosi. "Perché non facciamo qualcosa per le donne?"

Invece di rispondere, Teresa la prese per un braccio: "Vieni, andiamo a vedere la Specola, è da tanto che non ci passo".

Passeggiarono lentamente fino alle mura del vecchio castello. Da lì si scorgeva la Torlonga, la torre maggiore adibita per secoli a osservatorio astronomico. Si credeva che fosse stata lo studio di Galileo Galilei, anche se gli storici avevano stabilito che lui, in quella torre, non ci era mai salito.

Teresa era affascinata dall'immensità del cielo, disse all'amica che le sarebbe piaciuto studiare le stelle, cercare di penetrare i segreti dell'universo. Lidia era molto più pragmatica: "Sarebbe bello, tesoro. Ma per noi donne adesso è la realtà che conta... Allora, come pensi che potremmo aiutare le altre?".

Teresa si riscosse. "Non saprei, così su due piedi, però l'idea mi piace," disse con un entusiasmo che non provava da tempo.

"Stavo pensando... Non mi fraintendere, eh?" si raccomandò Lidia. "Si è parlato tanto quest'anno della Legge Merlin, della chiusura delle case di tolleranza. Io non so come la vedi tu, ma mi pare che si sia fatto un grande passo in avanti, non credi?"

Teresa la guardò meravigliata. "Cosa dici? Non vorrai metterti dalla parte delle prostitute, vero?"

"Senti, io in un certo senso le capisco. Sono donne come noi! Lina Merlin, quando in settembre la sua legge è finalmente entrata in vigore, ha detto di non chiamarle prostitute: sono soltanto donne che amano male, perché sono state male amate."

"Davvero ha detto così?" si sorprese Teresa.

Lidia confermò, e aggiunse: "Comunque, no, niente ex lucciole, sarebbe bellissimo ma non abbiamo i mezzi, e forse nemmeno le competenze, per aiutarle. Il fatto è che sono stufa, anch'io vorrei cambiare qualcosa nella mia vita e rendermi davvero utile".

"Il tuo lavoro non ti piace più?"

"Non è che non mi piaccia," cercò di spiegarle Lidia, "è che sono stanca di avere a che fare con donne che non sono affatto pazze, dover fingere di poterle curare, di credere a diagnosi formulate a caso. E anche quelle che davvero sono malate, avrebbero bisogno di ben altre cure. Dobbiamo smuovere le acque, far sapere che è tutto falso, far chiudere quel maledetto ospedale!" esclamò tutta accesa. "Mi vuoi aiutare?"

Teresa non rispondeva. L'ospedale risvegliava ancora in lei tristi ricordi.

"Mi hai sentito?"

"Sì, sì, ma si sta facendo tardi..."

"Devi tornare in portineria?"

"Dovrei... Ma che si arrangino. Sono stata licenziata e presto me ne andrò. È solo che non voglio pensare al manicomio."

"Ti va di pranzare fuori?" disse Lidia dopo un po'.

In piazza dei Signori si diressero verso il primo ristorante-pizzeria che era stato aperto in città, da qualche anno un punto di riferimento per gli amanti di Capricciose e Quattrostagioni. Teresa non ci era mai stata, Lidia soltanto una volta.

Si sedettero e ordinarono una Margherita e una Marinara, da bere una caraffa d'acqua. Il proprietario insistette perché assaggiassero del vino della sua regione e così brindarono alla pizza, a loro due, a tutte le donne, al futuro.

Lidia non parlò più dell'impegno sociale: sapeva che certi discorsi dovevano "posarsi" nell'animo di Teresa, bisognava darle tempo di capire che cosa voleva fare davvero della sua vita. Si accomiatarono con un abbraccio e la promessa di rivedersi.

Teresa si incamminò verso la piazza della Frutta, Lidia in direzione di Ponte Molino.

Fatti pochi passi, Teresa si fermò: "Lidia?".

“Cosa c’è?” rispose l’amica raggiungendola.

“Va bene...”

“Va bene che cosa?”

Ma lei non si decideva a parlare. “No, dai... Te lo dico un’altra volta...” E senza aggiungere altro, sparì nell’ombra dei portici.

Lidia se ne andò scuotendo il capo: Teresa era sempre la solita, non si riusciva mai a capire fino in fondo cosa le frullasse per la testa.

32.
Marzo-giugno 1949

Come ogni venerdì pomeriggio, Teresa salì al piano nobile per spolverare il salotto, dare una spazzata al pavimento, risistemare eventuali sedie lasciate fuori posto e lucidare i mobili. In un angolo, tra il divanetto di velluto verde oliva e la poltroncina, notò una piccola libreria nuova: conteneva, ben allineati e apparentemente intonsi, dodici volumi tutti uguali sul cui dorso era impressa in lettere dorate la scritta *Enciclopedia dei ragazzi*. Sul dorso del tredicesimo, più sottile degli altri, lesse *Annuario*.

Si bloccò con lo straccio a mezz'aria. Dunque è vero, si disse, sta arrivando... Vagamente inquieta, si affrettò a finire le faccende: Leo sarebbe passato a prenderla alle cinque.

Si frequentavano da un po', da quando lui era finalmente riuscito a portarla fuori, a prendere un cono al fiordilatte al carrettino dei gelati da Rocco. Da quella prima volta, le loro uscite erano diventate appuntamenti fissi: tre volte alla settimana, finita la giornata di lavoro, Leo si toglieva il camice, lo appendeva al chiodo, abbassava la serranda e, dopo averla chiusa col catenaccio, percorreva tutti i portici da Porta Trento fino a piazza Cavour. Lì lo raggiungeva Teresa, lo prendeva a braccetto e piano piano iniziavano a passeggiare lungo il corso, sempre alla stessa ora, sempre per le stesse vie.

Si piacevano, ma non osavano andare oltre le chiacchierate e qualche confidenza sfuggita di fronte a una tazzina di caffè.

Il pensiero di quella *Enciclopedia dei ragazzi*, sulla quale continuava a rimuginare, diede a Teresa la forza di superare l'imbarazzo e la mortificazione: la settimana seguente tornò alla sinagoga, spaventata ma decisa. Il custode le comunicò dispiaciuto che il rabbino Minzi era partito proprio il giorno prima per la Terra Santa e non sarebbe tornato a Padova prima della fine dell'estate. Per poco Teresa non scoppiò in lacrime.

Aveva continuato a incontrare Lidia quasi tutti i mercoledì, quindi si confidò con lei. Purtroppo, finora le due amiche non erano venute a capo quasi di nulla. Su Amos non avevano fatto progressi: in casa Pozzo non si parlava mai di Attilio, e Teresa si era tenuta ben stretta il segreto della lettera dall'America, per scaramanzia, in attesa che il miracolo si compisse e che il bambino arrivasse davvero. Quanto a Gianni, avevano saputo che aveva lasciato Padova dopo la morte del signor Gastone: correva voce che qualcuno gli avesse suggerito di cambiare aria, chissà poi perché; qualcun altro, però, sosteneva di averlo rivisto in città. Teresa era combattuta tra il desiderio e la paura di rincontrarlo.

Le due amiche andavano piuttosto spesso al cinematografo Eden: videro *Il bandito* e *La figlia del capitano*, ma anche *Ladri di biciclette*. A Teresa piaceva Amedeo Nazzari, Lidia invece preferiva Vittorio Gassman, ma concordavano sul fatto che Anna Magnani fosse la più brava.

Anche Leo si unì a loro in un paio di occasioni. A volte le riaccompagnava a casa, ma non sempre. Le passeggiate con lui continuavano regolari e, dall'entusiasmo di quelle chiacchierate mentre camminavano vicini, Teresa capiva di piacergli davvero. Parlavano di come stava cambiando la città, con i suoi palazzi riportati a nuova vita, dei mobili che Leo restaurava per le ricche famiglie del centro, delle insegne pubblicitarie dei rasoi Gillette e della Leocrema, che iniziavano a vedersi qua e là... Ma non alludeva mai, anche solo per gioco, a una casa tutta loro, né a un progetto da condividere.

Poi Lidia si prese la bronchite e Teresa dedicò a lei gran parte del suo tempo libero. Leo lo vedeva la domenica, ma le settimane passavano e lui non aveva ancora espresso il desiderio di incontrare la famiglia Agostini.

Lidia si riprese verso la fine della primavera e le due amiche ricominciarono le loro passeggiate: andavano ai Giardini della Rotonda, passavano davanti alla chiesa del Carmine e rientravano prima del tramonto. Il misterioso bambino non si era ancora visto – forse sarebbe arrivato dopo l'estate, in attesa della riapertura delle scuole –, ma la lettera era sparita dalla console dell'ingresso.

Teresa continuava a dedicarsi alla lettura, anche se la signorina Emilia diventava sempre più esigente, e quando finalmente riusciva a ritirarsi nella guardiola – ben oltre l'orario concordato all'inizio – era spesso troppo stanca per leggere.

Una mattina, tornando dal mercato vide esposto nella vetrina della libreria Draghi un volume il cui titolo attirò la sua attenzione: *L'Agnese va a morire*. D'impulso lo acquistò, senza nemmeno sapere di che cosa parlasse, e per una settimana, finché non lo ebbe terminato, rimase sveglia a leggere fino a tardi. Fu il primo di una lunga serie di romanzi, anche perché Lidia adesso aveva un corteggiatore, un medico di Vicenza, vedovo, conosciuto in ospedale, e dunque non aveva più tempo per andare al cinematografo con lei. Soltanto allora Teresa si rese conto che Leo aveva diradato le sue visite: sarà per via del lavoro, si disse.

In compenso, Adele cominciò a presentarsi più spesso in portineria: dalla fabbrica Viscosa portava qualche scampolo per Nora, che ricambiava proponendole piccole riparazioni di sartoria – un orlo, un vestito da riprendere in vita, un paio di pantaloni da accorciare. Ma da quando aveva scoperto che Teresa aveva conosciuto Attilio, la merciaia stava molto sulle sue e della famiglia Pozzo non parlava più, nemmeno se si ritrovavano da sole.

Il legame tra Adele e Teresa era ritornato, a poco a poco, quello di sempre, tra confidenze e battibecchi, saluti affettuosi e sbattute di porte. Di fronte a un infuso di menta e a qualche tartina spalmata di marmellata fatta in casa, le sorelle si scambiavano informazioni sulle rispettive vite, la famiglia, i vicini, i corteggiatori di Adele.

"Hai finito?"

La voce della signorina Emilia giunse dal pianerottolo su cui si aprivano le soffitte. Teresa, che stava lustrando la targa sulla porta al piano nobile, alzò la testa e la vide affacciata sulla tromba delle scale: "Quasi," rispose.

"Poi dovresti salire a dare una pulita quassù."

Teresa si stupì. In soffitta non ci era mai salita nemmeno per sbaglio, come mai all'improvviso c'era la necessità di pulirla? Per metterci cosa? Forse quella richiesta aveva a che fare con l'enciclopedia nuova di zecca comparsa nel salotto del piano nobile? Forse stava davvero per accadere?

"Sì, signorina. Un attimo e sono da lei," rispose Teresa. Riportò in casa sbuffando la pezza di flanella morbida e il prodotto per lucidare l'ottone: l'imprevisto della soffitta le scombinava tutti i programmi. Si affacciò dal balconcino del primo piano per avvertire Leo che l'aspettava nel vicolo.

"Oggi non posso, scusami."

"Quando ci vediamo?" chiese lui. "Devo dirti una cosa importante."

Ma Teresa si era già dileguata oltre la tenda.

Il ragazzo si accese una Nazionale, attese per un po' sotto

il portico sperando che spuntasse di nuovo, ma lei non si fece più vedere e così, terminata la sigaretta, se ne andò con le mani in tasca.

La signorina Emilia aspettava Teresa davanti alla porta della soffitta. "Bisogna pulirla a fondo," disse stizzita, non appena la vide comparire in cima alle scale. "Ne avremo bisogno a breve. È vuota, penseremo poi a quali mobili portare su: non sarà complicato renderla utilizzabile. Vedi tu. Io scendo."

Utilizzabile? Cosa intendeva dire? A cosa poteva servire la soffitta, adesso? Teresa si guardò intorno perplessa.

Era un grande spazio, suddiviso in due vani da un arco. Il soffitto, dalle travi a vista, cadeva spiovente. Le finestre che si affacciavano sul vicolo presentavano i segni di un recente restauro. Sulle finestre che davano sul retro c'erano invece residui di ragnatele e lanugine di polvere che qualcuno aveva cercato di spazzare via con le mani, lasciando traccia del passaggio delle dita sui vetri crepati.

L'ambiente non era poi così vuoto come aveva detto la signorina Emilia. Addossate alle pareti c'erano assi di legno di varie misure, da alcune delle quali spuntavano vecchi chiodi arrugginiti, e ammucchiate negli angoli c'erano cataste di cianfrusaglie coperte da lenzuola.

Teresa aprì il balconcino centrale, che dava sul giardino, e si affacciò. In mezzo c'era una magnolia dalle foglie verde scuro punteggiata da grossi fiori bianchi, cerosi. La chioma del frassino era folta. In fondo, una spalliera carica di rose di ogni sfumatura, dal bianco al rosso carminio passando per il rosa, il giallo, il pesca. Nell'angolo nord, in una vasca piena di acqua verdastra, galleggiavano delle ninfee. Doveva essere bellissimo, pensò, abitare lassù e potersi riempire gli occhi di quello spettacolo.

Si voltò a considerare il lavoro che l'aspettava: fu allora che scorse un baule verde con le borchie e le cerniere dorate.

Purtroppo risultò chiuso a chiave. E sul coperchio non c'era un granello di polvere, segno che dovevano averlo portato lì da poco. Ma come mai lei non se n'era accorta?

Scese di sotto a prendere un secchio, la scopa, stracci puliti in abbondanza e detersivi, quindi trascorse il pomeriggio a spazzare, lavare, spostare, rimettere a posto. Ogni tanto era costretta a fermarsi per raddrizzare la schiena irrigidita e massaggiarsi le braccia doloranti. Quella sera non sarebbe riuscita a prendere sonno facilmente.

Terminato il lavoro, mise gli stracci sporchi nel secchio, radunò i flaconi dei detersivi e in un paio di viaggi riportò tutto giù. Stava per scendere in portineria quando incrociò sulle scale Carolina che saliva di corsa. Era spettinata, con il rossetto un po' sbavato. "È già qui?" chiese baldanzosa.

Teresa la guardò interrogativa.

"Ah, già," rise lei. "Mia sorella non ti ha detto nulla... Be', d'altronde lo scoprirai presto: dalla prossima settimana cambia tutto!" E Carolina scoppiò a ridere, una risata che riecheggiò in tutto l'androne.

Teresa scese lentamente appoggiandosi al corrimano. A questo punto era certo: le sorelle Pozzo attendevano qualcuno. E lei credeva di sapere chi fosse.

33.

Venerdì 1° luglio 1949

La porta della merceria si aprì scampanellando per lasciar entrare Teresa.

"Che movimento oggi, eh?" disse Nora arrivando dal retro, senza nemmeno salutare. "È tutta la mattina che gli operai vanno su e giù con mobili, valigie e materassi."

Dietro la sua gonna si strusciava vergognoso un bambinetto smilzo, che non osava alzare lo sguardo da terra. Dai pantaloni corti spuntavano un paio di gambine sottili, pallide.

"Vincenzo, vieni qui ad aiutarmi," fece Nora, che non si era accorta di averlo alle calcagna, mentre svolgeva sul bancone una pezza di raion. "Ah, sei qui, brigante, fatti vedere un po'." E gli diede uno strattone.

Il bambino dimostrava circa sei anni. Aveva lineamenti marcati e i capelli alla Mascagni, folte sopracciglia scure e ciglia fitte. Gli occhi, attenti, due perle nerissime.

"Questo è Vincenzo," disse Nora a Teresa. "È arrivato da Montebelluna, è il bambino della signora Giustina. Verrà ad abitare con le signorine, perché possa frequentare una buona scuola, ma a quanto pare oggi dovrò occuparmene io."

"Davvero?" Teresa cercava di dissimulare il proprio turbamento: quel bambino poteva essere Amos?

"Eh, già. Guarda, non me ne parlare, sono fuori di me! Certe cose, io non le capisco. Prima ti ignorano per anni e nemmeno ti salutano, ti fanno i dispetti, sparlano di te... Poi si presentano in negozio come se niente fosse, ti affibbiano un bambino dicendo che non sanno dove metterlo, che gli operai sono arrivati oggi invece che ieri, non c'è ancora niente di pronto e ci vorrà almeno una mezza giornata, 'puoi tenerlo qui finché non è tutto a posto?'." Scosse la testa sbuffando. "Io, quelle lì, proprio non le capisco."

Sembrava aver dimenticato che da qualche tempo aveva deciso di non dare confidenza a Teresa, la quale da parte sua aveva ascoltato quello sproloquio con un orecchio solo. Per paura di illudersi aveva provato a scacciare l'idea pressante che il figlio di cui parlava Attilio nella lettera, e che finalmente era arrivato, fosse Amos. Ma più la scacciava, più qualcosa le diceva che era proprio così. Attendeva quel momento dall'aprile di cinque anni prima, dal giorno in cui il maresciallo l'aveva fatta internare all'ospedale dei matti. Si era adattata a fare la schiava in casa Pozzo, aveva accettato l'inaccettabile, soprattutto nella speranza di scoprire che fine avesse fatto il neonato e di ritrovarlo. E adesso, eccolo lì. Era davvero lui? La sua ricerca era finita?

Intorno a lei, tutto prese a vorticare.

"Mi hai sentita? Ehi, dico a te!" La voce sgarbata di Nora la riportò alla realtà.

"Non mi sento molto bene," balbettò lasciandosi scivolare per terra, contro il bancone.

"Oh, Maria santa. Ci mancava solo questa! Forza, alzati!" E siccome Teresa non si alzava, anzi si era accasciata svenuta, la merciaia la scosse energicamente tirandola per un braccio. "Alzati, ho detto!"

"Vai a prendere un bicchiere d'acqua!" strillò a Vincenzo, che se ne stava lì con le mani in mano. Nora intanto teneva sollevata la testa di Teresa e cercava di farla rinvenire dandole degli schiaffetti.

"Cosa fai lì impalato? Dalle da bere, no?" disse quando il bambino tornò con il bicchiere. "Sbrigati, deficiente!"

Lui abbozzò un mezzo sorriso, poi fece un passo avanti e inclinò il bicchiere, facendo scendere un filo d'acqua sul collo di Teresa.

Nora gli tirò prontamente una cinquina con la mano libera. "Mascalzone, vai a prendere uno straccio e un altro bicchiere d'acqua," gli ordinò. "Fai presto!"

Lui corse via dal negozio sghignazzando, mentre Nora ricominciava a scrollare Teresa abbandonata tra le sue braccia.

34.

Lunedì 3 ottobre 1949

Era il primo giorno di scuola alla primaria Reggia dei Carraresi. Vincenzo aveva fatto il proprio ingresso in classe tra gli sguardi sprezzanti di ometti vestiti di tutto punto. Soltanto uno gli si era avvicinato e gli aveva sorriso: "Io mi chiamo Sandro Tessari, e tu?". Poi Vincenzo si era seduto dove gli era stato indicato, al terzo banco nella fila di destra, accanto alla parete, e aveva alzato prontamente la mano quando la maestra Viale – vestito nero alle caviglie, capelli grigi raccolti alla sommità della testa e bacchetta sempre a portata di mano – aveva scandito forte il suo nome: "Pozzo Vincenzo!".

Alla fine delle lezioni, mentre si avviava verso casa, Sandro era tornato da lui. "Vai anche tu da questa parte? Facciamo la strada insieme?" E, ricevuto un assenso: "Tu che fumetti leggi?".

"Faccio la raccolta di 'Buffalo Bill'," rispose Vincenzo, illuminandosi. "E tu?"

"Io ho tutto 'Tex Willer'."

"Ah, sì, ce l'ho anch'io qualche numero, ma i miei libri sono rimasti tutti a Montebelluna," disse Vincenzo in tono distratto. "Senti, ti piacciono i soldatini? A casa ne ho un baule pieno e ho anche il Costruttore meccanico. Vieni a giocare da me oggi pomeriggio?"

"Dove abiti?" chiese Sandro offrendogli una caramella Golia.

"Vicinissimo. Vicolo Sant'Andrea, al numero 9, e tu?"

"Proprio qui," rispose il compagno. Erano arrivati all'inizio di via Manin.

"Allora ci vediamo oggi, alle quattro!" E Vincenzo corse via, saltellando da una pietra all'altra del sottoportico e facendo cadere un paio di volte i quaderni e l'astuccio, tenuti insieme da una cinghia azzurra con la fibbia di metallo.

Teresa lo aspettava davanti al portone. La signorina Emilia si era tanto raccomandata: la scuola era vicinissima e Vincenzo aveva il permesso di tornare da solo, ma Teresa doveva attenderlo mettendosi bene in vista, in modo che lui la scorgesse subito e che lei potesse tenerlo d'occhio.

"Spostati!" Vincenzo le diede una spinta ed entrò a testa bassa.

"Oggi lo vuoi il dolce?" Teresa gli aveva preparato la coppa imperiale ai savoiardi e mascarpone, prendendo spunto dalla ricetta trevigiana che le aveva mandato la signora Giustina.

Lui non si degnò di rispondere e cominciò a salire le scale. Teresa si ritirò in guardiola e mise nel piatto ciò che rimaneva delle tagliatelle al pomodoro cucinate per i Pozzo. Il sugo schizzò macchiando la tovaglia e lei, contrariata, cominciò a strofinarla con una pezza bagnata.

La sera, prima di addormentarsi, aveva fantasticato spesso sul bambino che stava per arrivare: a volte lo aveva immaginato timido e di poche parole, altre chiacchierone ed esuberante, ma sempre, nei suoi sogni a occhi aperti, gentile e affettuoso con lei. Non aveva proprio messo in conto che Vincenzo fosse scorbutico, che fosse così difficile avvicinarlo. Si disse che dopotutto il bambino aveva sofferto, forse aveva soltanto bisogno di ambientarsi, di abituarsi alla sua nuova vita. Sì, decise, era senz'altro così.

Alle quattro in punto si presentò nell'atrio un bambinetto sorridente. "Sono Sandro Tessari. Vincenzo mi sta aspettando."

"Buongiorno, Sandro. Sei un compagno di scuola?" Teresa aveva il compito di prendere tutte le informazioni possibili su chi veniva a far visita alla famiglia. "Abiti qui vicino?"

Il Tessari le rispose gentilmente che i suoi genitori conoscevano la famiglia Pozzo e che sarebbe dovuto rientrare prima di cena.

"Allora sali pure." Teresa gli diede un buffetto sulla guancia.

Ma proprio in quel momento Vincenzo balzò fuori da dietro una delle colonne dell'atrio: "*Buh!*".

Sandro scoppiò a ridere, Teresa invece si portò le mani al petto e lo rimproverò per averla spaventata.

"Beccati questo!" strillò Vincenzo lanciandole contro una bestiolina verde che saltellò fin sotto il tavolo.

Teresa cacciò un urlo e uscì di corsa dalla portineria, col rospo che gracidava contento. "Porta via quel coso!" disse cercando invano di non mostrarsi impaurita.

Intanto Vincenzo rideva a crepapelle, sotto lo sguardo attonito di Sandro. Fu lui, alla fine, a catturare la bestiola e a ributtarla nello stagno. Vincenzo era già sul secondo pianerottolo.

"Forza, andiamo a giocare," gli gridò da lassù.

Teresa decise che era inutile prendersi in giro: per quanto potesse aver sofferto, e per quanto avesse il diritto di sentirsi spaesato, dopo le quattro settimane di agosto passate a Cortina con le zie Vincenzo aveva comunque avuto un mese per abituarsi alla nuova vita a Padova, avrebbe potuto senz'altro comportarsi un po' meglio. Era delusa e amareggiata. Possibile che quel bambino così aggressivo e maleducato fosse davvero il figlio dei signori Levi? Non aveva preso proprio niente da loro? Di certo, lei non ne poteva più di sgarbi, capricci, dispetti e decise di andare a riferirlo di sopra.

Le signorine Pozzo si erano trasferite al piano nobile perché Vincenzo potesse alloggiare insieme a loro nell'appartamento più elegante del palazzo e avevano adibito la soffitta a stanza dei giochi. Teresa diede un rapido colpo di campanello e poi aprì con le chiavi: le sorelle furono stupefatte di ritrovarsela davanti, a Carolina scivolò dalle mani *Piccole donne* ed Emilia, assorta nella lettura di "Grand Hotel", cercò di darsi un tono aggiustandosi la cordicella degli occhiali.

"Che modi sono questi?" le disse freddamente.

Teresa capì di aver sbagliato, si sarebbe morsa le mani per la rabbia. Ebbe un attimo di esitazione. "Niente, è che..." E si interruppe.

"Parla," disse la signorina Emilia, e fu come se avesse sparato una fucilata.

"È che il signorino..."

"Il signorino, cosa?"

"Vincenzo mi manca di rispetto." Ecco, l'aveva detto. "Mi offende, mi fa scherzi di cattivo gusto."

"Teresa, cosa fai, ti metti a tu per tu con il bambino? Vieni qui ad accusarlo come se avessi sei anni anche tu?" disse Emilia sarcastica. "Pensa piuttosto a fare il tuo lavoro! Vincenzo ha ricevuto un'educazione impeccabile. Ha solo bisogno di abituarsi alla sua nuova vita." E poiché Teresa non replicava, cominciò a tessere le lodi della sorella e del cognato. "Vorresti forse insinuare che mia sorella non è stata per lui la migliore delle madri? Per tua conoscenza, ti informo inoltre che mio cognato è un uomo molto deciso e capace, che ha lavorato sodo e si è arricchito negli anni in cui tutti abbiamo sofferto le pene dell'inferno. Vincenzo forse ha preso da lui il carattere un po'... deciso. Ma questa per lui è una fortuna! In ogni caso, ricordati che noi ti paghiamo per lavorare, non sei qui per giudicarci. Ti è chiaro, Teresa?" E senza attendere risposta la signorina Emilia abbassò nuovamente la testa sulla rivista per farle capire che la questione era chiusa.

Quanto a Carolina, dopo aver tirato su il libro da terra aveva ripreso la lettura senza preoccuparsi minimamente di quello che succedeva attorno a lei.

Teresa mormorò un "buonasera" e se ne andò, delusa e scoraggiata. Stava per tornare di sotto quando, obbedendo a un impulso improvviso, cominciò a salire le scale.

La porta della soffitta era socchiusa. Sbirciando dallo spiraglio vide Vincenzo correre da una parte all'altra agitando un moschetto giocattolo. Con la mano libera si calcava in testa un fez nero con un'aquila reale dorata, la cui nappa penzolava qua e là. Teresa riconobbe la divisa dei Figli della Lupa.

Sandro Tessari si difendeva come poteva, lo scansava, cercava di strappargli l'arma, scappava via. Portava al collo un fazzoletto piegato a triangolo, di un azzurro che metteva in risalto la sua carnagione dorata.

In fondo, il baule verde aveva il coperchio sollevato. Due eserciti di soldatini di latta erano sparsi sul pavimento.

"Camerata, in ginocchio!" ordinò Vincenzo.

I due ragazzini cominciarono a lottare, ridendo e gridando.

"Non ti azzardare, combattente, o me la pagherai!" Vincenzo si muoveva a scatti e teneva alzati i pugni davanti a sé. Ma il compagno riuscì a salirgli sulla schiena e lo costrinse ad arrendersi.

Scuotendo la testa, Teresa li abbandonò ai loro giochi. Mentre scendeva le scale, non poté fare a meno di pensare che sarebbe stato tutto molto più facile se soltanto Vincenzo fosse stato un po' più simile a quell'altro bambino – sorridente, rispettoso, educato.

Entrata in casa, sparecchiò e gettò nella spazzatura le tagliatelle avanzate. Non aveva più fame.

35.

Sabato 22 ottobre 1949

"Non ti permettere mai più, hai capito? Poi, a casa, facciamo i conti!"

Il ceffone interruppe gli schiamazzi. Dario Battaglia si teneva una mano sulla guancia arrossata. Sull'incarnato pallido spiccavano fitte efelidi, che si estendevano dal naso a patata all'attaccatura delle orecchie e si facevano più rade dalle guance alla punta del mento.

"Ma signora Lucia, non si preoccupi, sono bambini! Dario non ha fatto nulla... Su, lasci stare," minimizzò Emilia, anfitrione in gonnella, che si sforzava di non farsi scappare di mano la situazione, con quei bambini indemoniati che saltavano su e giù per il piano nobile.

"Signorina, lei è molto gentile, ma il ragazzo deve imparare l'educazione. Certe cose non si dicono! Noi siamo gente perbene."

La signora Battaglia era sempre stata suscettibile, ma da quando erano precocemente arrivate le vampate di calore si era fatta anche stizzosa. Dario la faceva impazzire. Le aveva dato filo da torcere fin dall'inizio, quando lei e il marito lo avevano adottato e lui aveva stravolto un'esistenza che sembrava ormai al riparo da imprevisti e fatiche genitoriali. Se non fosse stato per quegli occhietti verdi, che sapevano sempre come farsi perdonare, l'avrebbe volentieri strozzato con le proprie mani.

La sfuriata si esaurì senza ulteriori conseguenze. Il giorno era speciale e si doveva far buon viso a cattivo gioco.

"Cosa ha detto di tanto grave?" sussurrò Carolina alla commensale più prossima, una signora che non staccava gli occhi dalla propria figlia vestita di bianco.

"Ha dato dello scemo a Vincenzo," le rispose quella, e posò il bicchiere sporco di aranciata sulla tovaglia di fiandra. "Certo, non il massimo della gentilezza."

Carolina si alzò e andò ad affacciarsi al balcone principale. Guardò di sotto e, vedendo giungere altri invitati trafelati, si spostò nell'ingresso per accoglierli e prendere i loro cappotti, probabilmente tirati fuori dall'armadio quel giorno stesso.

Per il primo compleanno di Vincenzo in casa Pozzo, le zie avevano voluto fare le cose in grande, con tanto di biglietti d'invito scritti a mano e consegnati poi personalmente. Alcuni avevano declinato l'invito, per impegni reali o inventati – le signorine Pozzo non godevano fama di essere particolarmente simpatiche –, altri avevano accettato per non perdere l'opportunità di essere accolti in uno dei salotti eleganti della città. Vi partecipavano, dunque, una dozzina di compagni appartenenti alle famiglie più in vista di Padova.

"Dario, vai subito a chiedere scusa a Vincenzo!" insistette la signora Battaglia.

Il bambino saltò giù dalla sedia, ma solo per unirsi a un gruppo di amichetti raccolti in un angolo del salotto. La sua testa di capelli rossi spiccava in mezzo alle altre.

"Molla, molla! È mio!" urlava Vincenzo a Filippo Zago, un brunetto dalla pelle olivastra che s'impicciava sempre dei fatti degli altri. Si stavano disputando una grossa scatola avvolta in una carta a motivi geometrici, con un nastro azzurro tutt'intorno e un grande fiocco arricciolato.

"Sandro! Dov'è Sandro?!" strillò infine Vincenzo, bisognoso del suo alleato.

La famiglia Tessari aveva appena messo piede in casa Pozzo, giacché avevano l'inguaribile brutta abitudine di arrivare in ritardo, dovunque e per validi motivi sempre diversi. Una volta il dottor Tessari era reperibile in ospedale, quella dopo erano appena rientrati da un viaggio, quella dopo ancora avevano dovuto accompagnare la nonna a una visita specialistica.

"Sandro, finalmente sei arrivato! Vieni qua, aiutami!" Vincenzo era abbarbicato al pacco che Filippo cercava con tutte le sue forze di strappargli.

"No, non è tuo!" strillò Filippo Zago. "Anch'io oggi compio gli anni!"

"Non è vero, sei un bugiardo!"

Tira di qua e tira di là, la carta si strappò e apparve un'enorme scatola di Meccano.

"Ooooh," fecero i compagni in coro. Anche le femmine si avvicinarono per vedere di che cosa si trattava.

"Questa è la mia festa, quindi il regalo è mio, hai capito?" insistette Vincenzo.

Filippo non si diede per vinto e provò a riappropriarsi della preziosa scatola.

"Filippo..." Una donna longilinea, dai lunghi capelli biondi, se ne stava appoggiata di schiena alla ringhiera del balcone. "Smettila, dai," disse distrattamente, e si girò dall'altra parte.

"Ma scusa, anch'io ho compiuto gli anni," intervenne Dario Battaglia gettandosi a sua volta sulla scatola per afferrarla.

Andò a finire che la scatola del Meccano si squarciò: innumerevoli barrette metalliche, viti, bulloni, chiavi e tutta una serie di piccoli attrezzi si sparsero sul parquet, rotolarono sotto mobili e divani o scomparvero mimetizzandosi tra i disegni dei tappeti.

Giunse provvidenziale Carolina: "Arriva la torta!".

I ragazzini corsero a tavola come piccoli pirati all'arrembaggio.

"No, non si mette così... Come te lo devo dire?" La signora Battaglia, esasperata, tolse il tovagliolo che Dario si era infilato nello scollo del golfino e glielo sistemò sulle gambe.

Teresa aveva fatto il suo ingresso in sala spingendo un carrello a due piani. Sul più alto troneggiava il dolce per i più piccoli: una Foresta Nera, composta da diversi strati di pan di Spagna al cioccolato, farcita di panna montata e amarene candite. Sull'altro ripiano c'era la torta preferita di Carolina, la Pazientina, preparata secondo la ricetta originale dei frati francescani – con la frolla bresciana, il pan di Spagna, lo zabaione, le mandorle tritate – e guarnita di scaglie di cioccolato; accanto, un vassoio di marron glacé per le signore.

Teresa mise i dolci al centro della tavola, facendoli passare sopra le braccia alzate del festeggiato e degli ospiti più vivaci, poi prese i piattini e le forchettine d'argento che aveva preparato sul buffet.

"Composti! Seduti composti..." disse con voce fievole la signorina Emilia, che si sforzava di tenere a bada quella ciurma intemperante. E poi si rivolse alla signora Greggio, la dirimpettaia, una vedova senza figli che fino a qualche anno prima aveva gestito una rinomata cartoleria nel quartiere e che aveva invitato per compiere una di quelle "buone azioni" di cui si compiaceva tanto: "I bambini di oggi non sanno che cosa significhi l'obbedienza. Non le pare, cara?".

"Ha perfettamente ragione, ma che ci vuol fare?" disse la donna scuotendo la testa e afferrando al volo un marron glacé.

Mentre tagliava fette di torta, riempiva piattini, porgeva posate, Teresa ascoltava non senza un certo divertimento le conversazioni che si intrecciavano attorno al tavolo ovale, o semplicemente osservava. Gli unici due uomini presenti, il dottor Tessari e il padre di una bimbetta dispettosa con il vestito scozzese ricamato a punto smock, parlavano della vittoria del Padova 4 a 1 sul Torino di due giorni prima. Più in là, sul lato opposto, la madre di Filippo Zago assaporava con grande concentrazione l'ultimo residuo di zabaione rimasto sul cucchiaino, del tutto disinteressata ai pareri che si scambiavano due signore ingioiellate sul bouquet bianco di gardenie, mughetti e gigli con cui la pianista Marion Stein, ebrea di origine austriaca, figlia di un editore musicale, era andata in sposa a un lord, nipote di re Giorgio d'Inghilterra.

"Sandro!" La signora Tessari fece un segno al figlio e lui si pulì prontamente il mento sporco di panna con il tovagliolo.

"Conosce la moglie del dottor Tessari?" chiese la signorina Emilia alla signora Greggio.

"Non molto, a dire la verità. Il marito sì, l'ho incontrato più volte perché veniva spesso a comprare i pistoni per la sua stilografica Montegrappa Extra 1930. Senta una cosa, mia cara... Quella biondina silenziosa laggiù è forse la giovane vedova Zago?"

Emilia confermò.

"Avevo sentito dire che la coppia..." e qui la voce della signora Greggio diventò un sussurro, "insomma... non andava molto d'accordo. Il bambino non assomiglia al suo defunto marito, tantomeno a lei: mi risulta che sia stato adottato."

D'istinto, la signorina Emilia si ritrasse sulla sedia. "Be', non saprei," balbettò, colta alla sprovvista. "In effetti non ricordo di averla mai vista con il pancione, però non potrei giurarci."

Teresa, che stava ascoltando attentissima mentre – serviti gli ospiti – si accingeva a riportare il carrello in cucina, a quelle parole sussultò e lo mandò a sbattere contro la parete.

La signorina Emilia le lanciò un'occhiata tagliente.

"Come va con la portinaia? Si comporta bene?" chiese la signora Greggio, senza preoccuparsi che Teresa potesse sentirla.

"Cosa vuole che le dica, bisogna portare pazienza. Poverella, è stata sfortunata, ma io dico che in fondo se l'è anche un po' voluta," rispose la signorina Emilia. E strinse le labbra.

Finita la merenda, Teresa riportò posate e piatti sporchi in cucina per lavarli, quindi tornò nel salone e si posizionò sulla porta, in attesa di ricevere ordini. Da lì controllava la scena.

Sorrideva, si sentiva vicina alla soluzione. Aveva cominciato a sperare quando Nora le aveva riferito del "bastardo" che la sorella di Montebelluna si era presa in casa; poi era spuntata la lista del rabbino Minzi; infine, era arrivata quella lettera dall'America.

Adesso, le mani dietro la schiena, si lambiccava il cervello. Dario, Filippo e Vincenzo erano nati nella terza settimana di ottobre del mille novecento quarantatré, Dario il 20, Vincenzo e Filippo il 22, esattamente come i maschietti ebrei dell'elenco. Nessuno di loro poteva vantare genitori naturali. Erano tutti iscritti alla stessa scuola e tutte le loro nuove famiglie avevano un vincolo d'amicizia con i Pozzo. Ma Dario aveva i capelli rossi e Filippo, il cui nome corrispondeva a quello scritto in piccolo vicino al "Levi Amos" della lista, aveva la carnagione olivastra: nessuno dei due poteva essere Amos. Rimaneva Vincenzo, nero di capelli e bianco di carnagione, esattamente come il bimbo che Teresa aveva salvato. Era probabile che la data di nascita fosse stata fraintesa da Attilio Pozzo quando aveva letto la lista del rabbino, per questo il compleanno si festeggiava quel giorno. Amos doveva essere proprio Vincenzo, nonostante nella lettera dall'America il maresciallo Pozzo dicesse che era figlio suo. D'altronde, era un bugiardo e un disonesto.

Ci sarebbe stato un altro modo per capire se Vincenzo era Amos, rimuginava intanto Teresa. Se fosse riuscita ad avvicinarsi, se lui si fosse lasciato abbracciare, avrebbe potuto controllare se aveva la macchia rossa sulla nuca. Certo, il Professore aveva detto che probabilmente con il tempo si sarebbe attenuata fino a sparire, ma in quel genere di faccende non c'erano certezze. Chissà, forse ce l'aveva ancora.

Una volta di più, Teresa cercò di convincersi che Vincenzo non fosse cattivo come sembrava: la vita non era stata tenera con lui, bisognava avere pazienza e aspettare che maturasse, che capisse. Questo pensiero la fece sentire, per la prima volta dopo tanto tempo, leggera. Più guardava i bambini, più sorrideva... e più la signorina Emilia, che se n'era accorta, si infastidiva.

"Che fai lì impalata?" le disse in tono stridulo. "Vieni in cucina."

Poi si rivolse alla vedova Greggio: "Scusi, arrivo subito, ma sa com'è con le domestiche... Ogni tanto bisogna rimetterle al loro posto".

Richiamò a gesti l'attenzione della sorella e poi le fece cenno di seguirla in cucina.

Chiusa la porta, la signorina Emilia, a braccia conserte e con un'espressione che non prometteva nulla di buono, andò dritta al punto: "Teresa, ci siamo accorte che frughi nei nostri cassetti. Quindi, o sei una ladra o sei una spia. Possiamo sapere che cosa stai cercando?" sibilò.

Lei avvampò e non rispose.

"Non vuoi parlare?" Negli occhi della signorina Emilia si era accesa una luce cattiva. "Va bene, allora te lo dico io come stanno le cose. Non troverai mai più quel piccolo ebreo, scordatelo! E non permetterti mai più di ficcare il naso nelle nostre faccende: ci metto un attimo ad andare alla polizia a denunciarti."

Teresa trattenne a stento l'impulso di colpirla.

"Volevamo aiutarti, perché siamo persone di buon cuore, ma il nostro dovere l'abbiamo fatto. Quindi, se non righi dritto ti cacciamo per sempre, siamo intese?"

"Non ti sembra di esagerare, Emilia?" si intromise Carolina. "E comunque parliamone quando saremo sole, adesso dobbiamo tornare di là: chissà gli ospiti che cosa staranno pensando!"

Teresa smise di ascoltare le due sorelle che battibeccavano. Non si sarebbe fermata davanti alle minacce della signorina Emilia: non aveva più niente da perdere. I Pozzo erano gente strana: l'istruzione e il denaro non avevano fatto di loro dei signori. Non aveva conosciuto Oreste e Giustina, ma Emilia, ipocrita e maligna, non era migliore di Attilio, e Carolina, alla quale guardava con indulgenza per via della giovane età, correva il rischio di diventare come loro – non era di indole cattiva, ma era pigra, vanitosa, egoista. Si rese conto di non avere più paura: ne aveva passate tante, non si sarebbe arresa proprio adesso che intravedeva la meta.

La assalì una fitta di nostalgia per il tempo lontano e spensierato in cui era stata soltanto una ragazzina romantica che sognava un futuro insieme a Gianni, una famiglia, dei bambini.

36.
Domenica 30 ottobre 1949

"Tuo fratello mi ha raccontato tutto. Credeva che lo sapessi, invece non sapevo proprio niente."

Era passato quasi un anno da quando Leo era entrato nella sua vita. Quella domenica, la prima in cui si vedevano dopo tanto tempo, l'aveva portata in campagna per mostrarle, le aveva detto, il luogo in cui era nato. Teresa aveva sperato che volesse presentarla ai suoi genitori, ma Leo, cupo e taciturno, si era limitato a indicarle la casa da dietro un cancello. Faceva freddo.

Alla fine, soltanto dopo averla riaccompagnata in vicolo Sant'Andrea, davanti al portone, aveva tirato fuori quello che rimuginava da tanto tempo. "Perché non mi avevi detto dell'ospedale? Volevi tenermelo nascosto? Io... Io non mi fido più di te. Pensavo che tra di noi potesse funzionare, ma adesso... E poi non vorrei che un domani i miei figli fossero segnati a dito perché la loro madre..." Si interruppe, imbarazzato. "Mi dispiace."

Teresa taceva, le guance in fiamme. Sapeva, lo sapeva con certezza, che era lui che avrebbe dovuto vergognarsi per quei pensieri così meschini, per non averle nemmeno chiesto come mai era finita lì dentro, per non aver pensato a quanto lei doveva aver sofferto per quell'ingiusto ricovero. Eppure si vergognava lo stesso. Si sentì invadere da una profonda stanchezza e lo guardò, come si guarda un bambino troppo piccolo per comprendere, con la differenza che Leo era un uomo fatto, benché si lasciasse influenzare dalla paura di quello che la gente avrebbe potuto dire o anche solo pensare. Un uomo che non aveva il coraggio dei propri sentimenti, che cercava di scaricare su di lei la colpa della propria vigliaccheria, che si preoccupava solo di sé e dei "suoi" eventuali futuri figli. E che cosa se ne faceva, lei, di uno così? Basta, aveva già perso fin troppo tempo.

"Capisco," disse. E capiva davvero, capiva che non era disposta a lasciarsi offendere, che per lei amare era prendere su di sé i problemi dell'altro e fare in modo che non si sentisse mai solo, era aiutarlo a crescere, sostenerlo, non condannarlo e abbandonarlo come una cosa vecchia quando la superficie che sembrava intatta rivelava una crepa – una crepa che semmai avrebbe dovuto renderli ancora più uniti, accrescere la reciproca tenerezza, mai e poi mai dividerli.

Leo spostava il peso da un piede all'altro, sollevato e al tempo stesso un po' deluso da quella reazione così fredda. "Possiamo... possiamo rimanere amici, se ti va."

Teresa scosse la testa: "No, grazie. Non vorrei mai che qualcuno, vedendoti insieme a me, pensasse che sei matto anche tu". E con tutta la dignità che il suo amor proprio ferito le consentiva, senza aggiungere altro tirò fuori le chiavi dalla borsetta e aprì il portoncino.

Finalmente sola, si sciolse in lacrime. Non piangeva per Leo, sapeva bene di non aver mai sentito per lui il trasporto provato per Gianni, piangeva semmai per i sogni che aveva timidamente iniziato a cullare, per la sensazione di aver perduto l'ultima occasione che la vita aveva da offrirle, per la paura di invecchiare senza qualcuno a cui voler bene e che ne volesse a lei. Se almeno fosse riuscita a far luce sul mistero di Amos...

Quando il giorno dopo si confidò con Adele, che era passata a trovarla, ci furono altre lacrime. La sorella la abbracciò: "Su, su, adesso basta! Capisco il dispiacere, ma uno così è meglio perderlo che trovarlo, lo sai anche tu".

Teresa si soffiò il naso.

"Te lo ricordi come sei finita in manicomio? Non hai certo bisogno di qualcuno che ti faccia sentire in colpa per un torto gravissimo che hai subìto. Anzi, sai che faccio?" disse Adele, folgorata all'improvviso da un'idea nuova. "Adesso ci penso io a te! Vado da quella pettegola di Nora e le tiro fuori tutta la verità su quell'insopportabile bambino."

E prima che la sorella potesse fermarla, Adele uscì.

Rientrò poco dopo, sconfitta. Decise di non riferire a Teresa le velate minacce con cui Nora aveva accompagnato l'invito a non impicciarsi nelle faccende della famiglia Pozzo. Si limitò a scuotere la testa, desolata.

Sabato
6 dicembre 1958

Il primo sabato di dicembre, il mercato delle piazze saltò: il cielo grigio del venerdì aveva ceduto il posto a una coltre bianchissima. Teresa aveva il cuore in subbuglio. Finite le pulizie in casa Pozzo col pensiero rivolto al libro che la aspettava sullo sgabello accanto alla poltrona, *Quaderno proibito* di Alba de Céspedes, si rifugiò nel suo appartamentino: non vedeva l'ora di riprendere la lettura.

Quando rialzò la testa, commossa e turbata, la stanza era immersa nella penombra. Rimase per un po' immobile col libro tra le mani. Le sembrava di aver trovato nella protagonista del romanzo uno spirito affine, e la sensazione che Valeria avrebbe potuto comprendere i suoi dispiaceri e le sue delusioni la fece sentire meno sola.

Quindi, obbedendo a un impulso irresistibile, prese il taccuino che usava per scrivere la lista della spesa e cominciò a riempire pagine su pagine della sua grafia tondeggiante, infantile.

Nevica. Nevica dopo tutto quanto. Fiocchi di neve candida. Stamattina, quando ho aperto le imposte, non credevo ai miei occhi. Un manto bianco ha coperto ogni cosa.

Ho voglia di scrivere. Ne ho bisogno. Troppi pensieri, troppe emozioni. Non saprei farlo se non avessi conosciuto Anna Levi, la donna che mi ha istruito ed è stata per me una seconda madre.

Ieri ci sono andata, finalmente. Per paura, per scaramanzia, per lasciare in pace le ombre e i ricordi. La casa mi è apparsa da lontano. Non è più quella di allora, è tutto molto più curato. L'uscio è stato portato più in là per far spazio a una seconda porta d'entrata. Mi sono detta: perché non suoni? Ho premuto con forza il tasto del campanello d'ottone e ho atteso mentre da dentro arrivava un furioso abbaiare. Mi ha aperto un ragazzino alto, magro magro, con un ciuffo biondo e un incisivo spezzato, teneva per il collare un cane col pelo lungo e rossiccio, lucido come seta, che ha smesso subito di abbaiare. Il ragazzino mi ha invitato a entrare, "è buonissimo, non si preoccupi", ed è salito a chiamare la madre, saltando due gradini alla volta. Il cane era buonissimo davvero, perché adesso muoveva la coda ed è venuto ad accucciarsi vicino a me, come se volesse tenermi compagnia. Si è presentata una signora gentile, bionda anche lei, che mi ha accolto con premura.

Mi sono presentata, ho detto chi ero e che avevo lavorato per diversi anni in quella casa. Lei e il marito, venuto a sedersi in salotto insieme a noi, non sapevano cosa ne era stato dei Levi, ma probabilmente immaginavano. Tante, troppe case sono rimaste vuote nel ghetto. Nel '44 hanno acquistato l'appartamento dai vecchi proprietari che lo avevano affittato al Professore e hanno cominciato a tessere una vita nuova, fatta di altri odori, altre voci, altre abitudini, altre pietanze, altri rumori. Una vita nuova cominciata sulle rovine di quella che l'aveva preceduta. Il mondo non si ferma.

"Credo di avere qualcosa per lei," ha detto a un certo punto la signora, trovando complicità nello sguardo del marito. È andata in un'altra stanza ed è tornata con un mucchietto di buste. Me le ha messe in mano. "Tenga, Teresa, queste sono sue – le abbiamo conservate. Chissà, forse ho sempre saputo che un giorno sarebbe venuta. L'ultima è arrivata proprio ieri."

Per la signorina Teresa, c'era scritto su ognuna di quelle buste, con una calligrafia spigolosa che saliva verso l'alto. Sedici buste, le ho contate, sedici buste che contenevano sedici biglietti d'auguri per me, decorati con paesaggi innevati, bimbi che si scambiano il vischio, stelle comete, pupazzi di neve, campane che suonano a festa, un Gesù in fasce, rami d'agrifoglio, una Sacra Famiglia con il bue e l'asinello. Sedici biglietti infilati una volta all'anno nella cassetta delle lettere da una mano sconosciuta che nutriva il desiderio, prima o poi, di ritrovarmi. La mano di qualcuno che, con quel rituale di speranza, cercava di sentirmi vicina.

Com'è possibile che in tutti questi anni non ci siamo mai incontrati? Padova non è poi così grande. Quante volte, senza saperlo, dobbiamo essere passati nello stesso posto a distanza di pochi secondi l'uno dall'altra? Quante volte *non* ci siamo visti per caso, proprio come tante volte, per caso, ci si vede? So che sembra impossibile, eppure è così.

La signora si è accorta che ero scombussolata, mi ha sorriso.

"Ma non è tutto," ha detto, "oggi dev'essere il suo giorno fortunato." Anche il marito e il figlio sorridevano. Mi ha dato tre libretti legati da un nastro di raso rosso. "Li abbiamo trovati nello stanzino vicino alla cucina, uno aveva un angolo un po' rovinato," ha aggiunto.

L'ho riconosciuto subito, e adesso mi veniva un po' da piangere e un po' da ridere: era la *Storia del gallo Sebastiano*, il galletto nato da un uovo sbilenco che non capiva perché due più due dovesse fare sempre quattro... Non poteva fare cinque almeno una volta ogni tanto? Era stato il mio primo libro.

Ho ringraziato, soprattutto la signora, che mi guardava con dolcezza. Mi ha aiutato a mettere le buste e i volumi in un sacchetto, "Buon Natale, se non ci rivediamo!" mi ha detto. "Torni a trovarci, se le capita di passare da queste parti," ha aggiunto il marito. E io me ne sono andata mentre cominciava a nevicare.

E poi, nella scorciatoia che porta al Duomo, davanti all'osteria dell'angolo, l'ho visto. Era in piedi nel cassone di un camioncino, scaricava degli scatoloni e li passava a un uomo che li portava dentro. Aveva un berretto calcato fino agli occhi, eppure l'ho riconosciuto subito. È stato come se l'aver finalmente ricevuto i suoi biglietti d'auguri avesse spezzato l'incantesimo.

Gianni è qui. Forse è davvero andato via per un po' e poi è tornato, chissà, di certo adesso è qui. Mi sembra un miracolo. In tutti questi anni ha continuato a pensarmi, a cercarmi, e io invece avevo smesso di crederci.

Stavo per correre da lui, ma alla fine sono rimasta dov'ero. Devo prima mettere un punto alla mia vecchia vita, e poi verrò a cercarlo.

Nevica. Inizia un tempo nuovo. Sotto la neve pane, dicevano i vecchi.

Martedì me ne andrò e non mi volterò più indietro. Nevica. Ed è ora di partire.

Teresa richiuse il taccuino e se lo tenne stretto al petto, come per contenere la gioia che sentiva dentro. Poi si alzò e, sorridendo al pensiero di Gianni, cominciò a preparare la valigia.

37.

Marzo 1950

Aveva senso continuare la disperata ricerca di Amos? Non sarebbe stato più prudente conservare un equilibrio, seppur instabile, che per la prima volta nella vita le offriva una certa tranquillità e un relativo benessere? Teresa non trovava soluzione al suo dilemma. In casa Pozzo la tensione era alle stelle. Un passo falso e l'avrebbero cacciata in malo modo. *Dove manca la libertà, non cercar felicità*, recitava un detto incontrato per caso sulle pagine di un calendario. Ci pensava spesso.

Lidia passava a trovarla quasi tutti i giorni. Del medico di Vicenza non parlava più, e con le sue domande risvegliava in Teresa ricordi tormentosi. La signora Levi e la promessa che le aveva fatto erano il suo chiodo fisso, l'ultima cosa a cui pensava prima di addormentarsi e la prima quando riapriva gli occhi. Non ne poteva più.

Un pomeriggio, la signora Tessari venne a prendere Vincenzo insieme a Sandro: sarebbero andati ai Giardini dell'Arena e lo avrebbero riportato a casa per le sei – le zie erano già state avvertite.

Teresa pensò di far trovare loro dei dolcetti e, obbedendo a un impulso che avrebbe molto contrariato la signorina Emilia, preparò delle frittelle farcite con la marmellata e guarnite con lo zucchero a velo: i *sufganiyot* della tradizione ebraica.

Vincenzo rientrò di pessimo umore, con uno strappo nei pantaloncini.

“Tesoro... Cosa ti è successo?”

Per tutta risposta, lui le mostrò la lingua e cercò di scansarla per salire a casa.

“Avanti, vieni qui, ti ho preparato una merenda buonissima.”

Incuriosito, Vincenzo accettò di entrare in casa sua, anche se poi toccò appena i *sufganiyot*. Teresa notò che continuava a grattarsi la testa.

“Non avrai preso i pidocchi, vero?” E mentre lo diceva, realizzò all'improvviso che aveva finalmente l'occasione di guardargli la nuca. “Vieni qui, fammi vedere!”

Fu più difficile del previsto, perché naturalmente Vincenzo non voleva essere toccato, ma dopo averlo rincorso un paio di volte intorno al tavolo finalmente Teresa riuscì ad acchiapparlo e a convincerlo a stare fermo.

“Buono,” gli sussurrò con dolcezza, “lasciami guardare!”

E fu così che, appena sotto l'attaccatura dei capelli, le parve di vedere una specie di macchiolina tondeggiante che spiccava rosea sulla pelle bianca. Il morso della cicogna. La voglia di fragola di Amos.

Mollò la presa e si portò le mani alle guance, perdendo così la possibilità di controllare meglio: a Vincenzo, ritrovatosi inaspettatamente libero, non parve vero di poter schizzare via. Dal fondo della stanza, adesso la scrutava con i suoi enormi occhi scuri e profondi.

“Oh, mio Dio!” Teresa si lasciò cadere sullo sgabello: avrebbe voluto abbracciarlo, ma temeva di essere respinta. Dimenticò i *sufganiyot*, i calzoncini strappati, gli eventuali pidocchi, se era giorno o notte, se pioveva o faceva bel tempo.

Vincenzo sgattaiolò via, Teresa sentì i suoi passi sulle scale. Frastornata, si rese conto che dopo le umiliazioni e le sconfitte, dopo i dubbi e le incertezze, alla fine di una ricerca spasmodica e lacerante, la verità adesso sembrava vicina: forse, Vincenzo era davvero Amos. Qualcosa, tuttavia, le impediva di gioirne fino in fondo.

38.

La soffitta era il regno di Vincenzo. Passava lì i pomeriggi, a giocare, disegnare, leggere e, da qualche tempo, a fare ginnastica nell'ingenuo tentativo di emulare i successi di Sandro, che eccelleva in qualsiasi sport senza praticarne assiduamente nessuno. Teresa gli aveva ricamato una grande V sull'asciugamano che portava al corso di canottaggio, a cui le zie lo avevano iscritto da poco.

Adesso era salita per riordinare. Nel primo vano della soffitta, un album di aeroplani – regalo di commiato della signora Giustina – giaceva spalancato a faccia in giù. Altri giornali e libriccini erano sparsi qua e là: vari numeri di "Aquila Bianca", pagine strappate delle "Avventure del Signor Bonaventura", matite cadute per terra e mai rimesse nell'astuccio. Vincenzo, però, non sembrava essere lì. Tutto era silenzioso.

Teresa vide il baule verde dalle cerniere dorate: aveva il coperchio sollevato, e non c'era nessuno in giro. Be', l'occasione fa l'uomo ladro, ridacchiò tra sé, e si avvicinò. Oltre al fez nero, al fazzoletto azzurro, al completo da Balilla e al moschetto con cui aveva visto giocare Vincenzo e Sandro, Teresa trovò un bel po' di camicie nere e pantaloni alla zuava stazzonati; sotto, ben piegate, delle giubbe militari. E sotto ancora, diversi strati di buste trasparenti che contenevano sciarpe o foulard di colore scuro.

Sentì un fruscio e si tirò su più in fretta che poté, allontanandosi dal baule come se fosse stato incandescente.

Vincenzo, in piedi al centro del secondo vano, con le mani sui fianchi, guardava qualcosa sulla parete.

Teresa lo raggiunse, sforzandosi di sorridere. "Allora eri qui!"

Seguì lo sguardo del bambino e si bloccò: la parete era coperta di svastiche; in mezzo, più volte, la parola DUX; e in basso a destra, a modo di firma, EBREI MAIALI.

Rimase impietrita. Prima che potesse rendersene conto, Vincenzo le aveva lanciato contro un barattolo di vernice nera ed era scappato via. Tremando, cercò di ripulirsi come poteva con il grembiule, quindi scese con passo malfermo e si chiuse a chiave nella guardiola, non prima di aver attaccato alla porta un bigliettino con scritto: SONO MALATA.

Le signorine Pozzo lo scoprirono quando, dopo aver atteso invano che salisse a servire la cena, scesero a vedere cos'era successo. Emilia cominciò a scuotere la maniglia, in preda a una crisi di nervi. Carolina riuscì finalmente a tranquillizzarla – mentre Vincenzo si godeva la scena nascosto dietro una colonna –, quindi bussò rapidamente, due o tre volte: "Teresa?" chiamò, "Teresa, tutto bene?".

Solo allora, Teresa schiuse la porta: "Mi sento male, mi devono scusare," si giustificò, inquieta e avvilita, gli occhi bassi. "Riprenderò servizio domattina," si precipitò ad aggiungere prima di richiudere la porta sul naso di Carolina.

La signorina Emilia non parlava più a Teresa, impartiva ordini attraverso bigliettini e per il resto si comportava come se lei non esistesse. Carolina provò più volte a farsi raccontare cos'era successo, ma infine, di fronte all'ostinato mutismo di Teresa, rinunciò; Vincenzo, da parte sua, contrariato per non essere riuscito ad avere la meglio su quella che considerava la sua nemica personale, e allo stesso tempo intimidito dalla fiera tenacia di lei, prese ad abbassarsi ogni volta che passava davanti alla guardiola, schizzando poi via come una lepre.

Da allora, a ognuno dei quattro mancarono le parole per riavvicinarsi all'altro. Carolina, che avrebbe forse potuto mediare tra Teresa e la sorella, concentrò l'attenzione altrove: usciva tutti i pomeriggi e aveva uno stuolo di ammiratori che teneva a bada con il piglio di una domatrice di cavalli lipizzani. Teresa era annichilita, terrorizzata all'idea di dover rimanere per chissà quanti anni accanto a quel ragazzino, che pareva odiarla con tutte le sue forze, prima di potergli rivelare la verità sulle sue origini.

39.
Aprile 1952

A Pasqua, Carolina voleva trovare sul piatto l'agnello con le fave. Vincenzo, invece, andava ghiotto di patate al forno, con tanto rosmarino.

La signorina Emilia aveva ordinato che si apparecchiasse con la tovaglia a punto antico, i bicchieri di cristallo di Baccarat, posate e vassoi d'argento. Si attendevano ospiti di riguardo. Il menu prevedeva inoltre pasticcio alla bolognese, coniglio ripieno e peperonata alla veneta, seguiti dalla torta colomba e dall'immancabile sgroppino. Il tutto, rinfrescato dai vini soavi dei Colli Euganei.

Naturalmente era Teresa che doveva preparare ogni cosa; al mercato del sabato comprò la carne al banco di Paolone e le verdure e gli ortaggi dall'Antonietta, poi passò la giornata ai fornelli. In fondo, pensò per consolarsi, in casa Pozzo si mangiava così soltanto due volte all'anno: dopo l'astinenza del Venerdì Santo e la Vigilia di Natale.

Il giorno di Pasqua arrivarono i coniugi Musner, proprietari terrieri dell'Alta padovana, con il figlio Stefano, il buon partito a cui puntava Emilia per Carolina, proprietario di un grand hotel ad Abano Terme. C'erano poi l'avvocato Gobbo e consorte, originari dell'isola di Torcello, ma insediatisi in terraferma dai tempi dell'università e legati ai Pozzo da antica amicizia. Per ultimi giunsero da Montebelluna, litigando, Giustina Pozzo e il marito Gustavo, l'industriale con il vizietto delle donne, anche adesso che da un pezzo aveva passato i cinquanta. Vincenzo corse loro incontro quando li vide togliersi i guanti e il cappello. Lei aprì le braccia per accoglierlo, il marito gli tese un pacchetto infiocchettato di giallo: il bambino fu lesto a ghermire il regalo e scappò via. Giustina, triste e impacciata, prese posto a tavola e non disse una parola per un bel po', finché Vincenzo, dall'altra parte, non agitò timidamente una mano per salutarla. Solo allora si sciolse in un sorriso e cominciò a comportarsi normalmente.

Tra gli sproloqui con cui l'avvocato Gobbo e Musner padre tentavano di sopraffarsi a vicenda, mentre i convitati ascoltavano con un sorrisetto di circostanza pensando ad altro; tra le confidenze trattenute delle donne, poco propense a rivelare fino in fondo guai e godimenti; tra i brindisi che si facevano via via sempre meno composti, il banchetto si protrasse fino alle quattro passate. Nessuno si alzò mai da tavola, solo Vincenzo, intento a comporre sul tappeto i cinquecento pezzi del puzzle della cartina d'Italia ricevuto in regalo.

Appena possibile Teresa chiese il permesso di ritirarsi e, abbozzata una riverenza, si accomiatò. Non le parve vero di ritrovarsi nel silenzio delle sue stanzette. Di tanto in tanto, le arrivava l'eco di una sghignazzata di Musner padre e di un rimprovero di Giustina al coniuge lazzarone.

Era stanchissima, ma sapeva di non dover perdere l'occasione propizia, con le Pozzo impegnate a intrattenere gli ospiti. Così, prese un paio di forcine dal comodino e salì silenziosamente in soffitta.

Dopo aver armeggiato un po', riuscì ad aprire il baule e ne sollevò il coperchio: inginocchiata per terra, ne estrasse un elmetto e varie confezioni di proiettili, scatole di soldatini, l'album degli aerei, poi spostò le camicie spiegazzate e i pantaloni alla zuava, sollevò le buste con le sciarpe e i foulard, spostò dei pacchi di camicie; infine, cacciando dentro il braccio fin quasi alla spalla, superando uno strato di manifesti ripiegati e foglietti propagandistici – *Banditi e ribelli ecco la vostra fine!*, *Italia-onore!*, *Per l'onore* X *Flottiglia Mas Marina da Guerra Repubblicana* – arrivò a tastare il fondo. E lì c'era qualcosa di freddo, metallico, dal profilo tornito.

Dopo aver tentato inutilmente di tirarlo fuori, Teresa si rassegnò a svuotare il baule: comparve allora, maestoso, possente, in tutto il suo splendore, il candelabro d'oro rubato in sinagoga dal maresciallo Pozzo. Tutto lo spazio era occupato dai nove bracci: otto per sorreggere i lumi e l'ultimo per ospitare la fiammella che prima delle leggi razziali accendeva tutte le altre, una a una, sera dopo sera, sul davanzale di ogni casa del ghetto, per la Festa delle luci.

Eccolo. Lo sollevò. Stretta nel pugno, Teresa aveva finalmente la verità.

Ricordando le parole del rabbino, provò a capovolgerlo per capire dove e come avesse nascosto la lista dei bambini. Non senza fatica riuscì a rimuovere il fondo e cominciò a frugare all'interno, ma sembrava che non ci fosse niente. Forse, se avesse avuto almeno una pinza...

"Teresa? Teresa, dove sei finita?" La signorina Carolina la chiamava da sotto.

Fece finta di non aver sentito. Dopo tutto, per quello che ne sapevano le signorine Pozzo, lei poteva anche essere uscita. Riempì nuovamente il baule e, quando fu certa che la porta al piano nobile fosse stata richiusa, scese di sotto col candelabro, con tutta la velocità che il peso le consentiva, pregando ardentemente di non rovinare giù per le scale.

Una volta al sicuro nella guardiola, tirò un sospiro di sollievo. Mise il candelabro sul tavolo e poté finalmente ammirare la raffinatezza della manifattura e lo splendore dell'oro: lo capovolse con delicatezza e cercò di nuovo all'interno, questa volta aiutandosi con un paio di pinze trovate nella cassetta degli attrezzi. Alla fine, avvilita, dovette arrendersi: la lista non c'era più.

Il giorno seguente, la luce dorata del tramonto colse Teresa sotto il porticato della sinagoga. Nessuna esitazione, questa volta, non sarebbe tornata a casa finché il rabbino non avesse accettato di riceverla. Reggeva tra le braccia il candelabro, accuratamente imballato. Il custode stava chiudendo il portone, aveva finito il suo turno.

"Buonasera, sono Teresa Agostini, cerco il Rav Minzi."

"Aveva chiesto udienza?"

"No, mi spiace, ma dovrei consegnargli quest'oggetto. È davvero molto importante, mi creda."

Qualcosa nella sua voce convinse il custode, perché dopo un attimo di incertezza riaprì il portone e la fece entrare. "Non so se potrà riceverla, ma proverò a chiederglielo."

Come la volta precedente, lasciò Teresa ad aspettare in una saletta al primo piano e nel giro di qualche minuto tornò in compagnia del rabbino.

Erano passati più di tre anni dal loro primo e unico incontro e il Rav Adamo Minzi non mise immediatamente a fuoco chi fosse Teresa. Poi gli ritornò tutto in mente, anche quel giorno di novembre in cui si era risolto ad andare a cercarla in casa Pozzo ed era stato cacciato in malo modo.

"Rabbino, le riconsegno quanto le appartiene."

Il Rav Minzi guardò il grosso involto che Teresa aveva appoggiato sul tavolo e, in un lampo, capì. Divenne pallidissimo.

"Non è possibile," mormorò, "non è possibile", poi lasciò che Teresa lo aiutasse a liberare il candelabro dagli strati di carta in cui lo aveva avvolto.

Quando emerse in tutto il suo fulgore, gli occhi gli si riempirono di lacrime.

"Vedi," spiegò a Teresa quando si fu ripreso, "questo candelabro non appartiene a me, ma alla comunità intera. Il tuo gesto ha un valore immenso: ci hai restituito la luce che illumina tutti gli uomini, di ogni luogo o religione, tutti i cuori e le coscienze della terra."

Teresa si sentiva così piccola, così insignificante, eppure secondo il rabbino aveva compiuto un gesto importante.

"Ricordati sempre che l'uomo è libero, nessun uomo può sopraffarne un altro."

Lei ascoltava, immobile.

"Che il chiarore," riprese il rabbino, "sia visibile dovunque: nelle vie, nelle piazze, in ogni luogo della città."

Quando Teresa gli disse che aveva smontato il fondo del candelabro, ma purtroppo la copia della lista non c'era più, lui alzò le spalle: "C'era da aspettarselo" fu il suo unico commento.

Lei allora gli mostrò la lista originale dei bimbi ebrei sequestrati, deportati, defunti o scomparsi, quella con le macchie d'inchiostro.

Il rabbino prese il foglio e se lo rigirò tra le mani, ma non lesse nemmeno i nomi, come se si trattasse di qualcosa di remoto, legato a un tempo ormai passato.

"Credo di aver ritrovato Amos Levi," gli sussurrò emozionata.

"Teresa, lascia andare questa storia," disse lui in tono pacato.

"Cosa? Ma io... io credevo..."

"Sono passati tanti anni e hai fatto l'impossibile per mantenere la tua promessa. Non ti sto dicendo di dimenticare, no, quello mai... ma libera la tua anima, che sia leggera, luminosa. Hai sofferto abbastanza, è arrivato il momento di dire basta."

Lei si coprì il volto con le mani, sopraffatta da qualcosa che sfuggiva alla sua comprensione.

"Conserva la tua dignità. Tutto il resto non ha più importanza."

Rimasero seduti vicini in silenzio, come se entrambi dovessero assorbire le sorprese di quel pomeriggio: lui che dopo tanti anni si era visto riportare nel modo più imprevedibile il prezioso candelabro e lei che d'un tratto vedeva sbiadire, ormai privo di senso, il traguardo che aveva inseguito per tutta la vita.

"Voglio darti un consiglio," le disse il rabbino nel congedarla.

"Sì?" azzardò Teresa con voce incerta.

"Non permettere che quello che ti è successo ti definisca come individuo. Ma denuncia il soldato che ti ha fatto tutto quel male."

40.

Agosto 1954

"Tieni qui, aiutami." Carolina aveva raggiunto la maggiore età e stava per ritrasferirsi, sola, nell'appartamento al secondo piano. "Stai attenta a non farli cadere," si raccomandò.

Teresa reggeva una pila di numeri di "Bellezza: mensile d'alta moda e della vita italiana". Carolina si abbonava a qualsiasi rivista di moda o di lavori femminili. Stava persino meditando l'acquisto di una modernissima macchina per cucire Necchi, dotata di mobiletto: sognava di imparare a confezionare da sé gli ultimi modelli arrivati da Parigi, ai quali nemmeno le migliori sarte di Padova riuscivano a dare un'aria parigina ed erano sempre un po' troppo larghi, un po' troppo lunghi, un po' troppo accollati. Chissà, magari avrebbe aperto un atelier con il proprio nome e lei stessa avrebbe disegnato abiti che tutta la città avrebbe cercato di copiare.

Teresa trasportava volentieri tutti quei giornali, sperava che avrebbe avuto modo di sfogliarli anche lei.

Faceva un gran caldo. La signorina Emilia era in villeggiatura a Cortina e poi sarebbe andata a Roma per far visita a una parente che era stata promossa priora. Pertanto, Carolina si sentiva libera di disporre degli spazi del palazzo senza dover rendere conto alla sorella. Trascorreva la maggior parte del tempo davanti al televisore nuovo di pallino a guardare gli sketch di *Un due tre* con Raimondo Vianello e Ugo Tognazzi o il varietà *Ciribiribin*.

"Dai, sbrigati che inizia la puntata. Prendi anche questi." E Carolina indicò una pila di libri.

"Cosa ne faccio dei fumetti?" Teresa si riferiva alla collezione de "Il monello", la preferita di Vincenzo.

"Lasciali qui. Mica viene ad abitare con me." Carolina si sedette in poltrona. "Per oggi, basta. Continueremo domani. Puoi andare."

Teresa salì con i libri sotto un braccio e un pacco sotto l'altro. Grondava di sudore. Depositò il carico sul tavolo da pranzo prima che le scivolasse tutto di mano, cadde solo un volume sulla cui copertina lesse un titolo che la fece arrossire: *Il piacere*. Lo mise sotto quello in cima alla pila, che si intitolava *L'esclusa*, e scese da basso, ben felice di chiudersi la porta alle spalle e di lasciare fuori le voci del televisore, i romanzi di Carolina e le riviste di moda.

Per prima cosa spalancò le finestre del suo appartamentino per creare un po' di corrente.

"Teresa! Teresa, che cosa fai?" Era Lidia, con il fiatone, che richiamava la sua attenzione dal porticato. "Hai finito? Sei libera? Dai, esci che ti devo parlare."

"Entra tu, non è meglio?"

"No, dai, accompagnami. Lascio la spesa a mia madre e poi ti spiego."

Teresa si infilò le scarpe e la seguì di buon grado. Una volta arrivate, Lidia le propose di salire: "Staremo più comode e fresche, tanto lei è a letto e non ci sentirà".

Salutò velocemente la madre, sistemò la spesa in quattro e quattr'otto e prese dell'acqua per sé e per l'amica. La casa profumava di pulito.

Si sedettero al tavolo della cucina, una di fronte all'altra.

"Ho bisogno del tuo aiuto," esordì Lidia. I loro sguardi si incrociarono, uno supplichevole, l'altro stranito.

"Io, in quel posto, non voglio lavorarci più." Ecco, finalmente Lidia l'aveva detto. "Mi spiego meglio. Tanti dei nostri ricoverati hanno solo bisogno di affetto, di ascolto, di attenzione. Lo so che spesso i familiari non hanno modo di accudirli, ma deve esistere un'alternativa: si potrebbe organizzare un'assistenza a domicilio, degli aiuti, oppure dei centri diurni, dove i malati potrebbero anche rendersi utili con piccoli lavori, o seguire delle terapie..."

Lidia continuò il suo discorso spiegando a Teresa che le cose stavano cambiando: "Sono in tanti, ormai, a dubitare dei metodi in uso negli ospedali psichiatrici. Imbottire i pazienti di farmaci non è una soluzione! È vero, molti sono poveri, diversi, sfortunati, ma non rappresentano affatto un 'pericolo sociale', io e te lo sappiamo... giusto?".

Teresa si mosse sulla sedia, a disagio.

"Ci sono medici senza scrupoli che pensano di poter giocare con la vita degli altri, convinti di farlo nell'interesse della scienza... Praticano ancora gli elettrochoc, ti rendi conto? Sostengono che non è possibile curare i pazienti in modo più umano e commettono terribili ingiustizie!"

Teresa ascoltava, una mano sul cuore. Non capiva bene dove l'amica volesse arrivare, se le stesse chiedendo di fare qualcosa e, eventualmente, cosa. Ma lei non aveva voglia di rivangare il passato, aveva fatto di tutto per dimenticarlo. E glielo disse.

Lidia annuì, comprensiva. "Tesoro, lo so che è difficile, ma questa esperienza così drammatica che hai vissuto... non vorresti fare qualcosa perché non debba più succedere a nessuno?" Non le diede il tempo di rispondere, tirò fuori dalla borsa un giornale sgualcito: "Guarda qui... Devi sapere che qualche anno fa stavo per proporti di andare alla Mostra del Cinema di Venezia, ma poi cambiai idea. Pensai che per te fosse meglio così, dato che proprio quel giorno presentavano al Festival un film americano intitolato *La fossa dei serpenti*, ispirato a un romanzo di Mary Jane Ward..."

"E perché io non dovevo vederlo?"

Lidia posò il quotidiano sul tavolo e iniziò a sfogliarlo. Recava la data del 29 settembre mille novecento quarantanove. "Ecco, leggi qua."

Teresa si avvicinò e lesse il titolo, *Non peccò il dottor Picozzo*. Il giornalista, commentando il film, metteva sotto accusa la superbia della scienza medica e la crudeltà di certi esperimenti sui pazienti.

Era vero, pensò Teresa, l'aveva vissuto sulla propria pelle. Tante persone fondamentalmente sane venivano rinchiuse senza un motivo valido, soltanto perché erano caratteriali, oppure sì, erano malate, ma di malattie che avrebbero potuto essere curate senza un ricovero; ma succedeva anche – come era successo a lei – che qualcuno abusasse del proprio potere e togliesse di mezzo qualcun altro facendolo ricoverare. Tutte persone che nella maggior parte dei casi peggioravano drammaticamente e finivano per ammalarsi davvero.

"Che cosa dovrei fare, secondo te?" chiese incerta.

"Avresti voglia di raccontare cosa ti è successo?"

"No!" gridò Teresa d'istinto.

Lidia si protese verso di lei e le afferrò le mani: "Potresti dare un senso a quello che ti è capitato. Il passato non puoi cambiarlo, ma puoi cambiare il presente e il futuro di tante donne che soffrono!".

Teresa si coprì il viso con le mani, era ancora vivo il ricordo dell'umiliazione subita da Leo. Non voleva essere segnata a dito come una pazza, voleva dimenticare, solo dimenticare: le sembrava che tutti gli altri intorno a lei corressero e lei sola rimanesse indietro, zavorrata prima dalla povertà e dall'ignoranza, poi dalla promessa fatta alla signora Levi, poi dal manicomio... Oh, com'era stanca! Ma perché Lidia, che pure le voleva bene, non lo capiva? Le sembrava che la testa le scoppiasse, avrebbe voluto trovare le parole per spiegare come si sentiva, ma era troppo sconvolta.

"Scusa," disse Lidia, "forse non avrei dovuto, ma io..."

"Dammi un po' di tempo per pensarci," la interruppe Teresa per non farle capire fino a che punto le avesse fatto male. E si sforzò di sorriderle.

Le due amiche, un po' trafelate per la discussione e per il caldo, scesero in strada e si avviarono verso casa, tenendosi come sempre a braccetto e senza dirsi una parola.

41.
Domenica 16 marzo 1958

Gli atleti uscirono dalla rimessa sostenendo la canoa rovesciata, due da una parte, due dall'altra, seguiti dal capovoga. Sfoggiavano la divisa appena ricevuta dalla Federazione: pantaloncini neri e canotta bianca, su cui era stato cucito lo scudo biancorosso della città.

Lo spilungone in fondo a sinistra era Vincenzo. Reggeva l'imbarcazione con una mano, ma gli costava fatica adeguare il passo a quello dei compagni di squadra, dalla muscolatura scolpita ma più bassi di lui di almeno dieci centimetri. Non aveva ancora compiuto quindici anni, ma era il più alto – e il più magro – della classe, la prima ginnasio del prestigioso liceo Tito Livio.

Teresa se ne stava in punta di piedi sulla pensilina in riva al Bacchiglione, in attesa dalle nove del mattino pur di assistere dalla posizione migliore alla gara di Vincenzo: dei sei equipaggi in gara, soltanto i primi tre classificati si sarebbero qualificati per i campionati provinciali.

Alle dieci la calca premeva. Di sotto, già in acqua, i concorrenti erano pronti sulla linea di partenza, i remi stretti in pugno. Poco più in là, sulla destra, affacciata alla balaustra, Teresa notò una figura che non le era nuova: una ragazzina esile, dai tratti delicati, i capelli bruni e lisci che le arrivavano alle spalle, limpidi occhi celesti. Agitava la mano in segno di saluto, e proprio in direzione di Vincenzo.

Teresa la riconobbe: era Clara, la compagna che in un paio di occasioni era passata in portineria per riportargli un quaderno dimenticato o lasciargli un libro. Ogni volta lui era sceso come se avesse atteso quel momento con ansia, aveva preso i quaderni dalle mani di Clara con sguardo languido e l'aveva riaccompagnata al portone sorridendo – un comportamento affettuoso e gentile che non era da lui.

Clara, forse sentendosi osservata, si voltò dalla parte di Teresa e, dopo averle fatto un cenno col capo, tornò a guardare verso il fiume.

La tensione e l'emozione di dirigenti, allenatori, familiari e amici era palpabile. Il riflesso del sole rimbalzava dal pelo dell'acqua alla tribuna laterale, stipata di spettatori.

Vincenzo prese il suo posto di fronte al capovoga. Continuava a guardare verso la pensilina, dove aveva individuato Clara. Lei lo salutava agitando il fazzoletto, ma teneva sotto controllo anche lo spiazzo delle rimesse. Quando Vincenzo se ne accorse sbatté un remo sull'acqua, ricevendo in risposta il rimprovero dei compagni.

Il pubblico rumoreggiava, mentre le onde a riva si facevano più frequenti. Tutti gli atleti adesso guardavano fisso in avanti, concentrati. Lo starter se ne stava a braccia conserte e gambe divaricate: finalmente si portò il fischietto alla bocca e soffiò, le barche scattarono tra gli schizzi e il fiume si riempì di scie.

Poi Vincenzo sbirciò di lato e gli parve di vedere che Clara si era voltata e richiamava l'attenzione di qualcuno agitando un braccio. Perse il ritmo, facendo rallentare la canoa tra le imprecazioni dei compagni e le urla del capovoga, ma si riprese subito. Ben due imbarcazioni li precedevano verso il traguardo.

Si distrasse di nuovo. Il ragazzo vestito di bianco che scendeva la scarpata verso il pontile non era forse Sandro? Perse il controllo dell'impugnatura del remo, i compagni dovettero faticare per rimettersi in linea e l'altra canoa ne approfittò per superarli. Ormai mancavano soltanto poche decine di metri al traguardo, recuperare la posizione perduta sembrava un'impresa disperata.

Vincenzo ci diede dentro con tutta la rabbia che aveva in corpo.

Gli spettatori incitavano i tre equipaggi che si disputavano il primo posto: ma era questione di millesimi di secondo, e comunque ormai erano già certi di essersi qualificati tutti.

La squadra di Vincenzo si classificò soltanto quarta.

"Che peccato, eh?" Sandro commentava con Clara il risultato della gara.

"Già, un vero peccato," ripeté lei un po' impacciata. Si era presa una cotta per lui e non riusciva in nessun modo a nasconderla.

Teresa li aveva raggiunti con l'intenzione di salutarli prima di correre a casa a occuparsi del pranzo dello sfortunato canottiere. "Ti trovo bene, Sandro. Come va?"

Era davvero in forma. La maglietta polo, la giacca di maglia e i pantaloni dalla piega impeccabile mettevano in risalto il suo fisico proporzionato e armonioso.

Lui sorrise e ricambiò il saluto con gentilezza, dicendole che non vedeva l'ora di passare da vicolo Sant'Andrea per mangiare uno dei suoi dolci.

Teresa sorrise, commossa. "Infatti è da un bel po' che non vieni! Quando sei tornato?" Sapeva che i Tessari erano da poco rientrati dall'Argentina, dove erano andati a trovare dei parenti.

"Venerdì sera, ed è stata una vacanza bellissima. Buenos Aires è immensa. Noi siamo stati al Caminito, i miei zii abitano lì da vent'anni, da prima della guerra. Tra gli immigrati ci sono molti pittori, musicisti e ballerini, e c'è il progetto di dipingere le case di legno a colori sgargianti. Una meraviglia."

Clara lo guardava ammirata, e Teresa annuiva, sforzandosi di immaginare come potesse essere la vita in una città così lontana, dall'altra parte dell'oceano. Da piccola aveva sentito raccontare dalla nonna che anche qualcuno della loro famiglia era partito per il Nuovo Mondo in cerca di fortuna, ma se n'erano perdute le tracce.

"Che bellezza, un quartiere di case colorate... Mi piacerebbe tanto andarci!" disse trasognata. E poi, tornando alla realtà: "E la tua gara? Quando sarà?".

Sandro rispose che per fortuna mancavano ancora tre settimane: aveva interrotto gli allenamenti per via del viaggio, doveva riprendere quanto prima la preparazione. "Anzi," disse poi rivolto a Clara, "ci vieni con me sul Brenta oggi pomeriggio? Ti porto a vedere la villa Pisani di Stra, così," e le strizzò l'occhio, "ripassiamo anche un po' di storia. Che ne dici?"

"Sarebbe bello..." rispose timidamente la ragazza. "Però non so, io..."

"Ci vieni o non ci vieni? Dai, è una gita d'istruzione!" E Sandro rise, mettendo in mostra i denti bianchissimi.

Si voltarono tutti e tre di scatto sentendo un rumore di passi pesanti sulla ghiaia.

"Ah, sì? Una gita d'istruzione?"

Vincenzo era davanti a loro e li guardava come se volesse mangiarseli. D'istinto, Clara si rifugiò dietro le spalle di Sandro, e Teresa arretrò – non aveva nessuna voglia di assistere a una delle solite scenate.

"Tu che ci fai qui?" disse lui, accorgendosi soltanto in quel momento della sua presenza. "Mi stai sempre addosso, sei appiccicosa!"

Teresa prese Clara per mano e la strinse a sé.

"Ehi, ehi... calmati, non è successo niente." Sandro gli andò incontro con le braccia alzate, come a ribadire i suoi intenti pacifici. "Sei arrabbiato per la gara, vero? Mi dispiace, ma..."

"Lasciala stare!" gridò Vincenzo, già pronto a colpire.

Clara guardava la scena imbambolata, e Teresa la allontanò dai due.

Era come se Sandro non riuscisse a credere che l'amico potesse avercela con lui. "Ma stai tranquillo! L'ho solo invitata a fare un giro. Se Clara vuole viene, se non vuole non viene." Gli veniva quasi da ridere.

"Carogna!"

Sandro adesso non sorrideva più.

Vincenzo, i lineamenti stravolti dalla rabbia, lo afferrò per un braccio e cercò di trascinarlo verso la discesa che portava al fiume. Ma Sandro era ben più robusto e riuscì a divincolarsi. "Che cosa diavolo..."

L'altro tornò all'assalto, cominciarono a lottare, volavano calci e pugni. Teresa gridava, spaventatissima: perché nessuno interveniva? Finalmente arrivarono due adulti a separare i contendenti.

Vincenzo aveva un labbro spaccato, ma rifiutò qualunque aiuto e corse giù in riva al fiume, non voleva parlare con nessuno, non voleva che nessuno lo vedesse. Sandro aveva un graffio sulla fronte e uno zigomo tumefatto. Teresa lo lasciò alle cure dei due uomini, e soprattutto di Clara, che – dopo aver rischiato uno svenimento – adesso era ben felice di affannarglisi intorno offrendo il suo fazzolettino bianco perché si tamponasse la fronte.

Scese al fiume, tenendosi a debita, prudente distanza.

Vincenzo era in piedi sulla riva, scagliava sassi il più lontano possibile e poi rimaneva a fissare i cerchi concentrici e perfetti, che nascevano decisi e si dissolvevano nel nulla.

42.
Mercoledì 14 maggio 1958

Carolina adesso usciva poco – soltanto in tarda mattinata, e rincasando sempre per pranzo –, ma quando usciva lo faceva in grande stile: sembrava una mannequin di "Vogue". Si agghindava con i cappelli che comprava in via Roma, portava bigiotteria coloratissima, cinture a sottolineare il vitino di vespa, foulard annodati al collo, camicette bianche con le maniche a tre quarti su ampie e vezzose gonne a pois o abitini a trapezio dai colori pastello. Si lasciava i capelli sciolti, sempre in piega, trattenuti da fasce di raso, oppure se li cotonava, oppure ancora li raccoglieva in uno chignon alto. A volte giocava a fare la diva con occhiali da sole, foulard in testa e golfino sulle spalle. Non c'era da stupirsi che gli uomini seduti al Caffè Pedrocchi si voltassero a guardarla.

"Una gran bella tipa," commentavano persino le donnette in fila dal fruttivendolo.

Carolina aveva ventiquattro anni, molti pretendenti, vari spasimanti. Di tanto in tanto le giungeva una cartolina che recava saluti più calorosi o per un po' riceveva telefonate sempre dalla stessa voce. Ciò nonostante, non aveva al momento un accompagnatore ufficiale. Stefano Musner non la convinceva e lo teneva a debita distanza, con grande disappunto di Emilia, che temeva – senza osare confessarlo neppure a se stessa – che la sorella finisse per rimanere a becco asciutto.

C'era stata un'amicizia un po' più intensa con un ingegnere di Brescia, purtroppo però in capo a un paio di mesi non se n'era più sentito parlare. Poi era stata la volta di un giovane cardiologo, che aveva intrapreso la carriera universitaria e sembrava destinato a un brillante futuro accademico. Emilia ne era entusiasta non meno di Carolina, ma dopo un'intensa e prolungata frequentazione (talmente intensa e prolungata che Emilia aveva finito per insospettirsi), lui aveva ricevuto una borsa di ricerca all'Università di Stoccolma e aveva deciso di partire, lasciandosi dietro senza uno straccio di promessa una Carolina dapprima afflitta, poi incredula e infine risentita.

In seguito a quell'ultima delusione, per un po' non aveva voluto più saperne di corteggiatori e, definitivamente archiviato il sogno dell'atelier, aveva deciso di riempire le giornate con sempre nuove attività. Si iscrisse a un corso di dattilografia e stenografia, si mise a studiare il francese per corrispondenza, prese lezioni private di pianoforte. Nel tempo che le rimaneva libero preferiva starsene in casa a seguire i programmi alla tivù, *Canzonissima* fra tutti. Usciva con le amiche nei pomeriggi di festa, rientrava presto e si ritirava in camera sua a sfogliare riviste di moda o rotocalchi per essere aggiornata sulle vicende della principessa di Monaco o della giovanissima regina d'Inghilterra.

Era un mercoledì qualunque, con un cielo nuvoloso che si schiariva a tratti, e Carolina era uscita dopo le undici con un elegante soprabito color glicine, l'ombrellino pieghevole nella borsa; dopo aver acquistato in edicola il nuovo numero di "Famiglia cristiana", aveva fatto una puntatina al caffè Pedrocchi per sorseggiare un cappuccino spumoso accompagnato da un pasticcino di delicata meringa.

Le vie del centro erano particolarmente animate. Da dietro le vetrine, Carolina notò la presenza di molti ragazzi con l'aria di essere studenti liceali – come mai non erano a scuola? – e un anomalo dispiego di forze dell'ordine lungo il corso principale.

Aveva previsto di fare un salto in merceria (non dalla Nora, per carità), per comprare certi speciali bottoncini di cui aveva bisogno, in cappelleria per consegnare i guanti invernali da far ripulire e dal fioraio per comprare un mazzo di calle su incarico di Emilia, ma rinunciò; si limitò a ritirare dal calzolaio un paio di scarponcini di camoscio rimessi in forma, non voleva correre il rischio di ritrovarsi intrappolata tra la folla. Stava pure cominciando a piovigginare e, infastidita, si diresse verso casa in tutta fretta. Quando giunse davanti al portone, richiuse l'ombrello e si pulì bene le scarpe sullo zerbino.

Finalmente al riparo, vide Sandro che chiacchierava con Teresa sulla porta della guardiola. Dopo l'episodio alla gara di canottaggio lui e Vincenzo non si erano visti per diverse settimane, ma adesso avevano – sia pure con qualche imbarazzo – ripreso i rapporti. In fondo si conoscevano da quando erano bambini e Sandro era l'unico amico di Vincenzo.

"Buongiorno, Carolina!" Sandro le rivolse un gran sorriso. "Come stai?"

Teresa si stupì di quel "tu". Per quanto giovane, Carolina era pur sempre la zia di Vincenzo e le parve strano che Sandro, sempre così beneducato, si fosse preso una simile confidenza. Si stupì ancora di più quando lei, dopo aver risposto con un gran sbattere di ciglia che stava "molto, molto bene", le chiese di offrirle un bicchiere d'acqua.

Entrarono tutti e tre nella guardiola, dove Carolina si slacciò il soprabito, si sfilò i guanti e si sedette sulla poltrona di Teresa come se fosse in visita.

A Teresa non sfuggì lo sguardo con cui Sandro risalì dalle décolleté alle caviglie sottili, ai polpacci ben torniti. Santi Numi, pensò, versandole da bere.

"Di che stavate parlando?" chiese Carolina sistemandosi la camicetta attillata.

"Di tuo nipote" fu la pronta risposta di Sandro.

Di nuovo quel "tu". Teresa non era affatto contenta, ma cercò di far finta di niente e si inserì nella conversazione per dire che Vincenzo era molto impulsivo.

"Già, è proprio vero," concordò Carolina. "Ma bisogna scusarlo, non ha avuto un'infanzia facile."

Sandro taceva, lo sguardo fisso sulla scollatura di lei, che pareva fare apposta ad agitarsi sulla poltrona, ad accavallare le gambe, a chinarsi per grattare la puntura di un insetto immaginario.

Per Teresa era strano ritrovarsi a tu per tu con la più giovane delle sorelle Pozzo seduta nella guardiola, come se fosse un'amica, a parlare di Vincenzo. Ed era ancora più strano assistere a quella scenetta di seduzione. Per fortuna, all'improvviso Carolina si alzò: "Grazie per il bicchiere d'acqua, vado a casa".

Teresa tirò un sospiro di sollievo, ma proprio allora l'imprevedibile signorina Pozzo chiamò a sé Sandro usando il dito indice come fosse stato un gancio. "Ho comprato il nuovo disco di Paul Anka, ti va di salire da me a sentirlo?"

Sandro schizzò al suo seguito come una molla, lasciando Teresa perplessa e preoccupata. Provò a dirsi che non erano affari suoi, ma conosceva Sandro da quando era bambino, gli voleva bene, e non le piaceva il teatrino messo su da Carolina.

In quel momento sentì la voce di Lidia che la chiamava da sotto la finestra affacciata sul portico. "Teresa! Teresa, sbrigati, vieni a vedere!" Sembrava molto agitata.

"Oh, Santo Iddio. Cosa succede adesso?" sbottò Teresa, mentre afferrava le chiavi di casa e usciva.

Lidia la prese per un braccio e la trascinò fino a piazza Cavour.

"Aspetta! Aspetta, che inciampo," protestò lei. "Ma si può sapere cos'è successo?"

Per tutta risposta, Lidia le indicò un ragazzo, eretto, alto, orgoglioso, ai piedi della statua del conte torinese. Con la sinistra reggeva a modo di stendardo un cartello, con un rombo nero dai lati inferiori allungati. Con la destra faceva roteare minaccioso una spranga di ferro.

Quel ragazzo era Vincenzo. Dietro di lui, un corteo di giovani: chi con il braccio sollevato nel saluto romano, chi agitando clavette; alcuni con il manganello appeso alla cintura, altri con il cranio rasato. Tutti avevano andatura decisa e sguardo sprezzante.

"Starà manifestando per la scuola, no?" disse Teresa, che teneva gli occhi fissi su Vincenzo e non si era accorta dei giovani riuniti dietro di lui.

"Teresa, ma non vedi? Vincenzo è alla testa di una sfilata di neosquadristi!"

"E cosa vuol dire?"

Lidia la guardò con un'espressione a metà tra il rabbioso e il deluso: "Tu senti le notizie ma non le ascolti, vai in giro ma non ti accorgi di niente!" esclamò contrariata. Le spiegò rapidamente che dei gruppi di estrema destra volevano far rivivere il Partito fascista, si erano organizzati in squadre che riprendevano gli stessi simboli e ostentavano gli stessi comportamenti.

Teresa si rifiutava di accettare la verità. "Figurati se Vincenzo si mette con della gente così!"

"Non ti sei accorta che comanda lui?" disse Lidia scrollandola per un braccio. "È un violento, lo è sempre stato, non gli par vero di andarsene in giro a menar le mani... Quando pensi di dirgli chi è? Magari si dà una calmata!"

Teresa la guardò implorante. Chiedeva clemenza per una colpa non sua, comprensione per un peso che l'aveva piegata ma non ancora spezzata, aiuto per una ferita dell'anima che non guariva mai: lei era così, un fringuello sbattuto qua e là dal vento, una foglia calpestata da passi frettolosi. Le mancava il coraggio.

"Promettimi che gli dirai chi è davvero!" esclamò Lidia. "Verrò io con te, se hai paura di affrontarlo da sola."

Teresa scappò via senza rispondere. Corse a casa e si chiuse nella guardiola. Aveva capito che non sarebbe mai riuscita a svelare a Vincenzo il segreto legato alla sua nascita. Aveva provato in tutti i modi ad avvicinarsi a lui, ignorando l'aggressività e la prepotenza, gli sgarbi gratuiti, le offese. Ma quel giorno, calpestando di nuovo le proprie origini, Vincenzo aveva passato il segno.

Era trascorso tanto tempo da quel 9 dicembre del mille novecento quarantatré, quando lo aveva strappato al destino, facendo una promessa che si era sforzata in tutti i modi di mantenere a scapito di tutto: Vincenzo non avrebbe mai immaginato, neanche lontanamente, cosa custodisse il suo cuore ferito. Forse il saggio rabbino aveva ragione, forse per lei era davvero giunto il momento di guardare avanti.

43.
Settembre 1958

Il telefono squillava a distesa. Uno, due, tre, quattro squilli. L'apparecchio in bachelite nera se ne stava appeso alla parete da prima della guerra e aveva suonato di rado da quando Teresa aveva preso servizio presso le signorine Pozzo.

"Mi raccomando," aveva sottolineato la signorina Emilia nell'ormai lontano mille novecento quarantotto, "le chiamate si ricevono soltanto, si fanno solo in caso di emergenza e unicamente su autorizzazione mia o di mia sorella."

Quante cose erano cambiate in dieci anni!

"Pronto?"

"Buongiorno. Parla l'Ospedale Civile. Vorremmo informarvi che il signorino Vincenzo Pozzo è ricoverato presso di noi."

Teresa abbandonò il ricevitore, che rimase a penzoloni lungo la parete, e si precipitò al secondo piano per avvertire Carolina – inutile fermarsi al piano nobile, da qualche tempo la signorina Emilia viveva in un mondo tutto suo e si interessava poco o niente a quello che succedeva intorno a lei. Suonò più volte, insistette, era certa che fosse in casa, il giradischi acceso a tutto volume diffondeva in tutto il palazzo una musica scatenata, e poiché non otteneva risposta cominciò a picchiare sulla porta con le mani aperte più forte che poté.

"Signorina, mi apra! Mi apra, per cortesia! È successa una disgrazia!"

Finalmente, si udì lo scatto della serratura e si aprì uno spiraglio in cui comparve metà del viso di Carolina: "Si può sapere che succede?" chiese risentita.

"Hanno chiamato dall'ospedale..."

Dietro di lei, intanto, era arrivato Sandro. Teresa, con voce rotta, riferì la telefonata giunta dall'ospedale; Carolina richiamò, le dissero che Vincenzo era cosciente ed era ricoverato in ortopedia, ma non vollero aggiungere dettagli.

Corsero in piazza alla ricerca di un taxi e Teresa vide con la coda dell'occhio Nora che spiava da dietro la vetrina. La solita ficcanaso! Durante il tragitto verso l'ospedale rimasero in silenzio, ognuno chiuso nella propria preoccupazione: era una giornata così tiepida e luminosa, sembrava impossibile che a Vincenzo potesse essere successo qualcosa di brutto. Era stato un incidente? Qualcuno lo aveva aggredito? Se era ricoverato in Ortopedia doveva essersi rotto qualcosa... E la frattura, era grave? Teresa si faceva mille domande e non trovava risposte.

Giunti in ospedale, furono rassicurati sul fatto che Vincenzo non era in pericolo, ma prima di vederlo dovevano aspettare l'arrivo del primario. Carolina era rimasta in piedi nella sala d'attesa, come se questo potesse accelerare l'arrivo del medico, Teresa si era seduta in modo da guardare la statua della Vergine del Rosario e si era isolata da tutto il resto, Sandro continuava a misurare la stanza a lunghi passi.

Finalmente il primario arrivò.

"Suo nipote l'ha combinata grossa," esordì dopo che Carolina si fu presentata. "Ha una frattura alla tibia, lo operiamo domattina. Ci vorrà un po' di tempo, ma ricomincerà a camminare come prima."

"Come è successo?" volle sapere Sandro.

Il medico lo guardò con aria grave. Pareva sul punto di

dire qualcosa, che poi preferì non dire: "Qualcuno gliel'ha spaccata a suon di sprangate. È stato durante un corteo. Adesso verrà un infermiere per accompagnarvi, ma potrete entrare nella stanza uno alla volta: per non stancare lui, che è intontito dai calmanti, e per non disturbare gli altri pazienti. Ci vediamo domani, buona serata". E si allontanò.

Sandro fece un gesto di stizza. "Gliel'avevo detto! 'Basta con 'sta storia, lasciali perdere, non ti mettere nei guai, cosa ne sai tu di politica!' Ma lui niente, testardo come al solito, e adesso guarda qua... una gamba rotta! E di sicuro continuerà a dire che ha ragione lui, che non capiamo che bisogna fare ordine. Ma perché si comporta così? Perché non pensa a studiare e a divertirsi, ad andare al canottaggio, a... a..." Dovette interrompersi.

Teresa lo guardò commossa. Adesso sì che riconosceva il suo Sandro.

Quando fu il suo turno di entrare nella camera che Vincenzo divideva con altri tre ricoverati, Teresa aveva il cuore che le batteva forte, timorosa che la respingesse. E invece lui la stupì, cercando la stretta della sua mano.

"Questa volta ho esagerato, eh?" Era mansueto come non mai, pallido e sofferente, come se la brutta avventura gli avesse finalmente aperto gli occhi.

Gli sorrise. "Andrà tutto bene, stai tranquillo."

"Parliamo quando torno a casa, vuoi?" mormorò Vincenzo con voce impastata. E abbassò le palpebre.

Teresa si asciugò le lacrime. Aveva aspettato tanto quel momento: sperò con tutto il cuore che l'incidente potesse segnare l'inizio di una nuova vita, diversa, migliore, per tutti.

Martedì 9 dicembre 1958

Teresa stava per lasciare la casa in cui aveva passato gli ultimi dieci anni, i cartoni erano già impilati nell'atrio.

Il risveglio non era stato dei migliori. Adesso teneva tra le mani la scatolina intarsiata e una breve lettera per Vincenzo scritta su un foglio di carta pesante, piegato in quattro. L'aveva letta e riletta, mentre aspettava che tornasse dall'allenamento insieme a Sandro. In maniera molto succinta, gli raccontava tutto quello che aveva da dirgli sulle sue origini; si proponeva di farlo a voce, ma aveva preferito metterlo anche per iscritto, nel caso in cui, ancora una volta, le fosse stato impedito di parlare.

Vincenzo, rientrato dall'ospedale, sembrava infatti aver dimenticato l'attimo di tenerezza che li aveva uniti – era soltanto l'effetto dei sedativi, evidentemente, non di un mutamento del suo animo – ed era tornato quello di prima dell'incidente: scontroso, lunatico, dispotico. Poi l'aveva licenziata.

Il cappotto scuro pendeva dall'attaccapanni. La ciotola con il budino di pane alla vaniglia e cannella era pronta sul tavolo.

Da sotto il porticato le arrivarono le voci di Sandro e di Vincenzo, che aveva accompagnato l'amico al campo di atletica leggera: non aveva ancora ripreso gli allenamenti, continuava ad andare in giro appoggiandosi a una stampella, anche se più per abitudinc e per attirare l'attenzione che per necessità.

Si udì un colpetto nervoso del battiporta. Teresa, posate la scatolina e la lettera sul tavolo, mosse pochi passi verso l'uscio e si arrestò. Ecco un altro colpo, più forte, un pugno deciso, rabbioso.

Andò ad aprire il portone e i ragazzi entrarono – uno cupo come al solito, l'altro sorridente. Li invitò a fermarsi per mangiare il dolce e un riluttante Vincenzo si lasciò convincere da Sandro ad accettare.

"Prima o poi scoprirò perché mi hai sempre fatto questo budino con l'uvetta," disse con un sorriso cattivo, "ma la verità è che non me ne frega niente, né di te né del tuo dannato budino." Raccolse i chicchi di uvetta che aveva lasciato nel piatto, aprì la finestra che si affacciava sul cortile e li buttò senza tanti complimenti.

Fissò Teresa, gli occhi pieni di astio, e siccome lei non reagiva, anzi lo guardava con qualcosa che gli parve vicino alla pietà, gli andò il sangue alla testa.

"Io ti odio!" le gridò. "Non ti sopporto! Che cosa vuoi da me, eh?! Perché mi guardi con quella faccia da... da..." Per un attimo sembrò che Vincenzo stesse soffocando dalla rabbia. "Non devi... non devi mai più avvicinarti a me, hai capito? Menomale che oggi te ne vai!"

Sandro guardava prima l'uno e poi l'altra, pronto a intervenire se le cose si fossero messe male.

"Vincenzo, adesso devi ascoltarmi," disse Teresa con voce stranamente calma. Aspettava quel momento da dieci anni e non vi avrebbe rinunciato per niente al mondo.

Lui brandì minaccioso la stampella. "Ti ho detto che..."

Teresa alzò istintivamente le braccia per ripararsi. "Aspetta, per favore... non farlo!"

Sandro cercò di trascinare via l'amico, che continuava a ringhiare: "Non voglio sentire più una sola parola da te!".

"Fermati!" gli intimò Teresa, con una voce così terribile che, suo malgrado, Vincenzo si fermò. "Mettiti seduto! Devo dirti una cosa molto importante!" Le tremavano le mani, ma sapeva di non poter più rimandare: il segreto custodito così a lungo doveva essere rivelato, Vincenzo era Amos e lei – la ragazza che per salvare quel bambino aveva perso tutto, la donna che non aveva mai smesso di cercarlo per mantenere la promessa fatta a una madre disperata, e che pur di ritrovarlo si era piegata a lavorare per la famiglia del suo aguzzino – adesso doveva dire la verità.

Vincenzo era stato ridotto al silenzio da quella nuova Teresa forte e imperiosa, che non supplicava ma pretendeva. Sembrava diventata persino più alta.

"Mettiti seduto," ripeté lei.

E Vincenzo obbedì. "Aspettami nell'atrio," disse a Sandro, "non ne avrò per molto."

Era finalmente giunto il momento della resa dei conti.

Teresa iniziò ricordandogli il loro primo incontro, quando lo aveva visto nella merceria di Nora.

"Sarebbe questa la cosa importante che devi dirmi?" Il tono di Vincenzo era beffardo. "Siamo qui per parlare di un incontro in una merceria? Comunque è tempo perso, perché non mi ricordo niente di quando ero piccolo!" E fece per alzarsi.

"Ti sei mai chiesto chi fosse tua madre? Sì... vero, tesoro?"

Teresa non aveva mai osato tanto. Nel frattempo si era alzata e lui la seguiva con lo sguardo, raggelato. Aprì la scatolina e gli mostrò la trottola. "Sai cos'è questa?"

Vincenzo non rispose.

"Avevi solo qualche settimana quando..." Teresa si interruppe. Aveva immaginato tante volte quel momento e adesso esitava per timore di una parola sbagliata. Doveva soppesare anche le pause. Ci riprovò: "Quando avevo la tua età, ero a servizio in una casa nel ghetto, da una famiglia perbene...".

Accarezzò le lettere incise sui lati del *dreidel*. Ma prima che potesse continuare, Vincenzo, che stava riprendendo il solito piglio, la interruppe: "Senti, hai dieci minuti per dirmi quello che devi dirmi, dopodiché me ne vado".

Fu come una sferzata, d'improvviso Teresa non ebbe più esitazioni: "In tempo di guerra..." riprese. E alla parola "guerra" Vincenzo smise la sua espressione sarcastica. Lei gli parlò di soldati, deportazioni, comandanti, sequestri, torture, e Vincenzo la stava a sentire, o almeno non contrattaccava.

Ma presto si mise ad agitare le gambe sotto il tavolo, sempre più nervoso. La guardava sprezzante. Dove voleva andare a parare, quella svitata? La ascoltava con aria di sufficienza. L'unica cosa che gli interessava era che non si impicciasse nella faccenda della politica, alla quale si era appassionato da qualche tempo.

Aveva sempre sentito, confusamente, di non essere il figlio naturale di Giustina – quella mamma troppo vecchia e troppo stanca che l'aveva "ceduto", o almeno così l'aveva vissuta lui, alle zie perché potesse frequentare una buona scuola in città e avere amici che non fossero i figli dei paesani –, ma in famiglia nessuno gli aveva mai detto chi fosse la sua vera madre e lui non lo aveva mai chiesto. Crescendo, si era fatto l'idea di essere figlio di un'amante del padre. Quando Teresa gli disse, con tutta la delicatezza di cui era capace, che la sua mamma gli voleva tanto bene ma era stata costretta ad abbandonarlo, quel mistero che in realtà presentiva nel profondo, quel dolore che lo scavava dentro ma che non era disposto ad ammettere – a costo di morire, come aveva più volte giurato a se stesso –, quel bisogno negato di abbracciare sua madre e di essere abbracciato da lei, tornarono prepotenti a galla.

"I tuoi veri genitori erano..."

Teresa si interruppe vedendo una luce crudele negli occhi del ragazzo. E all'improvviso ebbe paura, di lui, delle sue collere furibonde, della sua crudeltà. Dopo l'operazione non si era ancora del tutto ripreso, ma era comunque più forte di lei: come avrebbe reagito se avesse saputo di essere figlio di una coppia di quelli che chiamava "maiali"?

Approfittando di quell'indecisione, Vincenzo si alzò: "Ora ne ho abbastanza!". E, dimentico della stampella, le si avventò contro cercando di stringerle le mani intorno al collo.

Sandro fece irruzione nella guardiola, spaventato dalle grida e dai tonfi.

"Smettila!" L'aveva bloccato da dietro e lo teneva fermo per le braccia, ma Vincenzo continuava a inveire contro Teresa.

"Non provarci più, mi hai sentito?" urlava.

Teresa, rannicchiata in un angolo, si massaggiava il collo, terrorizzata nel sentirsi bersaglio di un odio così violento e ingiustificato.

Sandro corse da lei: "Stai bene? Chiamo un medico?".

Lei scosse la testa, senza riuscire a smettere di piangere.

"Sei solo una povera pazza!" gridava intanto Vincenzo.

Teresa gli indicò il foglio che aveva preparato sul tavolo, lui lo prese, "Avanti, facciamola finita con questa pagliacciata!", e lo aprì con gesti rabbiosi. Poi cominciò a leggere:

Caro Vincenzo,

è giunto il momento di dirti tutto.

Ero solo una ragazzina, e tu un bimbo di poche settimane quando promisi a tua madre di prendermi cura di te, il giorno in cui ti misi in salvo. Ti tenni in casa mia, ma poi ci separarono. Da allora, non ho mai smesso di cercarti. Sei stato il mio pensie-

ro fisso, il mio dolore costante, per quindici lunghi, lunghissimi anni. Ho fatto l'impossibile per ritrovarti, e adesso che ci sono riuscita tu mi rifiuti. Ecco perché ho deciso di dirti chi sei...

Vincenzo emise un grido e lanciò la lettera in aria, furibondo: "Brutta stupida! Che cosa ne sai, tu, di chi sono io?".

La guardava con occhi talmente pieni di astio che Teresa fece un passo indietro. Si era illusa di poterlo salvare un'altra volta, di potergli offrire affetto e verità per scacciare le ombre, ma adesso le era dolorosamente chiaro che lui non voleva affatto essere salvato: Vincenzo era perduto, perduto per sempre. Avrebbe dovuto seguire l'istinto, ascoltare la voce che le risuonava dentro e che le diceva: *Questo non può essere il figlio dei Levi.* Si era sbagliata di grosso. Aveva mantenuto la promessa, vegliato su di lui, ma era stato tutto inutile e per la sua lealtà aveva pagato un prezzo troppo alto: la giovinezza, l'amore, la libertà.

"Dev'esserci un errore," disse allora, tirandosi in piedi a fatica e affrettandosi a riprendersi la scatolina con dentro la trottola. "Tu non puoi essere il bimbo che ho salvato, sei troppo cattivo, troppo vigliacco!"

Lo sguardo di Vincenzo correva da Sandro a Teresa e da Teresa a Sandro. Infine si fermò su di lei.

"Basta!" ringhiò. "È finita! Non voglio più vedere il tuo sporco muso... mai più." E, in preda a un'ira furibonda, rovesciò il tavolo e spaccò lo sgabello.

Prima che potesse avventarsi nuovamente su Teresa, Sandro gli si gettò addosso.

"Ora stammi bene a sentire, Vincenzo," disse Teresa con una voce gelida che non era la sua. "Non ti dirò mai la verità, me la terrò stretta. Non te la meriti, ingrato senza cuore. Non so più chi sei o chi potresti essere, di sicuro sei crudele e disonesto come il maresciallo Pozzo. Io devo tutto alla donna che mi ha accolto in casa sua, una donna dolce e premurosa il cui unico difetto per quelli come te – e purtroppo siete in tanti – era di essere ebrea... sì, una giudea, come dite voi! Solo su una cosa hai certamente ragione: è finita, è finita per sempre. Io me ne vado. Ho cercato di aiutarti in tutti i modi, ho sacrificato la mia vita per te, e avrei continuato a farlo, ma stando così le cose...” Si rivolse a Sandro: “Adesso, per favore, portalo via”.

Martedì
9 dicembre 1958

Sandro accompagnò di sopra un Vincenzo silenzioso, sconfitto. Avrebbe preferito non lasciarlo solo, nonostante tutto, ma lui disse che non aveva bisogno di nessuno, voleva soltanto riposare. Allora salì a chiamare Carolina, le raccontò per sommi capi cos'era successo, e quando lei si infuriò con Teresa, minacciando di andare subito a dirgliene quattro, le raccomandò piuttosto di andare a vedere come stava Vincenzo. Infine, tornò di sotto.

Intanto era arrivato Gino per aiutare Teresa con il trasloco, ma lei – benché apparisse più serena – non era ancora in condizioni di mettersi al lavoro.

"Sei venuto a darmi una mano, almeno tu?" scherzò lui rivolto a Sandro. "Qui dentro pare che ci sia stato un incontro di pugilato, ma mia sorella sembra diventata muta... Boh, se non altro è tutta intera." E scosse la testa.

Sandro non rispose. "Stai bene?" disse invece avvicinandosi a Teresa.

Lei annuì: "Grazie, grazie di tutto. Non ti preoccupare. Passerà anche questa".

"Allora, ci vogliamo sbrigare?" tornò alla carica Gino.

Gli altri due lo ignorarono.

"È tardi," disse Teresa facendo una carezza a Sandro.

"Mi dispiace che tu vada via, mi dispiace... di tutto," mormorò il ragazzo. Anche lui aveva gli occhi lucidi.

"La vita è così, non sempre va come dovrebbe. Addio, caro Sandro," gli sorrise. "Non ti dimenticherò."

Sandro la abbracciò rapidamente e uscì.

Gino posò a terra lo scatolone che aveva sollevato.

"Oh, questa sì che è bella! Ma non potevamo farci aiutare? Almeno per tenere aperta la porta? Sei sempre la solita!" Cominciava a infastidirsi. "Sbrigati, dai, che fa freddo."

Teresa non gli badò.

"Va bene," sbuffò Gino, "allora mi metto comodo. Quando Vossignoria si sentirà pronta, mi avviserà." E si lasciò cadere nella poltrona.

Teresa si era avvicinata alle scatole dei libri, rovistò nella prima. No, il libro che cercava non era lì. Guardò nella seconda e lo trovò. Era un volumetto piuttosto sottile: sulla copertina color crema, dentro una cornice azzurra, c'erano un nome scritto in nero, SIBILLA ALERAMO, e un titolo in rosso, UNA DONNA. Al centro, il disegno di un labirinto con sotto una scritta: *Ma seguimi oramai che 'l gir mi piace.*

Aprì il libro. Si trattava dell'edizione del mille novecento trenta. Era costata cinque lire. Sulla prima pagina, rilesse la dedica della signora Levi: *A Teresa, che il tuo futuro sia pieno di libri.*

Le venne un groppo in gola, richiuse il volume e lo accarezzò. La donna del romanzo era come lei: una ragazza cresciuta in una società perbenista, che andava rabbiosamente in cerca del suo vero sé. Per riconoscersi come donna Sibilla aveva abbandonato un figlio, Teresa adesso lasciava il suo protetto per ritrovare la dignità. E se una aveva assistito al tracollo della madre, alla sua entrata in manicomio, l'altra in manicomio ci era stata rinchiusa, ben quattro anni, per colpa di un uomo crudele. Infine, proprio come Sibilla non aveva accettato di reprimere il proprio desiderio amoroso e aveva voluto sentirsi libera, così Teresa adesso aspirava a trovare qualcuno che le volesse bene e che la rispettasse, che la accettasse per quella che era, con il suo doloroso passato, senza pretendere di cambiarla.

"Sai che ti dico?" disse alzando gli occhi e rivolgendosi al fratello. "Io lascio tutto qui. Ce ne andiamo senza niente. Prendo solo questo libro e un paio di altre cosette. E la radio, naturalmente, e il televisore."

"Oh, mio Dio. E il resto?" chiese sconcertato il fratello.

"Ho già tutto quello che mi serve."

"Quindi, mi hai fatto venire per niente?" Gino non credeva alle proprie orecchie. "Non potevi pensarci prima, eh? Tu sei tutta strampalata!" Scosse la testa. "Senti, vado a fumare una sigaretta, così mi calmo."

Proprio allora arrivava Lidia. "Smonto adesso dal turno del mattino. Ho pensato che ci fosse bisogno di me. Posso aiutarti in qualche modo?"

Teresa la abbracciò, poi si voltò a dare un'ultima occhiata agli scatoloni e spiegò all'amica che aveva appena deciso di non portare niente con sé.

"Nemmeno i libri? Sei proprio sicura?"

"Non importa. Sono tutti nella mia testa," disse con un pallido sorriso. "Vado a dire a mio fratello che sto arrivando, prima che perda definitivamente la pazienza."

Lidia si offrì subito di farlo al posto suo, come se volesse permetterle di celebrare il suo addio alla casa. Una volta fuori, trovò Gino che, dopo aver caricato a bordo radio e televisore e un'unica scatola con gli effetti personali della sorella, fumava appoggiato al furgoncino, col muso lungo.

"Teresa sta arrivando... Via, Gino, cerca di capire!"

"Va bene, io cerco di capire, ma voi datevi una mossa!" Così dicendo, gettò via il mozzicone e risalì sul furgoncino sbattendo la portiera.

Teresa, intanto, infilato il libro nella borsa, aveva indossato il cappotto. Prese la sporta nera e accarezzò la pelle screpolata ripensando a quel giorno di dicembre di tanti anni prima; dentro, si era assicurata di rimettere la trottola nella sua scatolina di legno intarsiato.

Diede un'ultima occhiata a quella che non era già più la sua casa, poi uscì e si richiuse la porta alle spalle.

Lasciò scivolare il mazzo di chiavi nella buca delle lettere di Carolina e, dopo un ultimo sguardo allo scalone di marmo e al lampadario di ferro battuto che pendeva al centro dell'atrio a colonne, finalmente voltò le spalle a vicolo Sant'Andrea 9.

Martedì
9 dicembre 1958

"Eccomi," disse Teresa una volta fuori.

Lidia la salutò con un abbraccio e tese la mano a Gino.

"Non vuoi un passaggio?" le chiese lui.

"No, andate pure, io torno a piedi."

"Contenta tu..." ribatté Gino. Le donne non riusciva proprio a capirle.

"Ciao, cara Lidia, ci vediamo presto!" Teresa la abbracciò e salì a bordo del furgoncino vuoto.

"Torniamo a casa, giusto? Oppure no? Oggi sei così strana..." borbottò Gino mettendo in moto.

"Sì, cioè no... non andiamo a casa."

Lui scosse la testa, ma non disse niente.

"Vai dritto di qua, poi gira a destra, verso il Duomo."

"Come Vossignoria comanda." Ma già gli veniva un po' da ridere, non ce la faceva a restare arrabbiato troppo a lungo.

Giunsero all'incrocio con via Monte di Pietà. Di fronte a loro avevano la Cassa di Risparmio.

"Cosa vuoi fare? Una rapina in banca come quelli di via Osoppo a Milano?"

"Smettila, volta a sinistra... ecco, bravo, ora gira verso il Battistero. Ah, attento alla bicicletta! Ma non guardi dove vai? Dai, accosta... fammi scendere. Aspettami qui, non ci metterò molto."

Teresa saltò giù e si incamminò con passo deciso. Si fermò appena oltre l'Arco Vallaresso, poi suonò il campanello.

"Buongiorno, signor Isidoro."

L'orafo sul momento non fece mostra di averla riconosciuta, ma poi ricordò tutto: era la ragazza del *dreidel*, che gli aveva riportato alla mente lo struggente ricordo di Ester.

"Qual buon vento la porta?" le chiese togliendosi il monocolo dall'orbita.

"Oggi per me è un giorno speciale," disse Teresa emozionata. "Diciamo che è il mio 25 Aprile, la mia liberazione."

Il signor Isidoro la guardò incuriosito. "Buon per lei, cara. In che cosa posso esserle utile?"

"Sono tornata a portarle la trottola. Ecco qua." Teresa mise la scatola sul bancone. "Adesso posso lasciargliela."

"Guardiamola insieme," disse lui. "Oggi non ho fretta. Col freddo che fa, dubito di ricevere visite. Mi faccia vedere." Prese a maneggiare il *dreidel* con prudenza, con un rispetto quasi religioso. "Vede questa vite minuscola?"

Teresa si allungò sopra il bancone.

"Ebbene, ora vedremo se i miei sospetti trovano conferma." Impugnò un piccolo cacciavite e lo posò delicatamente sulla sottile, quasi invisibile scanalatura. "Questi oggetti venivano usati come scrigni, sa?" continuò arricciando il naso. Poi prese una minuscola pinza e iniziò a manovrarla con la perizia di un chirurgo. "Infatti... proprio come pensavo." Estrasse trionfante una pietra trasparente, scintillante, e la sollevò in modo che Teresa potesse vederla. Poi la posò sul piatto del bilancino. "Questo è un diamante," annunciò. "Tre carati," aggiunse riprendendolo in mano. Si rimise il monocolo e lo osservò minuziosamente. "Taglio a rosetta... soltanto una piccolissima inclusione qui... è davvero una magnifica pietra."

Teresa era a bocca aperta.

"Non sapeva che gli ebrei nascondevano i diamanti nei posti più impensati?" le disse lui con un sorriso malinconico.

"Era gente in fuga, oggi qui e domani chissà dove: i diamanti occupano poco spazio e possono essere facilmente nascosti e rivenduti. Molto più sicuri del denaro contante."

"E ora che cosa faccio?" chiese impaurita Teresa.

"Niente, che cosa vuole fare? Se lo tenga. Lo custodisca con cura, perché vale molto. Quando avrà deciso come disporne, torni a trovarmi: potrò aiutarla a venderlo, magari comprandolo io stesso... oppure potremo farne insieme uno splendido gioiello."

Il signor Isidoro tirò fuori da un cassetto un sacchettino di camoscio nero. "Ecco, prenda, lo conservi qui. Lo custodisca in un posto sicuro e non ne parli con nessuno, mi raccomando."

All'improvviso, qualcuno suonò alla porta. L'orefice andò ad aprire: era Gino.

"Allora, ti sbrighi?"

"Mi scusi, è mio fratello. È sempre di fretta."

"Sei pronta? Andiamo?"

Il signor Isidoro li accompagnò all'uscita e dopo averli salutati sussurrò a Teresa: "Sia prudente, cara, arrivederci".

Teresa si incamminò svelta dietro a Gino, le mani affondate nelle tasche. Ma fatti pochi passi si sentì chiamare indietro: "Signorina! Signorina!".

L'orefice era uscito senza cappotto e adesso le porgeva la trottola di bronzo. Ringraziò, mortificata: come aveva potuto dimenticare l'unico oggetto che le rimaneva di Amos?

"Insieme alla pietra c'era questa," disse il signor Isidoro porgendole una strisciolina di carta ingiallita dal tempo, e si ritirò.

Teresa la srotolò con mani tremanti. Erano solo poche parole, scritte in fretta: *Porta* Una donna *con te, seguine i passi, ti guiderà verso un futuro pieno di soddisfazioni e serenità.*

Così la signora Levi, la sua seconda madre, si accomiatava per sempre da lei, indicandole un cammino colmo di pace, traboccante di bellezza.

Epilogo

Lunedì 4 maggio 1959

Il temporale iniziò con uno squarcio nel cielo della notte, seguito da un tuono minaccioso. Teresa aprì subito gli occhi – da quando abitava nella stanza che Lidia le aveva messo a disposizione a casa sua, al secondo piano di una palazzina moderna, aveva il sonno leggero – e si mise a sedere sul letto. La sveglia segnava le tre e venti. Scostò le lenzuola, calzò le pantofole e andò alla finestra.

Pioveva, a dirotto. E più pioveva, più Teresa si sentiva tranquilla. Rimase a guardare di sotto con i gomiti appoggiati al davanzale. I tulipani, illuminati dal lampione, spuntavano vigorosi dalle loro cassette, rossi, bianchi, striati. Schiuse la finestra per sentire l'odore della pioggia, ma rischiava di bagnarsi e rinunciò.

Tornò nel letto ancora caldo e si accucciò su un fianco. Si chiese se anche Gianni fosse stato svegliato dai tuoni e se adesso stesse ascoltando, come lei, il rumore della pioggia. Gianni che, quando finalmente si erano ritrovati, in un freddo pomeriggio di fine gennaio, l'aveva abbracciata stretta dicendole che non l'avrebbe mai più lasciata andare via. Gianni che lì per lì non aveva capito il suo bisogno di prendere tempo – "Tempo, Teresa? Non pensi che ne abbiamo già perso fin troppo?" –, l'aveva guardata offeso e ferito: "Lasciami in pace!" le aveva gridato, visto che lei non rispondeva, "ti ho aspettata per quindici anni, per quindici anni ho sperato che tornassi, e adesso tu vorresti tormentarmi..." – e se n'era andato furibondo, lasciandola sotto un portico.

C'era voluto del bello e del buono per ricucire con dolcezza lo strappo: quando Teresa era riuscita a farsi ascoltare e a spiegargli che troppe cose, e troppo grandi, le erano successe, che si sentiva come una bambina appena nata e che per stargli accanto doveva prima rimettere insieme i pezzi della sua vita, finalmente Gianni aveva compreso.

Si vedevano tutte le settimane, e parlavano, parlavano tantissimo, del tempo che avevano trascorso separati, di come vivevano adesso, di sogni e speranze che stavano iniziando ad assumere contorni più definiti.

All'improvviso, mentre se ne stava al caldo a sognare il futuro, un futuro in cui si sarebbe finalmente sentita libera e tranquilla, accanto all'uomo che amava, fu attraversata da un pensiero nuovo: Vincenzo aveva ragione, avrebbe dovuto lasciarlo in pace. Che diritto aveva, lei, di imporgli una verità che lui con tutta evidenza rifiutava? Sperò che stesse meglio, che si sentisse libero di prendere la propria strada e di fare le proprie scelte, giuste o sbagliate che fossero. E dopo che lo ebbe pensato si sentì leggera, svuotata di ogni dolore.

Scivolò dolcemente nel sonno, cullata dal rumore della pioggia.

La nuova settimana si presentò con un sole sfacciato, caldissimo, insolito per l'inizio di maggio. Il giorno si fece strada attraverso le stecche delle persiane, disegnando una trama luminosa sul parquet. Teresa si preparò in fretta e corse in cucina, sentendosi piena di un'energia nuova. "Lidia! Lidia, vieni con me!"

L'amica, ancora in vestaglia e con i capelli in disordine, alzò a fatica la testa dal suo caffellatte. "Che hai detto?"

"Stamattina dobbiamo fare una cosa insieme, una cosa importante! Ti prego, sbrigati a vestirti."

"Perché tanta fretta?" volle sapere Lidia, che quando aveva il giorno libero amava fare le cose con calma.

"Non chiedermi nulla. Fidati" fu la sibillina risposta di Teresa.

In strada, tra Palazzo Maldura e la Casa di Ricovero, alcuni operai stavano tracciando le strisce pedonali. Viale Codalunga era pieno di Cinquecento e Giardinette dalla carrozzeria lucida, moto Vespa e biciclette Bianchi, gente a piedi, carretti dei gelati, in un frastuono di clacson, insulti e scampanellate.

In prossimità del monumento a Giuseppe Mazzini, Teresa accelerò il passo. "Siamo quasi arrivate," annunciò gioiosa.

"Si può sapere dove mi stai portando?" le chiese Lidia, che faticava a starle dietro.

"Oggi sarà un giorno da ricordare. Vedrai!"

Giunsero alla piazza. La statua di Mazzini con la redingote aperta era sopra le loro teste.

"Guarda lì. E leggi che cosa c'è scritto sul cartello." Teresa indicò all'amica un chiosco di fiori, tutto vetri, all'ombra di una magnolia secolare.

"Cercasi commessa di vendita," lesse Lidia a voce alta. Guardò Teresa. Guardò il chiosco, che era un trionfo di colori e profumi. Da un lato i fiori recisi, dall'altro i bulbi appena sbocciati. Gerbere e margherite di qua; tulipani, giacinti e iris di là. All'ombra c'erano le ortensie, ancora un po' pallide. Vasi di terracotta ospitavano alberelli di limone alla ricerca del calore del sole. Un melograno dalle gemme appena spuntate faceva da sentinella del buon augurio, sulla porta.

Teresa afferrò la maniglia e, dato un ultimo sguardo a Lidia, entrò avanzando con passo deciso in mezzo a calle e peonie.

Non fu difficile convincere il proprietario, curvo sul bancone a fare parole crociate. Teresa uscì canticchiando.

"Inizio domani," annunciò. "E chissà, magari un giorno quel chiosco sarà mio. No, non è come pensi, non diventerò la fioraia del quartiere. Voglio fare molto di più, vedrai... Sarà qualcosa di importante."

Lidia avrebbe voluto maggiori dettagli, ma Teresa si mantenne sul vago: "Ho tante idee, devo ancora rifletterci sopra. Sappi solo che sono tutte bellissime".

"E Gianni cosa ne pensa, di queste tue idee 'tutte bellissime'?"

"Gianni," disse Teresa con un grande sorriso, "sarà felice per me."

Quello stesso pomeriggio, Teresa ricevette una visita inaspettata.

"Un certo dottor Tessari chiede di te al citofono," le disse Lidia. "Lo faccio salire? O preferisci scendere tu?"

"Cosa?" A Teresa cadde il libro di mano. "Certo, fallo salire!" E andò ad attenderlo sul pianerottolo.

Una coppia distinta – lui in abito grigio chiaro, lei con un foulard dai colori sgargianti sul tailleur celeste – uscì poco dopo dall'ascensore.

Si presentarono sorridendo come i genitori di Sandro – si ricordava di loro, dopo tutto quel tempo? – e nello stesso momento il ragazzo sbucò dalle scale, il bel sorriso aperto sul volto abbronzato, il ciuffo che gli spioveva sulla fronte.

Teresa li ricevette nel piccolo salotto di Lidia.

"Che sorpresa," disse rivolta al ragazzo, "come stai?"

"Signorina Teresa," disse il dottor Tessari prima che lui potesse risponderle, "questa visita le è dovuta. Sandro desiderava tanto vederla. La nostra famiglia non le sarà mai abbastanza riconoscente."

"Sa, noi abbiamo viaggiato molto per il lavoro di mio marito," intervenne la signora. "Ha curato malati in tutto il mondo, e così abbiamo visitato paesi lontani, avuto contatti con gente di tutte le razze... Nostro figlio è venuto con noi diverse volte, ma quando rimaneva a Padova con i miei genitori, eravamo tranquilli anche perché sapevamo che c'era lei, Teresa."

"Io? Per qualche dolcetto e quattro chiacchiere?"

"Sandro ha sempre considerato la portineria di vicolo Sant'Andrea 9 un posto speciale e ci ha chiesto più volte di venire a trovarla," proseguì il dottor Tessari. "Dunque, eccoci qua. Volevamo anche dirle che ci dispiace molto per come è stata trattata in casa Pozzo, non solo dalle signorine ma anche da Vincenzo. Sandro ancora non si capacita."

Lei abbassò lo sguardo.

"Così, alla fine gliel'abbiamo detto." La signora Tessari sorrise e diede una stretta affettuosa alla spalla di Sandro.

"Che cosa gli avete detto?" chiese Teresa, che non ci capiva più niente.

Prese la parola Sandro: "Non sono il loro figlio naturale. Lo zio di Vincenzo mi affidò a mamma e papà nell'aprile del '44. Ho preso io la lettera che avevi scritto a Vincenzo. L'ho letta e conservata". La tirò fuori dalla tasca. "L'ho mostrata ai miei genitori quel giorno stesso... Finalmente so chi sono. E che se sono vivo lo devo a te."

Teresa accennò timidamente una carezza e il ragazzo accostò il viso per riceverla. "Grazie," le disse con un filo di voce, e la abbracciò.

Non lo aveva mai guardato così a lungo e così da vicino. Com'era bello. Com'era cresciuto. Si azzardò a scostargli il ciuffo dalla fronte e si accorse di una piccola cicatrice tondeggiante che aveva proprio vicino all'attaccatura dei capelli.

"Varicella," rispose lui, prima che potesse chiederglielo. "Devo essermi preso la varicella da neonato."

Teresa ricordò all'improvviso le cicatrici sul viso del maresciallo Pozzo, nella foto trovata nella credenza. Il contagio doveva essere avvenuto quando aveva preso con sé Amos dopo la retata, e l'aveva portato in Questura.

Si coprì il volto con le mani.

Il dottore le si avvicinò e le mise una mano sulla spalla: "È acqua passata, Teresa, non ci pensi più". Poi cambiò discorso: "Per la verità, siamo venuti a portarle un invito: quest'estate, ci piacerebbe averla ospite nella nostra casa al lago. Potrà stare quanto vorrà... non è vero, cara?".

La signora Tessari confermò, ma aggiunse che Teresa doveva promettere di rimanere almeno un paio di settimane.

Lei ringraziò, confusa, tutta quella felicità all'improvviso le metteva voglia di piangere.

Ma c'era ancora qualcosa di non detto nell'aria. Teresa non sapeva se osare oltre, per paura di rovinare tutto, ma il dottor Tessari percepì il suo disagio: la invitò a fare tutte le domande che voleva, e così lei si decise a chiedere come Amos fosse arrivato in casa loro.

Il dottore le raccontò una lunga storia, le parlò del maresciallo Pozzo, ex compagno di scuola, che incontrava di tanto in tanto nei salotti. "Era un donnaiolo, un farfallone, ma non posso dire che fosse un cattivo ragazzo. A un certo punto tutto cambiò, lui aveva idee... molto diverse dalle mie, per così dire. Ci allontanammo, poi scoppiò la guerra e per parecchio tempo non ci vedemmo più. Una sera, era molto tardi, si presentò in casa nostra con un bimbo in braccio avvolto in una coperta. Era fuori di sé, ci disse che aveva avuto un figlio da poco, il Vincenzo che ben conosciamo: era il frutto proibito di una relazione con una bella signora piuttosto nota nel nostro ambiente, infelicemente sposata a un personaggio molto in vista. Quando all'improvviso lei era morta, il vedovo – che sapeva tutto – si era rifiutato di tenere il bambino in casa... Attilio aveva dovuto prenderselo e affidarlo a sua sorella Giustina."

La signora Tessari scosse la testa: "Povero bambino, trattato peggio di una bestia! Senza padre, senza madre... ma che colpa ne aveva lui?".

Sandro ascoltava stupefatto una storia che gli giungeva del tutto nuova.

"Quel bimbo nella coperta, dunque, non era il suo!" proseguì la signora Tessari. "Ci raccontò una storia piuttosto confusa, cambiò versione due o tre volte... Prima disse che lo aveva trovato in una casa abbandonata, poi che gli era stato affidato da una poveretta che non aveva di che sfamarlo... Pensammo che forse quel piccolino, coetaneo del suo, gli avesse in qualche modo toccato il cuore. Insomma, sta di fatto che ci implorò di tenerlo, promettendoci di aiutarci a regolarizzare la sua posizione, di darci dei documenti... Fu una scelta difficilissima, Teresa: pensavamo alla vera mamma di quel bimbo e ci sembrava di commettere una terribile ingiustizia, ma alla fine ci convincemmo che quella donna poteva essere già morta e che noi avevamo l'opportunità di salvare la vita di suo figlio, anche se l'azione che ci accingevamo a compiere era illegale. Non avevamo molto tempo per decidere, ma alla fine accettammo. Attilio non lo abbiamo mai più visto... Ci aveva detto che voleva andare negli Stati Uniti e chissà, magari dopo la guerra ci è andato davvero. Nel giro di qualche giorno, comunque, fummo contattati da un ufficiale: sistemammo con lui la questione dei documenti e scegliemmo un nome per il bambino... quello scelto dai suoi genitori non lo sapevamo," concluse la signora.

"Teresa, tu conosci tutta la verità, non è vero?" chiese Sandro, guardandola dritto negli occhi.

Lei annuì commossa, ogni cosa le ritornava alla mente: la signora Levi che le passava il fagotto di lenzuola con dentro Amos, la corsa in bicicletta lungo l'argine, con il bambino dentro la sporta, e poi quando lo avevano nascosto nella stalla... Gli promise che avrebbe risposto a tutte le sue domande, ma prima aveva qualcosa da mostrargli.

Andò a prendere la trottola e gliela diede: "Questa è tua. La tua madre naturale me l'ha data perché la custodissi per te. Era il tuo *dreidel*, il regalo per la Festa delle luci. Tienila sempre con te". Poi porse al dottor Tessari il tagliando della Cassa di Risparmio. "Nascosto nel *dreidel* c'era un piccolo tesoro, che ho pensato di mettere al sicuro, nel caveau della banca."

"Un tesoro?" ripeté incredula la signora Tessari.

Adesso toccava a Teresa svelare la sua parte di segreti: con voce piena di emozione raccontò della scoperta fatta dall'orefice. "È una pietra bellissima, e appartiene a Sandro."

"No, no, non se ne parla nemmeno," disse subito il dottor Tessari. "Quel diamante è suo, Teresa, per tutto il bene che ha fatto a nostro figlio. Lei ci ha già fatto il regalo più grande del mondo e quel diamante la aiuterà a costruirsi un futuro."

Lei sorrise dolcemente: "Nella trottola c'era per me qualcosa di molto più importante, un biglietto della signora Levi, più prezioso di qualunque diamante".

"Le sue parole le fanno onore," intervenne la signora Tessari, "ma mio marito ha ragione. E sono sicura che anche Sandro la pensa come noi."

A Teresa non rimase che accettare, disse timidamente che da quando era andata via da casa Pozzo si guadagnava da vivere come stiratrice, ma accennò a un progetto che le sarebbe piaciuto realizzare. Continuarono a chiacchierare, quante cose avevano da dirsi! E si salutarono con la promessa di rivedersi presto. Teresa era frastornata: i fantasmi del passato erano stati finalmente portati via da un vento fresco e profumato che aveva dissipato anche l'ultimo residuo di infelicità. Non vedeva l'ora di raccontarlo a Gianni.

"Prendiamo una cedrata?" disse Lidia dopo che Teresa le ebbe raccontato della stupefacente conversazione avuta con la famiglia Tessari. "Potremmo scendere al bar, no?"

Si sedettero a un tavolino all'esterno e ordinarono da bere; erano le uniche due donne non accompagnate e qualcuno si girò a guardarle quando brindarono con uno squillante "Al futuro!", ma a loro non importava: era un momento speciale... e poi c'era una questione rimasta in sospeso.

Teresa, sforzandosi di trovare le parole giuste, chiese scusa a Lidia per non aver mai accettato di partecipare ai progetti che l'amica aveva provato a proporle.

"Il fatto è," disse stringendo le mani intorno al bicchiere, "che non ero pronta. Avevo dentro tanto, troppo dolore... con quale forza avrei potuto convincere altre donne a lottare, se io stessa mi sentivo disperata e incapace di reagire? Ma adesso sì, adesso sono pronta a usare la mia esperienza per aiutare le altre a credere in sé stesse. I manicomi devono essere chiusi. Nessuna donna deve essere più trattata così... e, se è per questo, anche nessun uomo."

E cominciò a raccontare il suo sogno di riuscire prima o poi ad acquistare il chiosco di fiori per trasformarlo in un negozio di lane e filati, e di iniziare una collaborazione con il reparto di cucito e rammendo del manicomio, mettendo poi in vendita i prodotti confezionati dalle ricoverate ed ex ricoverate, alcune delle quali erano espertissime nei lavori d'ago.

Lidia ascoltava, un po' commossa e un po' dispiaciuta. "Teresa, è un'idea molto bella, ma..."

"Ma cosa?"

"Noi non abbiamo i soldi per comprare il chiosco dei fiori!"

"Lascia fare a me, per una volta. Chiederemo aiuto al Comune, e poi... c'è una sorpresa."

"A volte non ti capisco."

"Forza, brindiamo, facciamoci portare un'altra cedrata."

"Oh, mamma mia. Come mai oggi sei così euforica?"

Teresa raccontò del diamante ricevuto in dono dai Tessari: certo, bisognava farlo stimare e poi venderlo, ma di sicuro ne avrebbero ricavato un bel gruzzolo per avviare la loro attività.

"Allora, alla salute!" esclamò Lidia, contagiata dal suo entusiasmo.

"Cin cin a noi due, a tutte noi!"

Teresa ritornò di colpo seria. "Tu, però, devi farmi un favore: devi accompagnarmi di nuovo in Questura, voglio denunciare il maresciallo Pozzo. E questa volta mi ascolteranno!"

Lidia promise di sì. "E poi non ti ho detto un'altra cosa..."

"Dobbiamo brindare ancora?"

"No, per questo aspettiamo."

"Eh, quanti misteri! Non vuoi dirmi cosa ti succede?"

Teresa si portò una mano sul petto, come per trattenere l'emozione che sentiva palpitarle dentro. "Stasera Gianni mi porta a mangiare fuori."

Lidia capì tutto al volo e sorrise, piena di speranza e di fiducia. "Brava, Teresa. So che questa volta non lo perderai."

Rimasero a chiacchierare come non facevano da tanto, spensierate, baciate da un sole quasi estivo, fino a pomeriggio inoltrato. Finalmente si sentivano libere, noncuranti del mondo intorno a loro, speranzose del tempo a venire. Dimentiche del motivo che, in un lontano giorno di primavera di molti anni prima, in un luogo recondito, abbandonato anche da Dio, le aveva fatte incontrare.

Nota dell'autrice

Sono nata, cresciuta, ho studiato e abitato a Padova per quarant'anni, in un quartiere periferico che si sviluppa oltre le mura cinquecentesche della città e dove prima, fino alla metà del XX secolo, c'era stata soltanto campagna. Nel 1927 la mia prozia Maria acquistò un lotto di terreno situato ai piedi dell'argine del Canale Roncajette e fece risistemare un vecchio casolare. Zia Maria aveva allora ventiquattro anni, una sorella minore di ventidue e due fratelli di, rispettivamente, ventuno e diciannove anni – il più giovane era mio nonno. Si trasferirono da un paese dei dintorni insieme alla madre, mentre il padre – il mio bisnonno – non era con loro. Ne avrei capito il motivo molti decenni dopo.

Della bisnonna conservo soltanto una foto: era una donnina dallo sguardo chiaro, capelli bianchi e fianchi larghi. Deve aver sofferto molto a causa del marito, immagino sia andata così, visto che lui, come ho potuto ricostruire attraverso le cartelle cliniche che sono riuscita a consultare, fu ricoverato in manicomio nel 1912 e vi rimase rinchiuso per sedici anni, per evitare che i suoi deliri di gelosia, le sue allucinazioni, la sua rabbia si scatenassero su moglie e figli.

Una triste storia, svoltasi in un tempo in cui non c'erano cure all'infermità mentale, al disagio psicologico; una vicenda che ha coperto di vergogna almeno tre generazioni della mia famiglia. Non se ne doveva parlare. L'oblio si impose per molti anni tra coloro che sapevano. Ognuno dovette riorganizzare la propria esistenza al meglio per sopravvivere alle dicerie, all'abbandono, alla miseria. Significò dover andare via, significò dover rinunciare ai legami, soffocare le pulsioni, veder calpestata la propria dignità. Starsene in silenzio.

Le prozie, che noi chiamavamo zie, abitavano in un appartamentino accanto al nostro, ricavato in quel casolare acquistato nel 1927 e poi ampliato. Io le ricordo già anziane, con i capelli grigi sempre raccolti e le vestaglie da casa a fiorellini. Erano rimaste da sposare, come si usava dire. Se ne stavano sedute una di fronte all'altra, ognuna in una poltrona marrone in stile Frau, sotto la finestra del loro salottino affacciato sul giardino posteriore, e non parlavano molto. Erano gli anni sessanta e settanta del secolo scorso e loro trascorrevano il pomeriggio guardando in tv sceneggiati come *Le sorelle Materassi*, i film con Gastone Moschin o le repliche di *Gian Burrasca*, tutto rigorosamente in bianco e nero; poi, anche i telefilm polizieschi a colori, *Colombo*, primo fra tutti, e *Kojak*.

Zia Maria preparava spesso la zuppa inglese a modo suo e lo strudel, ispirandosi a una ricetta segreta che nessuna donna di casa riuscì mai a carpirle. Era solita lavare l'uvetta passa e stenderla ad asciugare su un foglio di carta da pane, prima di utilizzarla per i dolci. Noi gliene rubavamo sempre un po' e lei fingeva sempre di non accorgersene. I suoi piatti preferiti, prelibatissimi, erano il pasticcio di carne, il polpettone, le cotolette alla milanese, la minestra di fagioli e le lasagne condite al pomodoro con un pizzico di rosmarino. Preparava anche la pasta: si alzava alle quattro del mattino perché a quell'ora, secondo lei, veniva meglio. Per noi pronipoti che dormivamo nella camera adiacente al suo cucinino era, invece, un supplizio: il tavolo sbatteva e risbatteva contro il muro mentre lei tirava la sfoglia con il matterello.

Zia Maria non costituiva un sopportabile tormento soltanto per noi. Fermamente convinta che il mattino avesse l'oro in bocca, si presentava al mercato sotto il Salone prima che il banco di carni aprisse, tra le sei e mezzo e le sette, con la sporta di pelle nera al braccio, e si piazzava lì davanti in modo da essere servita per prima. Rincasava, svuotava la sporta e la riponeva nel sottoscala, appendendola al chiodo arrugginito di una credenza sbilenca.

Del suo passato non parlava mai. Se volevi saper qualcosa di lei glielo dovevi chiedere, e allora te ne diceva soltanto un pochino. Aveva lavorato come domestica e cuoca in una dimora signorile del centro, ma sulla faccenda preferiva stendere un velo. Di tanto in tanto veniva a farle visita una signora di Roma – Graziella si chiamava, Graziella Viterbi –, e pian piano capimmo che per quella donna elegante e colta, dai capelli tagliati corti e dallo sguardo sorridente, la Maria, come la chiamava lei, era stata più di una conoscente.

Zia Maria aveva lavorato dai Levi Minzi, nel ghetto di Padova. I Viterbi erano i loro cugini e abitavano in via degli Obizzi. Un giorno di dicembre del 1943 le famiglie dovettero far fagotto e fuggire da Padova, braccate dai soldati che avevano avuto l'ordine di deportare tutti gli ebrei del ghetto. I Levi Minzi ebbero un destino fatale, testimone ne è anche la targa di marmo appesa al muro di Villa Venier a Vo' Euganeo, che cita i nomi di tutti i deportati ad Auschwitz, ospitati per qualche tempo nella villa stessa in quei terribili mesi successivi alla dichiarazione di fine di una guerra che, invece, pareva non volersi mai concludere davvero.

Dopo le leggi razziali del 1938, che avevano costretto il padre dei Viterbi a rinunciare all'incarico di docente universitario, il 30 novembre 1943 la Repubblica Sociale Italiana decretò l'eliminazione dei diritti personali nonché l'annientamento fisico degli ebrei. Le persecuzioni e le retate vere e proprie iniziarono a Padova e dintorni il 3 dicembre, quando venne inaugurato il campo di internamento di Vo', dove confluirono diversi cittadini di razza ebraica prima di essere inviati ai campi di sterminio.

I Viterbi riuscirono a salvarsi rifugiandosi ad Assisi, ma dovettero lasciarsi alle spalle ogni cosa: la casa, i mobili, i parenti, gli amici, i progetti, i ricordi. Quel giorno, zia Maria perse per sempre il lavoro e la sua seconda famiglia.

Graziella Viterbi – mancata nel marzo del 2019, mentre io iniziavo a scrivere questo libro – dedicò a Maria un breve capitolo del suo *Sapori d'infanzia*, pubblicato nel 1981 a Roma da Carucci, intitolato "Il risotto e le tagliatelle della Maria". Graziella la descrive così:

"A volte, tornando da scuola, la vedevo camminare davanti a me, frettolosa, con la terrina fumante avvolta in un canovaccio a quadri. Era la Maria, la donna che passò quarant'anni della sua vita in casa di mia nonna, che ci portava il risotto giallo o le tagliatelline al sugo. Era una cuoca eccellente, ma queste erano le sue specialità e quando le preparava per la nonna, gli zii e i cugini, ce n'era sempre una terrina in più per noi. E correva, nell'ombra dei portici, perché non si raffreddassero. E c'era nel suo correre, nei suoi fianchi pesanti, nei suoi capelli lucidi, tirati in una crocchia sulla nuca, qualcosa di agreste. Come se i portici scomparissero per far posto a una distesa di prati e lei portasse il cibo a gente che lavorava nei campi".

Da questo ritratto è nato e cresciuto il personaggio protagonista del mio romanzo: Teresa, la ragazza che diede il primo bacio e poi tutto cambiò, la portinaia di vicolo Sant'Andrea 9 che voleva ritrovare Amos.

Padova è tristemente conosciuta anche per aver ospitato, dalla fine di ottobre del 1944, a Palazzo Giusti, in via San Francesco, la terribile banda del maggiore Mario Carità, che infliggeva ai nemici della Repubblica Sociale torture inenarrabili. Oggi, nell'ampio portico, il cinquecentesco palazzo ospita una targa in cui si legge la Canzone della Nave: FAME, TORTURE, SCARICHE, SIBILI DI STAFFILI, NON CI FARANNO VILI: VIVA LA LIBERTÀ, in memoria dei tremendi mesi in cui i soldati torturarono i detenuti a suon di calci, pugni, scariche elettriche e unghie strappate, lasciandoli tramortiti se non agonizzanti.

Padova fu anche la fucina di vari movimenti politici di segno opposto a partire dalla fine degli anni cinquanta. Nelle sue piazze e lungo le vie del centro si svolsero i primi cortei estremisti. Fu anche la sede di Avanguardia Nazionale Giovanile, fu la città che ospitò manifestazioni e scontri ideologici che sfociarono in ostilità e morte – e che strinsero nel torchio della paura i suoi abitanti negli anni settanta –, diventò il punto di riferimento per più di un terrorista negli anni di piombo, fu il luogo di un famoso sequestro delle Brigate Rosse. Una tensione che si respirò nell'aria per molto tempo.

La mia storia prende spunto da queste vicende storiche e familiari e si sviluppa attraverso luoghi e personaggi inventati o rielaborati sulla base di ricordi d'infanzia o testimonianze orali lasciate da chi non c'è più.

Lo dovevo a lei, a zia Maria, una vecchietta dall'espressione seria e al tempo stesso delicata, che non alzava mai la voce e si prodigava sempre per noi nipoti e pronipoti. Che si è tenuta ben stretta il segreto della sua giovinezza stravolta dal ricovero del padre in manicomio e dalla tragica vicenda che si abbatté sui suoi datori di lavoro per il semplice fatto di essere ebrei. Ai nostri occhi lei conservava un enigma insondabile che non rivelò se non a segmenti fino a poco prima di andarsene.

Il 7 aprile 1990 zia Maria veniva a mancare in ospedale. Quella mattina io, nel buio della mia stanza, mi destai di colpo e guardai la sveglia: erano le 7.12. Precisamente l'ora, venni poi a sapere, in cui la zia era spirata. Questo filo ininterrotto di comunicazione non verbale che ho conservato con lei nei miei ricordi mi ha indotto a scrivere questo libro, in omaggio a una donna fragile dentro e forte fuori, austera con sé stessa e dolce con il prossimo, spezzata dalle circostanze avverse ma capace di lasciare un segno indelebile in chi l'ha conosciuta. Una donna che ha fatto della dignità e dell'onestà uno stendardo issato a esempio futuro.

Le stesse parole di encomio sono rivolte a zia Elena, che nel romanzo è Adele: anche lei ha seguito le orme della sorella maggiore, non ha svelato nulla, si è adattata ai nuovi tempi e ha dato il meglio che poteva offrire di sé. A volte, dai suoi discorsi trapelava la sua scarsissima considerazione degli uomini – o meglio, preferiva evitare di parlarne. Dopo la fine della guerra, i quattro fratelli erano rimasti in tre: Antonio, che nel libro è Bruno, era morto sotto le macerie causate da un bombardamento il 20 aprile 1944. Il ragazzo allegro del romanzo, Gino, che non riusciva mai ad arrabbiarsi del tutto, corrisponde a mio nonno Sante: un simpatico ometto che mi prendeva per mano e che non vidi mai più a partire da un triste pomeriggio in cui rientrai dall'asilo e mi dissero che era volato via. Il nonno era stato un falegname, aggiustava mobili difettosi e li portava a casa per noi. Risistemò anche i letti ottocenteschi e l'ottomana che la famiglia Viterbi aveva lasciato in custodia a zia Maria prima di scappare da Padova.

Questo non è un romanzo soltanto al femminile: è una storia di donne e uomini costretti a misurarsi con eventi più grandi di loro, con la Grande guerra e con la Seconda guerra mondiale, che tante pene e patimenti inflissero alle nostre famiglie poche generazioni fa. Uomini, donne, ragazzi, bambini, anziani fecero le spese della pazzia di alcuni, diventata collettiva. Continuano a vivere nei racconti dei sopravvissuti, nelle cartoline e nelle lettere ritrovate in soffitta, nei monumenti ai caduti, nei musei all'Internato Ignoto, nelle celebrazioni della Giornata europea dei Giusti, nelle tante pubblicazioni che affollano ogni anno le vetrine delle librerie attorno al 27 gennaio.

La parola serve anche a questo: a riscattare la memoria di tutti loro e a restituire a ognuno il futuro a cui in un giorno di non troppo tempo fa, all'improvviso e senza capire il perché, dovettero rinunciare per sempre, assieme ai desideri, ai sogni, al secondo bacio, alla prima volta, all'amor proprio, alla rispettabilità.

E ora i ringraziamenti.

Sono giunta alla Scuola Palomar per puro caso, mentre cercavo un nuovo corso di scrittura da frequentare. Ho mandato a Mattia Signorini, che la dirige, la mia proposta di narrazione, quasi da incosciente: una sinossi che si è formulata giusto mentre la scrivevo. Ne abbiamo parlato a lungo, per telefono, e poi lui mi ha riservato uno dei diciotto posti del suo Master in Tecniche della Narrazione. Così, sono giunta fino a qui.

Dunque, i miei ringraziamenti vanno:

a Mattia Signorini, che con molto entusiasmo e piacevolissime conversazioni telefoniche ha seguito le varie fasi di questa storia, dalla formulazione alla consegna del manoscritto, nonché a Sara Benatti, che ha letto e corretto per prima i capitoli iniziali, e a Morgan Palmas per essere intervenuto con più di qualche idea interessante nella definizione dello sviluppo narrativo; inoltre, dico grazie ai miei compagni di corso per avermi sostenuto, in particolare a Giuseppe per aver letto e commentato il primo dattiloscritto;

a Vicki Satlow dell'agenzia letteraria omonima e a Marta Magnolfi per aver creduto in me, aver scelto e messo a puntino con pazienza il mio scritto imperfetto;

a Ricciarda Barbieri per l'allegra empatia e il suo modo sapiente di guidarmi con mano ferma nel momento esatto di affondare il bisturi nel romanzo; a Giovanna Salvia per aver dato la configurazione definitiva al testo con sguardo attento e acuto, e con molto cuore; a tutta la casa editrice Feltrinelli per avermi fatto vivere quest'esperienza bellissima;

agli abitanti e alle dimore di vicolo Sant'Andrea, nonché di Padova e dintorni, per essersi prestati involontariamente e per caso a fungere da personaggi e luoghi reinventati di questo libro;

a Fausto per aver ascoltato con amore le mie storie prima ancora che diventassero tali; a Federica per essermisi seduta in grembo di fronte al computer e aver voluto leggere ogni capitolo appena sfornato: lei conosce a fondo tutti i personaggi; a mia sorella Donatella perché è così diversa da me ma poi coincidiamo sempre sulle cose importanti; ai nostri genitori che se ne sono andati quasi assieme e che continuano ad apprezzare le nostre scelte da un posto sconosciuto ma molto dentro al cuore;

ai lettori delle mie prime bozze: Chiara, Elisabetta, Giovanni e Paola, che con tanto entusiasmo e molte correzioni utili si sono addentrati nella primitiva versione di questo romanzo, e agli amici che sono stati ad ascoltarmi mentre, davanti a uno spritz, parlavo loro di personaggi e luoghi inventati;

a zia Graziella e a zio Beppi per essersi lasciati intervistare e aver ripescato dalla memoria episodi familiari e del quartiere, e a zio Francesco per le notizie sugli anni di piombo a Padova. A zio Antonio per l'opuscolo di Cleto Berti, *Tara Negra come Terranegra*, stampato nel 2002, in cui si narra anche la storia dell'azienda del mio bisnonno Antonio, di cui non sapevo nulla. E a mio cugino Luca per aver trovato i *Sapori d'infanzia* di Graziella Viterbi. Credo fermamente che queste vicende andassero riscattate e riscritte per dare alle zie il posto che meritano e spero di non aver urtato in qualche modo la sensibilità dei miei parenti – in tal caso, chiedo venia;

per finire, grazie alla mia amata Danza, che mi è accanto da sempre e che mi ha fatto un grande dono: capire il mondo attraverso il gesto, il linguaggio del corpo, la musica, la vita che scorre dentro di noi e che si affaccia timidamente all'esterno in ogni espressione, in ogni movimento, a ogni passo.